京都府警あやかし課の事件簿3

清水寺と弁慶の亡霊

天花寺さやか

PHP
文芸文庫

○本表紙デザイン＋ロゴ＝川上成夫

もくじ

主な登場人物

古賀大
京都府警の「人外特別警戒隊」、
通称「あやかし課」隊員で、
八坂神社氏子区域事務所である「喫茶ちとせ」に勤務。
京都御所の猿ヶ辻から魔除けの力を授かり、
簪を抜くと男性の「まさる」に変身できる。武器は刀。

まさる
大が変身した姿で、身の丈六尺の美丈夫。猿並みの身体能力を持つ青年。

坂本塔太郎
雷の拳を使って戦う「あやかし課」の若きエース。
「喫茶ちとせ」に勤務し、大の教育係を務める。

深津勲義　京都府警警部補。八坂神社氏子区域事務所の所長。拳銃の扱いに長けており、霊力を込めた銃弾を撃つ。

御宮玉木　京都府警巡査部長。深津の部下。神社のお札を貼った扇子で結界を作る力を持つ。

天堂竹男　「喫茶ちとせ」のオーナー兼店長で、「あやかし課」隊員。深津の幼馴染で、あやかしの存在を感知する霊力に長けている。

山上琴子　「喫茶ちとせ」の厨房担当。「あやかし課」隊員で、薙刀の名手。

栗山圭祐　京都府警巡査部長。「あやかし課」に所属し、伏見稲荷大社氏子区域事務所である和装体験処「変化庵」に勤務。塔太郎の高校時代の同級生で、弓の名手。

総代和樹　栗山の部下で大と同期。描いたものを実体化させる力を持つ。

辰巳大明神　祇園・白川のほとりにある辰巳神社のご祭神。悪戯好きで、人間の男性や狸に化けては、大達をからかっている。「辰巳の旦那様」と呼ばれるが、本当の姿は誰にも分からない。

猿ヶ辻　京都御所の鬼門を守る魔除けの力を持つ神猿。大に力を授け、その力を大が使いこなせるように、京都御苑で「まさる部」と称する修行を塔太郎とともに行い、指導する。

今出川通り
猿ヶ辻
京都御所
梨木神社
堀川通り
烏丸通り
河原町通り
川端通り
京都御苑
丸太町通り
寺町通り
京都ロイヤルホテルオームラ
ANAクラウンプラザホテル
二条城
大の家
木屋町通り
御池通り
喫茶ちとせ
三条通り
新京極通り
命盛寺
辰巳神社
塔太郎の家
錦小路通り
四条通り
錦天満宮
先斗町通り
貴船神社
貴船口駅
叡山電車
国際会館駅
宝が池公園
地下鉄烏丸線
東山三十六峰
堀川通り
烏丸通り
賀茂川
河原町通り
高野川
出町柳駅
京都御苑
東大路通り
丸太町通り
二条城
大の家
平安神宮
岡崎公園
御池通り
喫茶ちとせ
神宮道
三条通り
塔太郎の家
四条通り
八坂神社
松原通り
五條天神社
五条通り
清水寺
桂川
鴨川
京都駅

序

……おい……おい！

何をする、こんな所に俺(おれ)を閉じ込めてどうする気だ。これは一体どういう事だ。どこへ行くんだ。俺はどうなる。そんな目で見るな。待ってくれ……。待て……、……。

……ちくしょう……ちくしょう。ちくしょう、ちくしょう、ちくしょう！

俺は捨てられたのか⁉　つまりは、俺を見捨てたんだな⁉　お前まで！　誰も彼も、俺を邪魔者扱いしやがって！

そうならいいさ、今に見ていろ。

絶対に、後悔させてやるからな！

第一話　水と貴船を訪ねれば

古都にかかる朝靄(あさもや)はひんやりと冷たく、それを温めるかのように差し込む陽(ひ)の光を受けて、寝室がほのかに白くなる。これをベッドの中で感じ取るのが、古賀大(こがまさる)の最近の目覚め方だった。睡眠時や入浴時など、心身が極端に休まる時は変身もしないので、今は簪(かんざし)をつけておらず、長い黒髪は肩から絹のように滑(すべ)っている。

もこもことしたブランケットを緩(ゆる)く押しのけて、よいしょと起き上がると、母から受け継いだドレッサーの鏡に映る自分と目が合った。大は二十歳(はたち)で年頃の娘だから、そうなると大抵、肌がどうの髪がどうのと気になって、ついつい時間が経(た)ってしまうが、この日は喉(のど)が渇(かわ)いている事もあって早々に離れ、サイドテーブルに置いてある水差しを取った。

コップに水を入れ、喉へと流し込む。丸みのある適温の水が、大の頭も体も優しく起こしてくれた。

水は、キンシ正宗堀野記念館(まさむねほりのきねんかん)の中庭から湧(わ)き出ている井戸水「桃(もも)の井(い)」である。この酒造の記念館は、堺町二条(さかいまちにじょう)、つまり大の自宅と同じ地域にあって、この水は、その酒蔵の地ビールの仕込み水として使われている。

一般人でも年会費を払えば汲(く)めるようになっているため、大は最近、この水を仕事終わりの夜、小さなタンクに汲んで持ち帰り、朝、こうして目覚めた後に日課として飲むようにしている。

元々は、梨木神社の染井から汲もうと思っていたのだが、母親から、
「井戸水やったら、そこの記念館にも湧いてるやんか」
と教えてもらい、自宅の目と鼻の先という事もあって、こちらで汲むようにしたのである。

窓を開けると、この辺り一帯「御所南」の景色が見える。見渡せる、ではなく見える、なのは、大の自宅が堺町二条のマンションの一室で、そのマンション自体があまり高くないからだった。

京都の他の地域の例に漏れず御所南もビル化が進み、白い箱のようなビルやマンションが多く建ち並んでいる。その間を埋めるように、ちんまりとした京町家の瓦屋根が点在している。

とはいえ、今でも御所南の町家は堀野記念館を筆頭にまだいくつも残っており、人々の気質にも、せこせこしないのどかさがある。

「……よし。今日も頑張ろう」

三方を山に囲まれた千年の都・京都。この町を守るのが、大の今の仕事である。

朝靄が払われて、からりと晴れ上がりつつある空と町並みを目に焼き付けてから、大はサイドテーブルにある簪を取った。

父親は仕事が早いので朝から姿は見えず、大は、だいたい母親と二人だけで朝食をとる。互いに洗面台を譲り合ったのちは、だいたい同じタイミングで家を出る。そうしてマンションを出たら、母親はパート先の鞍馬口へ行くため、地下鉄烏丸線の丸太町駅へ。大は、「喫茶ちとせ」がある堀川御池へと、自転車をこぎ出すのだった。

堺町二条からは少し南西、堀川通りと御池通りの交差点、堀川御池を過ぎて、さらに御池通りを西へ走り、神泉苑を過ぎると、ちとせはすぐそこである。

薄緑の軒先テントが目印のこの喫茶店が、大の職場である。二階には、夜勤だった上司や先輩達がいるらしく、カーテンが開けられていた。

裏に自転車を止めて、表のドアを開ける。ベルが軽く鳴ってドアが閉まる。薄暗い店内に立った大は、上にも聞こえるように挨拶した。

「おはようございます。古賀です」

話し声がして、二階から軽い足取りで誰かが下りてくる。少年のようなその足音だけで大は誰か分かり、やがてその予想通り、

「おはよう、大ちゃん！」

と、坂本塔太郎が顔を出した。

見るも涼しげな黒髪の短髪に、少し童顔で、濃くきりりとした眉。明朗で誰にで

も優しい彼が、自分の直属の先輩である。

「夜勤、お疲れ様でした。って、あれ……昨日は、塔太郎さんも夜勤でしたっけ」

「いや。ほんまは違ってんけどな」

「ですよね？」

会えて嬉しい、とほの甘くなる心を隠して大が訊けば、塔太郎は笑顔で手を横に振り、天井を指差した。二階には、所長の深津勲義がいるようで、耳を澄ませると物音がする。

「明け方、深津さんから応援に呼び出されてん。で、今日も出勤やし、ほなったらこのまいといたろー、と思って、仮眠室で寝てた！」

「そうやったんですか。すみません、起こしてしまったみたいで……」

「ええよ、ええよ。どのみち起きなあかんし。でも、犯人逮捕で雷の拳も使ったから、まだ体力切れやわ」

そう言う割には、さして疲れた様子もなく、

「ちょっと、そこのコンビニで何か買ってくる！　すぐ帰ってくるし、深津さんにもそう言うといて。大ちゃん、何か欲しいもんある？」

と訊く彼と目が合って、大は一瞬頬を赤らめた。

「えっ？　いえ、大丈夫です。そんな……」

「遠慮すんなって。大ちゃん、ラズベリーとか好きって言うてたやろ。ええのあったら買ってくるわ。要らんかったら、俺食うし。ほな行ってきまーす！」

「お気遣い、ありがとうございます。いっ、行ってらっしゃいませ！」

塔太郎が小銭入れの中身を確認し、元気よく店を飛び出していく。大はそんな彼の背中を、どきどきしたまま見送った。

塔太郎がいなくなると、店の中が再び静かになった。自分の鞄をレジ横に置きながら、大は、先ほどの事を思い出した。

（戦った後やのに余裕そう。体力があるっていうんも、エースたる要素なんかなぁ。仮眠したはったっていうから、疲れの取れやすい寝方とか、そういうのもあるんやろか）

と、同じあやかし課隊員として考えると同時に、

（……塔太郎さん、私の好きなもの知っててくれはった）

と、女の子として、小さな恋の喜びを噛みしめる。

塔太郎は、今の大にとって尊敬出来る先輩というだけでなく、密かに想いを寄せる男性でもあった。

今のところ、それは大だけの秘密である。

「喫茶ちとせ」は、一見すれば何の変哲もない喫茶店である。

オーナー兼店長である天堂竹男は深津の幼馴染で男盛りの四十代。主に調理を担当する山上琴子は、姉御肌の頼もしい三十四歳。彼女や竹男の手によるおばんざいやコーヒーを美味しそうに味わう客の笑顔を見るのが、大は好きだった。

制服である和装の上にエプロンや前掛けをして、その料理や飲み物を運ぶのが大と塔太郎の仕事であり、レジも担当する。大は着物に袴、塔太郎は筒袖の着物に動きやすい裁着袴、が基本だった。

大も塔太郎も和装だとそれなりに映えるらしく、

「二人がおるだけで、店の空気が若なんねん。これ大事やで！」

と竹男が言うと、「私は⁉」と琴子が口を尖らせる。これはいつものことで、似たようなやり取りを一週間に四回ぐらいは目にしている。

そんな調子で、何も知らない人から見れば、「喫茶ちとせ」は四人でささやかに営業している普通の喫茶店である。しかし、実はもう一つの顔を持っていた。

二階で電話が鳴ったかと思うと、深津と、その直属の部下である御宮玉木が下りてきて、

「今、近くの交番から応援依頼来たわ。全日空で、緑の化け物が脱走したんやって」

と、竹男をはじめ、大達に伝える。深津の隣にいた玉木は眼鏡をかけ直し、

「全日空？ ……あぁ、ANAクラウンプラザホテルの事ですよね」

と独り言を呟いてから、

「外国人の宿泊客が連れていたペットだそうです。なんか、爬虫類っぽいらしいんですが……、そのペットはもちろん、飼い主も、人間に化けたあやかしだそうです」

と、補足した。

これを聞いた大と塔太郎は互いに目配せし、店長の竹男は午前の営業状況を鑑みて、

「今日は客もあんま来うへんやろし、留守番は琴子だけでええかな。脱走モンとなると……、出んのは俺と、塔太郎と大ちゃんの三人でい？」

と、深津に確認する。彼が了承すると、竹男は大達へ戯れに敬礼した。

「ほな、出撃しまーす」

「了解です。——うし。行くぞ、大ちゃん」

「はい！」

大はエプロンを取り、塔太郎も前掛けを畳んで、レジの後ろの棚へ置く。棚の一番下の金庫に隠してあるのは刀や籠手類で、大は刀を取り、塔太郎は籠手や脛当てをつけた。そして最後に、紫の西陣織に「京都府警察 人外特別警戒隊」と白い刺

繡が施された腕章を、それぞれ左腕につける。各々準備が整うと、いざ、京の町へと飛び出す。こうして町の平和のため、京都を駆け回ることこそが、大達の本当の仕事なのだった。

この世界には人間や動物だけではなく、実は、「あやかし」というものも存在する。昔から、神様仏様はもとより、幽霊や化け物、精霊、付喪神のようなものまで、人間と共存しているのである。

共存というよりは、馴染んでいると言った方がしっくりくる。例えば、普通の人間に化けてコンビニエンスストアでお弁当を買っていたり、なんちゃって守護神となって孫の成長をそっと見守っていたり……。一つ難点があるとすれば、「霊感」や「霊力」のような力がある人にしか、彼らを認知出来ない点だろうか。

そんなあやかしもトラブルや犯罪を起こす事があり、普通の警察だけでは対応しきれない。そこで、京都府警は神社仏閣などと協力して、霊力や退魔に長けている一般の者達との合同組織を作り上げた。

それが、京都府警察本部直属の特殊部隊、「人外特別警戒隊」。通称、あやかし課である。

有力な神社の氏子区域で管轄が区分けされており、隊員を擁する「事務所」は、表向きは喫茶店や体験処などの一般のお店を営みながら、本部や交番から通報を受けて出動するのである。

「喫茶ちとせ」のもう一つの顔、その正式名称は「八坂神社氏子区域事務所」である。喫茶店は一階部分のみで、二階がその事務所だった。深津と玉木はここに常駐しており、それぞれ京都府警の警部補、巡査部長である。

特に深津は、五人をまとめる事務所の所長であり、喫茶店の事は店長の竹男に任せているが、それ以外の一切は、深津に権限があった。

「喫茶ちとせ」で働く四人は、大を含めた全員が「隊員」である。

大は春に入隊したばかりの新人女性隊員。塔太郎は、雷の拳や蹴りのほか、龍にも変身出来るという人間離れした実力を持つエースだった。

通報があれば即座に現場へ駆けつけ、トラブルを解決し、時にはあやかしと戦うこともある。忙しくても充実しているこんな毎日を、大は心から気に入っていた。

「――喫茶店かぁ。和服が制服って、お洒落やな。私も着てみたい。……っていうか、まーちゃんの就職先って喫茶店やったっけ？　高校を卒業して、先輩のいる会社に入ったんじゃなかったっけ」

「そうやってんけど、そこは辞めてん。その後、知り合いに紹介してもらって……」

「それで、今のところに転職したんやな。なるほどー」

高遠梨沙子が器を持とうとして、熱かったのか手を引っ込める。ふう、と息を吹きかけてうどんを冷ましているのを見て、大も箸を持ち、上にのっている具を食べた。

今日は大の公休日で、向かい合って座っている梨沙子は、大の母校・鴨沂高校の同級生である。卒業後、梨沙子が京都産業大学へ進学し、大が就職してからは、生活の違いゆえに連絡が途絶えていた。しかし、今年の祇園祭で見かけたのをきっかけに大が連絡を取ってみると、梨沙子も喜んでくれた。あっという間に一度会おうという話になり、彼女の希望で、錦市場の中にあるこの「冨美家」で昼食を、となったのだった。

今の大はシャツにジーンズの私服、梨沙子は単衣の着物である。

梨沙子が指定した冨美家は「鍋焼きうどん」が名物であり、大学の着物サークル仲間と食べにきて以来、お気に入りなのだという。コクのある透き通った出汁に、卵、うどん、餅、えび天、葱、麩、かまぼこ、椎茸などがたっぷりとのり、味は喧嘩せず一つにまとまっている。

テーブルに置いてあるメニューの解説文には、出汁は天然の利尻昆布に削り節、伏見の地下水でとっていると書かれており、大が読み進めていると、梨沙子も一緒になって覗き込んだ。彼女は高校で京都を学ぶ授業を取っていたので、着物だけでなく、こういう分野にも興味があるらしい。

「このうどんの出汁、伏見の水なんやな。京都の水はやらかい（柔らかい）って言うし、違いが出るもんなんかなぁ」

梨沙子はひと口、料理人気取りの真剣な表情で出汁をすすったが、美味しさに負けて頬を緩めた。

「まーちゃんのお店も喫茶店やろ。やっぱり、井戸水を使ってんの？」

「うん。ご飯もふっくら炊けるし、水出しコーヒーやお出汁の風味がよく出るからって、店長の竹男さんが毎日汲んだはんねん。近くのお家と、井戸水を汲む契約をしてるんやって」

「へぇー。それ、お金かかるんちゃうん」

「竹男さんが自分で払ったはるから、詳しい金額は知らんねんけど……、お水のよさで味が変わるから、お金の問題じゃないみたい」

「まず、味を守るんが第一なんやな。そういうところ、京都らしいよなー」

梨沙子は、大とは対照的に思った事を口に出す。例えば高校三年生の時、大が就

職先から内定を貰った際は、

「えー、何でよ！　一緒に京産受けたらええのにー。内定蹴って、受け直そうよー」

と駄々をこねて無茶を言ったかと思えば、二秒後には、

「ま、そういうのんもアリやわなー。卒業しても、またどっか食べに行こな」

とあっさり自分で納得し、うんうん頷いていた。そういう切り替えの早さと気持ちのよい彼女の性格は、今も変わらなかった。


その後は、互いの近況報告に終始した。梨沙子には霊感がなく、あやかしの事も全く分からない人間だったので、大はあやかし課隊員という身分は伏せて、単なる喫茶店の従業員という事にした。

その上で、琴子の包容力や竹男の愉快さ、喫茶店で出す料理や飲み物の事、そして塔太郎がくれる安心感と心地よさを伝えると、梨沙子もふんふんと頷きながら、楽しそうに耳を傾けてくれた。


あやかし関連の話題がなければ、大の話はさして珍しいものではなく、どこにでもいそうな女の子の話である。その後、梨沙子の大学生活やアルバイトの話がひと通り終わると、しばらくの間二人は無言で食事を進めていたが、

「そういえばなぁ。まーちゃん、彼氏とか出来た？」

と、梨沙子が訊いた。

二十歳の女の子が二人いれば、いずれこの話題になるだろう事は大も予想していて、それでも反射的に、

「梨沙子は？」

と、矛先を向けると、何とも彼女らしい答えが返ってきた。

「ちょっと前まではいたけど、別れた。顔はな、めっちゃ好きやってんけど、色々合わへんくって。あー、今でも腹立つ。思い出したくもない！　……で？　おたくは？」

頬杖をついて、わざとらしく笑みを向ける。大は一瞬迷ったが、梨沙子は、長らく会っていなかったとはいえ信頼出来る旧友である。それゆえ、少しだけ心の扉が開き、

「あんな、実はな。……好きな人、出来てんか」

と、両手を置いて改まった面持ちで言うと、

「その『塔太郎』さんやろ？」

と、あっさり言い当てられた。彼女は満面の笑みである。

「何で分かんの⁉」

「分かるに決まってるやん！　話を聞く限り、仕事中心の生活みたいやし。まーちゃんって、高校の時から結構単純な子やもん。塔太郎さんの近くで色々教えてもら

うちに、気遣ってくれる優しい人柄が好きになりましたって、顔に書いたあるで」

「う……」

「図星？」

ずい、と顔を近づけられたので、大は目線を外し、口を尖らせた。

「……この顔を見たら、分かるやろ？」

「うん、ばっちり。やったー。私、探偵やれるかも」

旧友の梨沙子にかかれば、塔太郎を好きになった経緯までもが見透かされていた。大は恥ずかしさのあまり、口元を両手で覆った。

しかしそれならば話は早い、と意を決して心を開き、

「梨沙子の言う通りやねん。この仕事を始めてから今日まで、塔太郎さんが私の教育係になってくれてて、仕事やけども、ずっと一緒なんが嬉しいねん。トラブルの時は助けてくれて、格好いいなと思ったら、子供みたいに無邪気な部分もあって、それで……。梨沙子も、そういうのない？」

「あるある。っていうか、人を好きになるって、大概そういう感じやろ。――え、いつから？」

「好きって気づいたんは、この前の宵山」

「二人で行ったん⁉」

「仕事でやけど」

「あっ、何や。びっくりした。てっきり、そこまで進んでんのかと思った」

大が塔太郎への恋心を自覚したのは、祇園祭の宵山である。しかし宵山はあくまできっかけにすぎず、今思えば、初めて出会った時から惹かれていたのかもしれなかった。

そういうふうに自覚したまではいいが、これからどうするべきかは、今の大にはさっぱり分からなかった。

「で？　今は？　向こうにも、それっぽい雰囲気とかあんの？」

「うーん……。私には、分からへん。塔太郎さんはいつも優しいけど、私にだけじゃないし……」

「あー、そういうパターンかぁ」

塔太郎とは毎日顔を合わせていて、時には力のあるあやかしと戦う事もあり、互いを心配するあまり抱きしめたり抱きしめられたりという事もあったが、それはあくまで、先輩・後輩という下地あってこそである。

今の関係は確かに良好だが、配属されたばかりの頃と何ら変わらず、よき先輩と後輩のまま。多めに見積もっても、まるで兄と妹のようだった。

表面上は後輩として振舞っていても、内心やきもきする事があり、最近の大は、その先に行きたいという欲求が膨らんでいる。

やがて大は、

「私、あんまり恋愛した事ないし、正解が分からへんねんけど……、こういう時って、告白って、した方がいいと思う？」

と、素直に助言を求めた。

今回、梨沙子に連絡したのは彼女と二人で遊びたいというのももちろんあったが、内心、彼女に恋の相談をすればきっとよい知恵を授けてくれる、という期待もあった。

梨沙子の事だから、誰かに取られる前に今すぐ告白しろ、なんて言うかもしれない。そうすれば、いつ、何と言えばいいか教えてくれるだろうか、などと考えていたが、目の前の梨沙子は煮え切らないような表情だった。

「んー。それはなぁ……」

「え、駄目なん？」

「いや、そうじゃなくって……」

大と梨沙子が冨美家を出ると、赤、黄、緑と並ぶステンドグラスのような鮮やかな錦市場のアーケードが見え、市場特有のざわざわとした賑わいが耳に飛び込んでくる。

錦市場は幅が狭く、地元の人、観光客、飲食業の人等の列があちこちに出来ている。その混雑ぶりにも負けず、目的の品の調達に精を出す飲食店の人もいれば、生麩の田楽一本から京の味わいを楽しもうとする観光客もいた。

大と梨沙子は、この錦市場ならではの人の波に上手く入る事が出来ず、冨美家の前でしばらく足止めされている。店の中では、恋愛話で二人とも真面目な顔をしていたが、話さえ終われば後はいつも通りで、

「相変わらず、人多いな」

「錦やもんね」

と笑い合いながら、スイーツでも食べに行こうかと話し合っていた。

〝京の台所〟として親しまれる錦市場にはどんなものでも揃っており、八百屋、鮮魚店はもとより、肉屋、漬物屋、豆腐屋、菓子屋など、夕飯の支度から別腹のおやつ、明朝の食材さえも困らない。食料品以外を扱う店もあり、活気ある商店街の風景と美食の両方を楽しめるというのが、錦市場とその周辺の醍醐味である。

人の波を縫うようにして歩いていると、通りの先を、裁着袴の男性が歩いていく

のが見えた。梨沙子は気づいていなかったが、大はその姿を目の端に捉えた瞬間、「あっ」と反射的に顔を上げていた。

「何？　まーちゃん。どうしたん」

「今、塔太郎さんがいた」

「嘘っ。どこ？」

「ほら、あそこ」

そう言って指差しかけて、塔太郎が半透明の霊体だった事を思い出す。霊感のない梨沙子は、彼がどれだけ近くにいようとも見えるはずがなく、

「うーん……人ごみに交じったんかなぁ」

と、残念そうだった。

しかし、大の目には、腕章をつけて東へと歩いていく塔太郎の背中が映っている。腕章をつけているという事は職務中であり、実際、真剣な面持ちで、半透明ではない傍らの男性と小さく話している。

梨沙子は、塔太郎を見つけようと一生懸命首を伸ばしていたが、やがて諦めて襟元を直した後、大の腰をぽんっと押した。

「せっかくやし、追っかけて声ぐらいかけたら？　まだ間に合うやろうし、ちょっと行ってきいな」

「えっ。いいの？」

「いいよ別に。片思いは、一回でも多く接するのが効果的なんやで」

「でも梨沙子、富美家の中では、ああいうふうに言うてたやん」

「あれは心を鬼にして、客観的な意見を言うただけ！　応援しいひんとか、諦めろとは言ってへんし、私個人はまーちゃんの味方やもん。まーちゃんかって、ほんまは塔太郎さんとちょっとでも話したいやろ？　やから、行ーくーの！　ほらほら、見失わんうちに！」

「わ、分かった！　分かったってば」

渋る大の背中を、梨沙子はぐいぐい押してくる。少々強引だが、彼女の気持ちが嬉しく、大はその言葉に甘える事にした。

「ありがとう。ほな、行ってくるな」

「はいはーい。じっくり、距離縮めてやー」

梨沙子に感謝しつつ、大は一人で塔太郎の後を追う。

青魚やおばんざいの新鮮な匂い、漬物の匂い、餅屋から香る米の風味、いかがですかと呼びかけるお店の人の声。それらが大の鼻や耳にふわりふわりと触れていく。その誘惑と人ごみをかき分けて、ようやく塔太郎の背中を叩くと、振り向いた彼が目を丸くした。

「あれっ、大ちゃん⁉　今日、休みじゃなかったっけ？」

「友達と、そこのうどん屋さんにいてたんです。お店を出たら、塔太郎さんを見かけたので……。お疲れ様です」

大が頭を下げると、塔太郎の隣にいる男性が「この方は？」と訊いている。塔太郎が「うちの新人隊員です」と説明した。

男性は、濁りのない白い肌に、綺麗な顔立ちである。歳は塔太郎と近く、立ち姿や物腰から育ちのよさが出ていた。塔太郎が大を隊員と紹介したので、この男性はあやかしか、霊感のある人かのどちらかで、言葉のイントネーションから京都の人らしかった。

大が自己紹介すると、男性は富女川輝孝と名乗り、苗字は長いから名前で呼んでほしい、と言った。

「塔太郎さんが一緒という事は、何かあったんですか？」

「今朝、輝孝さんが相談に来られてな。大ちゃんも暇やったら……。って、今日は公休か。友達と一緒にいるんやっけ」

「すみません。明日出勤しますので、私はその時にお話を……」

誘われたのは嬉しかったが、やはり梨沙子の方が大事だと断りかけた時、大のスマートフォンが鳴った。見ると、梨沙子からメッセージが入っている。彼女は大の

行動を予測していたらしく、

《私の事は、気にしんでいぃよ！　一人で買い物して、勝手に楽しんで帰りまーす！　もし塔太郎さんから「どこかへ一緒に」って言われたら、そっち優先な！　絶対な！　戻ってきたらシバくしな！　何もなくって、その場でバイバイやったら、また連絡してね》

という内容である。その続きで、念を押すように、

《俺に構わず行けぇー！》

と叫んでいる可愛い熊の画像が添えられている。大の恋を応援し、少しでも塔太郎と一緒にいろ、という事らしい。

「あの、友達、先に帰っちゃったみたいで……」

「そうなん？　ほんなら一緒に行こうや。もちろん、大ちゃんは休みやから断ってくれても全然いいよ」

「いえ、私でよければ！　お供させて頂きます」

大は二人の後ろについて歩きながら、あとで、梨沙子には彼女の好きな木苺のロールケーキを贈ろうと決めた。

塔太郎と輝孝は、錦市場の東、その突き当たりにある錦天満宮を目指していた。

三人でそこへ向かいながら大が相談内容を尋ねると、すぐ横の煎餅屋に気を取られていた塔太郎が向き直った。

「輝孝さん、今朝、ちとせに来てくれはったって言うたやろ？　その内容がな、『記憶喪失になった』やねん」

「どういう事ですか？　誰かに、頭を殴られはったんですか」

塔太郎が目配せすると輝孝が気づき、そのまま、輝孝本人が詳細を語ってくれた。

「色々と、ご迷惑をおかけしてすみません。僕が記憶を失くしたんは、今日の朝早くの事なんですが……」

輝孝は、敬語でも綺麗な京都弁の発音だった。しかし声は小さめで、錦市場のざわめきに負けがちである。耳を澄ませて何とか聞き取れた話によると、輝孝は今朝、見知らぬ家の布団の中で目覚めたという。服装は使い古しの寝間着だった。

起き上がり、虫籠窓という太い格子状の窓から外を見れば、そこは新町御池を南に下がった京町家の二階で、通勤や通学の時間帯だという事が分かった。

そういう一般的な知識や感覚は頭に残っていたものの、なぜ自分がここにいるのかや、そもそも自分は誰なのか、という事は、どうしても思い出せなかった。手元に自分の物と思われるスマートフォンを見つけたが、ロックを解除するパスワードも思い出せないので、役に立たなかった。

輝孝は恐怖にも似た思いに襲われて、とりあえず箪笥を漁って適当に着替え、病院へ行こうと玄関へ下りた。

そして自分の物と思われる靴を履いた瞬間、つま先部分に紙が入っているのに気がついた。

広げて読んでみると、どうも自分からの手紙であるらしく、内容は、まずは水を飲んで落ち着けという励ましの言葉から始まっていた。

記憶を失っている自分へ

まずは、水を飲んで落ち着いて下さい

自分の、つまり、あなたの名前は富女川輝孝です

どういう事かというと、この手紙を読んでいるという事は、自分、すなわちあなたは記憶を失っているのです

その理由、経緯は長くなるので割愛します。不安な気持ちは分かりますが、とにかくここへ行って、水を飲ませてもらって落ち着いて下さい

よろしくお願いします

富女川輝孝

この文面の後に書かれていたのが、喫茶ちとせの名前と住所だったという。今は塔太郎が所持しているその手紙を見せてもらうと、直筆で書かれた住所は間違いなくちとせのものだった。

それからの事は、塔太郎が話してくれた。

「朝一で、っていうか開店前に手紙を持ってきて、記憶が……って言うもんやから、俺らもびっくりしてなぁ。とりあえずコーヒーを飲んで落ち着いてもらって、筆跡を調べたんや。そしたら、書いたんはやっぱり輝孝さん本人やった。記憶を失くす前の輝孝さんが何でうちを指名したんやろ、っていうんも、竹男さんがすぐに気づかはったわ」

「それって、もしかして」

「うん。輝孝さんは、人間ちゃうねん」

「やっぱり……」

以前、娘の失踪の事でちとせに相談にきた藪内兼光という男がいた。彼は初老の男に化けていたが、その正体は鬼だったのである。常に疑っている訳ではないが、ちとせへ相談にくる人間の中には、あやかしが化けている場合もある。そんな時は大抵、玉木や深津、竹男が見破る。

「輝孝さんの正体は、何なんですか？」

「それが、不明やねん」

大の問いに、塔太郎が腕を組んだ。

「人間じゃない気配は明らかなんやけど、それ以上の事は感知出来ひんらしい。もしかしたらと思って、俺や琴子さんも輝孝さんをじーっと見てみたんやけど、さっぱりやった」

ちとせの六人の中で、相手の気配や霊力を感知するのに長けているのは、上から順に竹男、深津、玉木である。その三人でも不可能なのに、どちらかといえば武闘派の塔太郎や琴子では、人間か否(いな)かの判別さえ出来ないらしい。

大も輝孝を前に神経を集中させてみたが、やはり分からない。

「あ、あの。僕は本当に、何もしませんから。というか、喫茶ちとせでそれを聞いて、あやかしの世界の事も聞いて、今も心底驚いてるんです。自分が人間じゃないなんて……」

輝孝は怯(おび)えるように手と首を振って、今の自分は無害だと訴えていた。

「私や塔太郎さんはもとより、竹男さん達でも正体を暴けへんくって、記憶を失くしても人間のままという事は……輝孝さんの化ける力が強いって事なんでしょうか？」

「多分そうやとは思うねんけど……。なんせ当の本人が記憶喪失やからなぁ。その確認すらも出来ひんねん」

「すみません。早く思い出したいのですが……」

普通ならば、これは医療機関に行くべき案件である。しかし、記憶を失くす前の輝孝は、自分が何らかの理由によって記憶喪失になると予測しており、靴の中に隠すようにして、後の自分に手紙を託している。さらに、駆け込み先として警察であるちとせを指名した上に、肝心の事情を「割愛」として省いたのである。

深津は事件性があると判断し、調査と並行して輝孝の記憶を取り戻そうという事になった。それで今、彼の身辺警護として塔太郎がついてきたのだという。

「うちの担当になったとはいえ、やっぱり病院で診てもらった方がええやろ？　やから、まずは寿先生のところに連れてったんや」

寿先生とは、ちとせの南東にあたる西洞院通りと錦小路通りの交差点、西洞院錦にある「ことぶき医院」のお医者さんである。霊感のある人で、一般人の診察だけでなく、あやかし課の診察も出来る若き開業医だった。

ただ、彼は、あやかし課のように戦って悪霊を祓ったり、誰かの霊力を回復させるような高度な技能者という訳ではない。基本的には一般人である。

しかし流石は医者。塔太郎に連れられてやってきた輝孝を診た寿先生は、彼の体に異常がないと分かると、霊的な治療の方が有効であると判断した。

駄目もとだと言いつつ、寿先生は輝孝にある水を一杯飲ませた。すると、驚いた事に彼は一瞬正気を取り戻し、何かを思い出しかけたという。

　その水というのが京都の地下水で、寿先生が毎朝汲んでいる亀屋良長の「醒ヶ井水」だった。

「醒ヶ井水」とは、五条堀川付近に出ていた京都三名水の一つ、「左女牛井」と同じものではないが、平成三年（一九九一年）に復活した名水である。

「左女牛井」は、源頼義の邸宅でもあった源氏堀川邸の井戸だと伝わっている。そういう由緒に加え、足利義政がこの水で点てた茶を好み、戦国の世で一旦荒れたものの、武野紹鷗や織田有楽斎も愛用したという京屈指の名水だった。

　一方「醒ヶ井水」は、和菓子の老舗・亀屋良長が掘り直したものである。現在は、四条通りと醒ヶ井通りの辻にあり、亀屋良長の店舗横でポンプによって汲み上げられ、竹筒から絶えず流れている。もちろん、亀屋良長もこの水を使って和菓子を作っていた。

　周辺は綺麗に整備されて、「醒ヶ井水」は誰でも自由に汲む事が出来る。こんこんと湧き出る様はのどかで涼しげ、商業ビルが並ぶ四条通りに面した、ちょっとしたオアシスだった。

　そんな名水がもたらした進展に、塔太郎や輝孝はもちろん、寿先生も驚いていた。

「水を飲むっていうのは、例えば鬱病の患者さんにも効果が期待出来るんです。

私も、体が重い時に醒ヶ井水を飲んだらすっきりするから、それで飲ましてみたんですよ。ほんまに駄目もとやったんですが、まさか効くとは」

試しに水道水も飲ませてみたが、そちらは何の変化も見られず、また醒ヶ井水も、二杯目以降は変わらなかった。

そういう訳で、醒ヶ井水のような京都の地下水を飲めば、記憶が戻る可能性が浮上した。輝孝の手紙にも、よくよく読んでみると「水を飲め」という言葉が二回も書いてある。

輝孝と地下水との関連性はまだ分からないが、まずは京都の水を飲むのが鍵、というのが、塔太郎と寿先生の出した結論だった。

そうと決まれば早速という事で、塔太郎と輝孝はことぶき医院を後にした。

亀屋良長を訪ねて醒ヶ井水を直接手に取って飲み、さらにその後、寿先生に教えてもらった「柳の水」を求めて、医院と同じ西洞院通り沿いにある黒染屋、馬場染工業へと赴いた。

そこの敷地内で汲み上げられている柳の水も、千利休が茶の湯に使ったという逸話を持ち、寛永の三筆の一人・松花堂昭乗は、この水でなければ墨も筆も伸びぬと言ってわざわざ取り寄せたという。

ここまでの話を、大は興味深く聞いていた。

「私、まさる部で飲んでいる染井の水と、家の近くにある桃の井の水しか知らないんですが、どっちも美味しいと思ってるんです。でも、よくよく味わってみると微妙に違う気がして……。やっぱり、醒ヶ井水と柳の水も違いますか？」

大が訊くと、塔太郎が頷き、その味を思い出していた。

「あくまで個人的な感想やけど、醒ヶ井水はこう、飲んだら胸がふんわり和らぐ感じで、柳の水はそつなく胃の中に流れる感じやったな。お店の方に訊いたら、柳の水はちょっとだけ鉄分があるって教えてくれたわ。冷たすぎひんくて、飲みやすくて、どっちも名水やった。特に柔らかさに関しては、水道水とは比べるまでもなかったなぁ」

今でも、醒ヶ井水は亀屋良長が和菓子作りに使っており、柳の水は馬場染工業が染織に使っているという。和菓子と染織という分野の違いはあれど、どちらも現役で、京都の文化を支えている水だった。

これらを飲んだ輝孝には確かな手応えがあり、流れる醒ヶ井水を飲んで、自分の名前が確かに富女川輝孝である事を思い出した。

そして柳の水を飲むと、今朝、自分が目覚めたあの京町家こそが自宅である事を、体の底からはっきり思い出したという。

「凄いじゃないですか！　京都の水って、そんな力があるんですか？」

「大ちゃんも、そう思うやんな？　いつも飲んでる染井の水が体を癒すんは知ってるけど、他の水も、ここまで効果を発揮するとは思わへんかってん」

こうなれば事態はぐっと好転し、京都には神社をはじめ井戸水が飲める場所が多いので、もっと回ろうという事になった。そこで、錦天満宮にある「錦の水」を目指して錦市場を歩いているうちに大に出会った、という訳だった。

錦天満宮は、北野天満宮と同様、菅原道真を祭神として祀っている「錦の天神さん」である。規模こそ小さいが、錦市場の突き当たり、新京極に鎮座しているだけに、その御神徳は知恵・学問だけに留まらず、商才、招福、厄除けなどでも知られていた。

そこに湧く錦の水も、先の二つの水に負けず劣らず有名である。

ひと通り話し終え、錦天満宮へ向かって歩いている今も、錦市場にはたくさんの食の香りが流れている。大は、それらの調理にもきっと名水が使われているのだろうと思い、ついさっき美味しく食べた冨美家の鍋焼きうどんも、伏見の水を使っていた事を思い出した。

塔太郎、輝孝、そして大の三人は、そのまま寺町通りを通りすぎて、その先にある新京極通りに面した錦天満宮に着いた。

寺町通りと新京極通りとの間には錦天満宮の一の鳥居があって、見上げると、鳥居の左右の上端が、それぞれビルの中にめり込んでいる。

これは昔、繁華街としての区画整備で参道の両側にビルが建つことになった際、鳥居の上端が引っかかったらしい。だからといって切るのはとんでもないとして商業ビルの方が妥協し、鳥居の端を中に入れる構造にして建設したのだという。たとえ繁華街でも神様を大切にしているのは、ちらりと見える京都の地域性かもしれなかった。

境内に入ると中央奥に本殿があり、向かって左側に塩竈神社などの末社があり、右側の社務所ではお守りやお札などの授与品が売られている。

面白いのは境内に設置されているおみくじで、これは、ガラスケースの中の獅子舞が踊ってくじを出してくれるというからくり仕掛けだった。他には、紙芝居を自動で読んでくれる「紙芝居ロボット」もある。

天神様のご加護と見所がぎゅっと詰まっているこの神社には、今この瞬間も、若い女の子達や老年の夫婦、観光客と思われるグループなどが入れ替わり立ち替わり絶え間ない。さらに錦市場、寺町、新京極の楽しい雰囲気が、境内にもそのまま流れて賑わっていた。

大達の目的である錦の水はすぐ見つかり、手水舎と兼用になっていた。

三人で両手と口を清めて本殿に参拝した後、立て札を読んでみると、地下百尺（三十数メートル）から汲み上げた無菌・無味・無臭の良質のものと書かれている。置いてある柄杓に口をつける事は出来ないので、龍神の口から出ている水を手で受け止めて、まずは輝孝が飲んでみた。

「どうですか？」

塔太郎が訊くと、やはり何かを思い出したような顔つきになり、

「……この水の味、覚えがあります。いえ、味じゃない。何か……」

大も声をかけようとしたが、集中しているのに気づいて押し黙る。輝孝はさらに、もう一度錦の水を飲んだ。

「……美味しい。温度もちょうどいい。……これに比べて、会社のウォータータンクの水は、冷たすぎて好きじゃなかったんです……」

「会社？」

うわごとのように言う輝孝を、大と塔太郎は両側から窺った。

「はい。……また、思い出しました。僕は会社勤めなんです。間違いない。でも、どこの会社やろか……？　……同僚に、お前は水マニアだ、って笑われた事があって、それで、僕にとって水は大事なんや、って言い返したんです。……その同僚は、どんな顔やったか……？」

「輝孝さん、無理しんといて下さい。ちょっとずつでいいですから」

「す、すみません」

必死に思い出そうとするのを、塔太郎が止める。大が見ても分かったが、記憶を取り戻すというのは、水の力を借りても体力を使うものらしい。それでも輝孝は考え込み、記憶を手繰(たぐ)り寄せようとする。

「会社の水を飲むたびに、井戸を掘って、その水を使ったらええのにって思ってました。……自宅には井戸があるんですが、今は使っていません。……そう、涸(か)れてるんです。だから、家でも浄水器を使ってたんです。井戸が涸れたので、先祖の人が仕方なくお祓いをして塞(ふさ)いだと、亡くなった両親から聞きました。自宅の町家は、先祖代々住んできた家で……。すみません。その先が思い出せません。僕、いえ、僕達にとって、水が大事だという事は分かるんですが……」

そのまま考え込んでしまう。会社勤めをしていた事だけでなく、先祖の事、両親が鬼籍(きせき)に入っているという事まで思い出したのは素晴らしい進展だった。しかし、輝孝を休ませるためにも、一旦錦の水から離れてもらった。

今度は大と塔太郎がひと口飲むと、ただちに舌に溶け込む清涼感があり、ふわりとして軽い。大が感じたその口どけは、修行後にいつも飲んでいる梨木神社の染井の水や、キンシ正宗堀野記念館の桃の井の水とよく似ていた。

横目でそっと塔太郎を見ると、彼も似たような事を思っているのか、真剣な顔で味わっている。

「ここのも、都会の地下水とは思えへんぐらい柔らかな水やな。輝孝さん、気分が悪いとかはないですか。大丈夫ですか？」

「はい。でも、少し疲れました」

ちょうど参拝者が途切れて、手水舎の周りには大達三人しかいない。囲むように立っていると、背後から声がした。

「失礼しますよ、お三方。お水がどうかしたのかな」

振り向いてみると、直衣（のうし）を着た年かさの男性である。表情は柔らかくて親しみやすいが、体や顔の骨格は大変男らしく、銀幕の名優を思わせる。突然現れた平安時代の貴族そのままの風貌（ふうぼう）に、輝孝は目を丸くしている。大も初めて見る人だったが、塔太郎は彼を見るなり頭を下げた。

「菅原先生！　ご無沙汰（ぶさた）しております」

塔太郎の声を聞くなり、相手は優しげな声色（こわいろ）を一層親しみやすくして、

「はいはい。坂本くん、よく来られましたね。お隣は、ひょっとして今年入られたという新人くんかな？」

「はい、古賀と申します。四月に、うちへ配属となりました」

塔太郎がそっと促(うなが)したので、大もすぐに頭を下げて挨拶した。

「京都府警のお預かり身分で、人外特別警戒隊の隊員を拝命しました古賀大です。よろしくお願い致します」

「おぉ、そうかそうか。君が新しい子なんだな。私は、ここの祭神をさせてもらってます菅原といいます。長いお付き合い、よろしくお願いしますよ」

彼こそが、天神さんとして全国で崇拝(すうはい)される菅原道真であり、この錦天満宮の祭神だった。学問の神様らしく、神仏はもちろん巷(ちまた)のあやかし達からも「菅原先生」と親しみを込めて呼ばれていた。

「それで、坂本くんと古賀さんがいるという事は、何か事件があったとみえるね。何かお役に立てるかな。坂本くん、よかったら聞かせてくれるかな」

「よろしいのですか？　ありがとうございます！　実は今、各所の名水を巡(めぐ)っておりまして……」

塔太郎が事情を話している間、菅原先生はうんうんと相槌(あいづち)を打っていた。

「なるほどね。各所のお水を飲むというのは、よいお考えですね。京都の昔の家には大抵井戸がありまして、そこは水の神様、つまり龍神(りゅうじん)様のお住まいなんです。井戸水をお飲みになる事で、龍神様のご加護が、輝孝さんの頭の靄を払っておられるのでしょう。輝孝さんご自身も、お水と縁が深いようですね。たくさんの龍神様にお縋りすれば、いつかは完全に思い出される事と思いますよ。ただ……手段は堅実としても、ちょっと、大変なんじゃないかな」

「どういう事ですか？」

「分かりやすく、地図にしてみましょうかね」

菅原先生は一度消えたかと思うと、すぐにまた現れた。今度は太刀を持っており、鞘から抜いたかと思うと、切っ先で足元の石畳を突いた。

「この太刀はね、私の筆みたいなものなんですよ。切れ味がいいから、どこにでも書けて便利なんですよねー……って言ったら、あやかし課に怒られちゃうね。こらっ、落書きするなーってね」

菅原先生がそんな冗談で場を和ませている間に、石畳が水面のように波打ち始める。やがて、それまで味気ない灰色だった石畳に、京都の地図が浮かび上がった。

「わぁ……」

大は目を輝かせて覗き込んでいた。人間の作るプロジェクションマッピングよりも、ずっと鮮明である。その反対に輝孝は驚いたのか、咄嗟に、塔太郎の陰に隠れるように一歩下がった。

地図はとても見やすく、山は緑で、道は碁盤の目に走っている。よく見れば、石畳のヘリもその道の一部と化していた。左京にあたる右側には、京都の地図でこれだけは欠かせぬY字の鴨川が、右京にあたる左側には、桂川が水色で描き出されていた。

「京都の中心部の地下水は、簡単に言いますと鴨川の伏流水なんです。川の流れと同じで、北東から南西に流れる水脈が、川から地面の下に枝分かれしていると思えばいいですね。これが大変に柔らかいお水で、お酒造りに使うと甘口のお酒になるんです。これはお料理にも似たような事が言えまして、お米を炊けばふっくらとして香りが立ち、出汁もよくひけます。お茶なんかもそうですね」

この説明を受けて、大は冨美家を思い出した。あの鍋焼きうどんの出汁の美味しさは、やっぱり水の柔らかさなんやな、と思っていると、菅原先生がもう一度石畳を突いた。

「話が脱線しましたね。――平安時代の昔から、数メートルも掘れば、京都はどこでも水が出ました。だから民家でも井戸が作れたし、お料理や染め物も発展したし、七名水というように名物化したんですね。つまり、京都の水脈はそれぐらい多くて、地下水全体が琵琶湖に匹敵するダムみたいなものなんです。ただ、現在では、うちみたいに何十メートルも掘らないと出なくなってますが……。歴史的に名水として愛された井戸、今でも現存していて汲める地下水は、ぱっと分かるだけでもこれだけあるんです」

足元の地図に、ぽつぽつと紺色の丸印が浮かび上がる。京都の町の北から南まで、まるで斑点のようである。

今、大達が立っている新京極の隣、寺町通りとその周辺だけでも、既に塔太郎達が立ち寄った柳の水、醒ヶ井水、ここ錦の水をはじめ、市比賣神社の「天乃真名井」、髙島屋の近くにある火除天満宮の手水舎、京都府庁の近く、生麩の老舗・麩嘉が使っている滋野井、堀野記念館の桃の井、下御霊神社の御香水、梨木神社の染井、そして晴明神社の晴明井、と両手の指がすぐ埋まる。

「こんなに？　これを全部回るのは……」

さすがの塔太郎も、そこまでの数とは思っていなかったらしい。現時点で三ヶ所の水が輝孝の記憶を引き出しているが、当たりはずれもあるかもしれない。そもそも、地図上で見れば近くても、実際に行こうとすれば、タクシー等を使ってもそれなりの時間を要するのだった。

名水の印で埋め尽くされた地図を四人で眺めていると、

「いかに狭い京都といっても、これじゃあ日が暮れるね。だからいっそね、貴船明神に行かれたらいいんじゃないかな」

と、菅原先生が提案した。

「貴船？」

貴船明神とは、参道の石段の両側に赤い灯篭が並ぶ貴船神社の事である。菅原先生が太刀の切っ先で地図の北端を撫でると、小さな赤い丸と「きふね」という平仮名が浮かび上がった。

「京都の地下水が鴨川の伏流水、というのは言いましたね。その鴨川の源流の山にお祀りされているのが、貴船明神なんです。ですから、その枝にあたる地下水が輝孝さんの記憶を引き出しているとなれば、その根である貴船明神なら、それ以上の事が出来るでしょうね」

　地下水の源流が鴨川であって、さらにその源が貴船であれば、京都の水は、貴船明神が支配しているも同然だった。

　事実、貴船神社は水の神である高龗神を祀っており、〝おかみ〟の漢字が雨冠に祭器を表す口三つ、その下に龍をつけたものだから、いうまでもなく龍神である。都で特に崇拝されるその御神水を飲めば、断片的な事だけでなく、重要な事も思い出せるかもしれなかった。

「いかがですか。行かれてみて損はないと思いますよ。本当はご一緒してお手伝いしたいんですが、私もちょっと忙しくてですね……、おや。珍しい方がお越しですね」

　えっ、と思って顔を上げると、ちょうど鳥居をくぐる男性がいた。

夏大島に博多織の帯、紗の白い羽織には薄ら市松模様が見える。着物は単衣の時季だが、京都の九月はまだ暑さが抜けないので夏物でも十分である。それが逆に、着慣れている事を示していた。

お召し物も顔立ちも、惚れ惚れするような渋さを持ったその中年男性は、辰巳大明神だった。

辰巳大明神とは、祇園・白川沿いの辰巳神社に祀られている神様である。祇園で厚く信仰されているが、人に化けて出かけたり、狸に化けて愛嬌を振りまいたりして、あまり厳めしくない楽しい神様だった。

辰巳の旦那様と呼ばれている辰巳大明神は、大達に気づいて、おっ、と言いつつ、先に菅原先生へ挨拶した。

「お久しゅうございます、先生。何の連絡もなしにふらりと来てしまいまして、すんまへん。ちょっと散歩がてら、境内を覗かしてもらってもよろしいですか」

「もちろんですとも。旦那様に遊びにきて頂けるとは、私も光栄です。――ところで旦那様。つかぬ事をお聞きしますが、この後のご予定はいかがでしょうかね」

「先生のお話とあらば、何が入ってても空けときまっさ」

「そうですか、ありがとうございます。実はね、坂本くんと古賀さんが連れているこの人なんですが、記憶喪失になられているんです。どうも特異なご縁をお持ちのようで、京都のお水を飲むと記憶が蘇るらしいんですよ」

「ほぉ。それはそれは……」

辰巳大明神が、興味深そうに輝孝を見る。頭からつま先まで眺めると、なるほどなぁ、と唸った。

「それを思い出そうという事で、私が貴船明神へのお参りをお勧めしたんですが、言い出しっぺの私が同行出来ないんですよ。そこで、もしよろしければ旦那様にお願い出来ないかと思ったのですが……。いかがでしょうかね。こちらも突然ですみません」

「いやいや、お安い御用です。引率の件、確かに承りました。私もちょうど手持ち無沙汰やったんで、ええ暇潰しになります」

「そうですか。いやぁ、ありがとうございます。——そういう訳ですのでね、坂本くん、古賀さん、輝孝さん、気をつけて行ってらっしゃい」

「あっ、はい。ありがとうございます！」

神様同士で話が決まったので、大達に反論する余地はない。何より、菅原先生の提案は理に適っているので、大と塔太郎は二つ返事で辰巳大明神の傍へと近寄った。輝孝は、この展開に対応しきれず戸惑っていたが、

「大丈夫ですよ。俺がいますから」

と塔太郎が声をかけたので、背中を押されるように頷いた。

「何か分からない事がありましたら、電話して下さいね。それと、ここに来られたのも何かのご縁ですから、これを差し上げましょうね」

　菅原先生が大達にくれたのは、犬笛型の小さなお守りである。根付として使えるようになっており、一つずつ渡しては、

「向こうは山ですからね。迷子になったら、ぴーって吹くんだぞ」

と、冗談を言って笑わせてくれた。

「ありがとうございます。小さくて可愛いです！」

「すいません、俺にまで……」

　三人が頭を下げると、辰巳大明神が菅原先生へ去り際の挨拶をして、大達は錦天満宮を後にした。辰巳大明神が颯爽と先を歩く。

「ほな、行こか。四条まで出て、タクシー拾って、まずは出町柳やな」

　鳥居まで来たところで振り向くと、菅原先生が手を振って送り出してくれている。鳥居から外に出た瞬間、辰巳大明神は狸に変化して、

「さ、例のやつや。古賀ちゃん、頼むで」

　と、どこから出してきたのかハーネスをくわえていた。小動物が歩くと女の子が見てくれる、という事で、ペットの狸に化けて人間に飼い主役をさせるのが、辰巳

大明神お気に入りの戯れである。

「やっぱり、今回もやるんですね」

と、大が言うと、

「そらそうやがなー。繁華街でせんでどうすんねん！　あ、塔太郎は要らんぞ。飼い主は、むさい男よりも女の子の方がええからな！」

と、狸の口が山形にすぼまり、きゅうん、とひと声鳴いた。

四条から出町柳までタクシーに乗り、叡山電車に乗って一乗寺、修学院、宝ケ池、岩倉を過ぎる。降車駅の貴船口が近づくにつれて山の茂みもぐっと深くなり、やがて、青もみじがトンネルのように窓の外に広がっていた。

「九月やし、まだまだ紅葉には早いなぁ。みんな青やなぁ」

大に抱っこされながら吊り革にぶら下がる辰巳大明神が、顔をちょっと上げて、輪っか越しに流れる景色を眺めている。

新京極通りと四条通りで「狸がいる！」と散々注目を集めるのに成功した辰巳大明神だが、ここでも電車に乗ってからはずっと吊り革にぶら下がり、周りの視線を浴びていた。

しかも、その吊り革が全車両で一つしかないピンクのハート形なものだから、余計に注目を浴びている。このハートの吊り革は縁結びのご利益があるとして人気があり、それと狸との組み合わせはより可愛いらしい。学校帰りの女子高生や若い女性が、こぞって大に、

「あの、飼い主さんですよね？　写真、撮ってもいいですか？」

と声をかけてきた。辰巳大明神はそのために狸になっているのだから、ここぞとばかりに愛想を振りまく。そして、「抱っこしてもええぞって言え！」と大にそっと耳打ちする。

「あの、もしよかったら抱っこしますか？」

　苦笑いしつつ、大が女性二人組に訊くと、

「えー⁉　いいんですか⁉　じゃあぜひ……きゃー！　めっちゃ可愛い！　よっち、撮って。早く！」

と、瞬く間にふれあい撮影会となる。辰巳大明神は例の如くご満悦だった。塔太郎は遠くの席からこっそり笑って見守っており、輝孝はその様子を凝視していた。

　貴船神社の正確な創建は不明だが、天武天皇の御代には社殿を建て替えたという記録があり、その頃から既に、尊信を寄せられていた事だけははっきりと分かる。叡山電鉄の駅名になっているように、地名としては「きぶね」だが、神社は「き

ふね」という読み方である。これは、水がいつまでも濁らぬようにという願いが込められているからだった。

その願い通り、鴨川、そして賀茂川の源流にあたる貴船川の水は透明で木漏れ日を乱反射させるほど美しく、小さな滝の流れはガラス細工のようである。

この川に沿うように、青もみじをはじめとした木々が天然の屋根を作り、食事処の川床を過ぎると、二の鳥居、本宮、結社、奥宮が鎮座している。貴船山の麓全体が、貴船神社を中心に一つの里を作っていた。

大達が神社の石段下に辿り着いてまず感じたのは山特有の涼しさで、まだ蒸し暑い洛中と比べ、ここが果たして同じ京都市なのかと疑いたくなる。

二の鳥居をくぐると本宮へと続く石段があり、この石段の両脇に、名高い深紅の灯篭が坂の上へと長く連なっていた。

彼らに見下ろされながら奥へと分け入っていくのは、貴船明神への参詣が神聖な儀式であると言われている気がする。大や塔太郎はもちろん、辰巳大明神でさえもそう感じたのか、皆、はじめの数秒間は立ち止まっていた。

やがて石段を一段一段と上るうち、大は神猿から貰った力を宿しているためか不思議と湧き上がるような何かを感じ、輝孝は水を飲んでもいないのに、既に新しい記憶を蘇らせていた。

「……ここに来た事があります。……一人じゃない。二人です」

「おっ。誰や。彼女か？」

狸から、錦天満宮での男性の姿に戻った辰巳大明神が振り返る。輝孝は灯篭と山の緑を見上げ、その時の記憶を手繰り寄せていた。

「恋人かどうかは分かりません。でも、女の子です。年下です。さみ、と呼んでて……多分、僕はその子の事が好きやった……」

思いがけず出た、彼の恋の記憶。洛中から遠いこの場所に男女二人で来たという事は浅からぬ関係であると思われ、塔太郎が輝孝の体調を見ながら、

「その、さみさんについて何か思い出すことはありませんか。その方も、あやかしですか」

と尋ねてみたが、残念ながらそれは叶（かな）わなかった。

本宮へ辿り着くと、ここも観光客で賑わっており、高龗神を祀る本殿の前には長い行列が出来ている。すぐに参拝したいのはやまやまだったが、他の人を押しのけて進む訳にもいかなかった。

大達は順番が回ってくるのを待つ事にして、その前に、岩垣から湧き出ている御神水へと足を運んだ。上部には注連縄（しめなわ）が張られており、こちらはこちらで人だかりが出来ていたのだが、すぐに空いた。

「このお水で手を洗って。輝孝くん、そのままいっぺん飲んどうみ」

「はい」

辰巳大明神の勧めるままに、輝孝が、竹筒から流れ出る湧水の前に跪く。手の中に溜めて、ひと口飲む。その後に続いて大や塔太郎も飲んでみると、洛中の水と同様に柔らかく、なおかつ清々しい喉越しのよさを感じた。

「何だか、胸がすうっとしますね。塔太郎さんも、そう思いませんか？」

「うん。さすがは御神水や。梨木神社の染井なんかと一緒で、霊力もありそうや。輝孝さんも何か大事な事を……、輝孝さん？」

期待しつつ、塔太郎が輝孝の顔を窺うと、彼は呆然とした表情で何かを呟いていた。

「……いち、ぜろ、さん……」

「え？」

「……番号です。1、0、3、4……それが今、頭の中に浮かんだんです」

輝孝は囁くような声でもう一度、それを復唱した。

今までは彼自身の事だったのに、今回は番号。思い出すものは違っていたが、重要な事柄であるのは明白だった。彼の真剣な様子を見た塔太郎が、慎重に訊く。

「輝孝さん。何の番号か、思い出せますか」

「……多分、日常的に使っていたものです。いや、これだけじゃない。他にもあって……」

「暗証番号ですか？」

「かも、しれません。でも、その四つは特に……、っ……、あかん出えへん！」

「輝孝さん、落ち着いて下さい」

全てを思い出せないという焦りからか、輝孝が苛立ったように頭を掻いた。塔太郎が彼の手首を軽く引き、大も反射的に背中を撫でる。尋常ならざる雰囲気に他の参拝者も気づき始めたので、辰巳大明神がその場をまとめた。

「双方、それ以上はやめとき。無理したら頭割れてまうで。唸っててもしゃあないし、ちょっと休憩しょ。な。――ほれ見てみぃ。お守りを売ってる所に、グッズもぎょうさんあるやないか」

こういう時に、辰巳大明神の身軽さはありがたい。重くなりそうな空気を切り替えるように、辰巳大明神が率先して輝孝の腕を引き、授与所へと向かう。

辰巳大明神の手招きに応えて大も歩き出そうとしたが、ふと気づいた事があり、塔太郎に向き直った。

「あの、私が輝孝さんについていますから、休憩されますか？」

「えっ？　いや、いいよ別に。大ちゃんこそ行ってきいな」

「でも……、塔太郎さん、朝からずっと輝孝さんについてはって、今もずっと気が張ってるじゃないですか」

「そら、仕事やもん。別に大ちゃんに心配されへんでも、俺は大丈夫やで」

「そう、ですか」

「うん」

あっさりと断られ、大の気遣いは空回りとなる。塔太郎はそのまま辰巳大明神と輝孝の後を追おうとして、

「後は俺に任して。他んとこを見るなりして、のんびりしとき。何やったら帰ってもいいしな」

と、大の肩を軽く叩いて去っていった。

塔太郎の気遣いとは分かっていたし、その優しさは嬉しいが、帰ってもいいとまで言われてしまうとやはり寂しいものがある。

いつまでも突っ立っている訳にもいかず、大も授与所へと移動し、ずらりと並んでいるお守りや授与品を眺めた。

神社なのだからお守りやお札はもちろんの事、ルアー型のお守り、御神水を配合した石鹸、化粧水まで売られている。貴船の神は龍なので、竜守という小さな龍の根付も売られており、辰巳大明神が、

「ややっ。塔太郎がいっぱいおる！」

とからかっていた。塔太郎が龍になれる事を知らない輝孝はぽかんとしていたが、塔太郎本人は気恥ずかしそうに手を振り、

「俺なんかと一緒にしたら、貴船明神に失礼ですよ」

と苦笑いしつつも、楽しそうだった。

その光景を遠巻きに眺めつつ、ふと大の目に留まったのは、「水占みくじ」というおみくじ。白紙の紙が積まれており、ここから一枚抜いて、それを水に浮かべると本文が浮かび上がるという仕組みだった。通常のものと違って、水の神を祀る貴船神社らしいおみくじである。

まるでご神託のように文字が浮き出るという面白さに惹かれ、大は一枚買ってみた。水占みくじという名前と、そこに運勢が浮き出ると思われる丸枠や、各項目の本文が出る四角の枠は黒線で印刷されているが、それ以外は一文字もない。

……、と手に取って眺めていた大だったが、それを持つ指の感覚に妙な馴染みを覚え、やがてそれは、一つの閃きへと変わっていった。

「ひょっとして……」

大は水占みくじの紙を持ったまま三人のもとへと駆け寄り、

「輝孝さん。今朝のお手紙って、今、所持されてますか？」

と訊いた。突然の事に、輝孝はちょっと驚きつつも、

「坂本さんに預けてますけど……」

と、塔太郎に振る。

「塔太郎さん」

「これやで」

大の視線に何かを感じ取った塔太郎は、すぐ、懐から例の手紙を出した。

「すみません。ちょっと、拝見します」

自分の持っている水占みくじと、輝孝の手紙とを比べる。

間違いなかった。

「大ちゃん？　どうしたん」

「――同じです」

「何が？」

「このおみくじと、輝孝さんの手紙の材質が同じなんです」

「ほんまに？」

驚いたように、塔太郎も指で二枚の紙を丹念に触る。すると、彼も気づいたようだった。

「確かに……。色の濃淡の違いはあるけど、手触りは一緒や。旦那様と輝孝さん

も、触ってみて下さい」

「えぇ？　そんなん分かるか？　……あぁ、ほんまやな。厚さもほぼ一緒や」

「まさか、この手紙が……？」

水占みくじに使われているのは、水に浮かべると文字が浮き出るという特殊な紙である。その辺で買える便箋（びんせん）とは違う。とすると、記憶を失くす前の輝孝が、わざわざこの紙を業者に特注したという事になる。その意図は一つしか考えられなかった。

「水や！」

辰巳大明神が嬉々（きき）として叫んだ。

「この手紙、浸（つ）けてみたら絶対何か出よるぞ。そこに、おみくじを浮かべる場所があるから、早（は）よ行こう！」

「ちょ、ちょっと待って下さい、旦那様。輝孝さんの手紙は一応、証拠品扱いなんです。深津さんに訊いてみんと……」

辰巳大明神が輝孝を連れて走ろうとするのを、塔太郎が止める。ただちに深津へ連絡すると許可が出たので、塔太郎が電話を切った瞬間、辰巳大明神は再び輝孝を引っ張っていった。

大と塔太郎も慌てて追おうとしたが、不意に、塔太郎が振り返る。そして大の頭を素早く、ぽんぽんと叩いた。

「大ちゃん、でかした！　一緒に来てくれてよかったわ！」

「へっ⁉　いっ、いえそんな！　単なるまぐれでっ……！」

嬉しさと照れ臭さで体温が上がり、思わず、塔太郎の手から逃れるように首を振る。

「あっ、ごめん。でもお手柄やで。ありがとうな」

と手を引っこめた彼に、取る態度を間違えた、と大は焦ったが、塔太郎は特に気にする様子もなく先の二人を追って離れていく。大も、今は自分のことを考えている場合ではないと気持ちを切り替え、三人のいる場所へと急いだ。

先ほど、大達の飲んでいた御神水が左横へ流れ込んだところに、おみくじを浮かべる場所が作られている。人々は、自分の引いたおみくじを溜まっている水にふわりと浮かべ、まず、文字が浮かび上がるのを喜んでいた。その後は大吉だ凶だと言い合い、写真を撮ったりして楽しんでいる。

そんな中、塔太郎が手紙を水面に近づけた。

「ほな、いきますよ」

「お願いします」

と、輝孝が頷くのを確認してから、端からゆっくり水に浮かべる。

手紙は他の水占みくじと同様、最初こそ弾くように浮くだけだったが、やがて、「要」という文字が出たので一同は目を見張り、いよいよ全体を水に浮かべた。

要確認　さみ：０９０－×××－１０３４

これが、手紙の下部に浮かび上がった文字だった。携帯電話の番号である。最後の四つは、１０３４だった。

手紙に「水を飲め」という言葉が二回も出てきたのは記憶の改善もあっただろうが、今にして思えば、こういう意図もあったのかもしれない。

「さみって、灯篭のとこで話してた子か？　それにこの下四桁、さっき言うてた番号やないか」

辰巳大明神が言い、輝孝はもちろん、大と塔太郎も息を呑む。

「やっぱり、さみちゃんは彼女なんとちゃうか。どやねん？」

この言葉に輝孝は答えられず、

「とにかく、ここに電話しましょう。俺の携帯でやります」

と、塔太郎が通話画面を開いた。緊張が走る中、三コールほどで相手が出る。

「もしもし？」

通話口から聞こえてきたのは、若い女性の声だった。

「さみさん、で、お間違いないでしょうか」

相手が訝(いぶか)しげに「はい」と言ったので、塔太郎が自分の名前を名乗ろうとすると、横から輝孝が電話を奪い取った。何の前触れもなく、周りが止める間もなく彼は、

「紗美(さみ)か」

と言い、向こうからは、

「え、お兄ちゃん？　どうしたん急に？」

と言う声が聞こえてきた。

それを遮(さえぎ)るように、輝孝は一方的に喋(しゃべ)り出し、

「何でもない。間違ってかけてもうたんや。また後でかけ直す。ほな」

と、有無を言わさず電話を切ってしまった。呆気(あっけ)にとられる大達だったが、輝孝は完全な無意識だったらしい。切った直後にはっと正気を取り戻し、

「今……僕、何をしました？」

と、困惑気味に言った。

数秒、無言の時間が流れる。辰巳大明神が投げやりに言った。

「もー無理や！　訳分からん！　紗美って子が、君の好きな子ちゃうんか？　向こうはお兄ちゃん言うとったぞ。何やお前、自分の妹に惚れとんのかいな⁉」

「さ、さぁ？　そんな事を言われても、今の自分にはさっぱり分からへんくて」

「分からんとちゃうやろが！　わしらはもっと分からんわ！」

「す、すみません……」

思いがけない辰巳大明神の剣幕に、輝孝が畏縮する。塔太郎と大も思わず辰巳大明神に謝ったが、あまり効果はなかった。

「あー、もう。ちまちま飲んでは、ちまちま思い出して。こんな辛気臭い事やってられんわ！　――君の体調が崩れたら可哀想やし、こらギリギリまで言わんとこ思うてたんやけどな。もうええ！　君の過去や内情は分からんけど、正体やったら分かるんやぞ。君はなぁ、多分、魚なんや。それも小魚や」

自棄になったのか、辰巳大明神が断言する。輝孝が意表を突かれたかのように、ぴたっと動きを止めた。

「……自分が？　小魚？」

「そうや。実体と化けてる部分との比率から、だいたい五センチくらいの大きさとちゃうか。背中から尖った気配もするさかい、背びれに棘があるんやろ。せやけど海のもんとちゃう。かといって、川魚とも微妙に違う。化けるのが十八番のわしが本気出したら、そこまで分かんのや」

予期せぬ行動を起こして、さらに自分の正体が魚だと告げられた輝孝。体調こそ問題はなかったが、すっかり混乱していた。落ち着かせるために塔太郎が一日間に入り、輝孝を大に預けた。

「旦那様、ご迷惑をおかけして大変申し訳ございません。そして、ご教授ありがとうございます。——やっぱり、輝孝さんは人間に化けてたんですね。何の魚かは……」

「正体は見抜けても、魚博士とちゃうんや。種類までは知らん！」

「菅原先生なら、ご存じかも」

「おぅ、それや！　電話してみぃ！」

何だかんだ言いつつも、本心は怒っていないらしい。後で大がこの時の事を言うと、塔太郎いわく、

「やいやい言うたはる時の旦那様は、全然大丈夫や」

との事だった。

錦天満宮に電話すると、菅原先生はすぐに出てくれた。今までの経緯を報告し、辰巳大明神が言った魚の特徴を話すと、学問の神様だけあって、

「ははぁ。分かりましたよ。小さくても、特徴的な魚ですからね」

と、すぐに答えを出してくれた。

「それはね、多分『ミナミトミヨ』じゃないかな。富士山の富に魚と書いて富魚、あるいは、止める水の魚と書いて止水魚と読みます。昔、京都や兵庫にいて、昭和四十年代あたりに絶滅した魚なんですよ。まぁ、絶滅したというのは人間から見た話ですけどね。

ミナミトミヨというのは、湧水の近くの小川ですとか、水草の茂ったところですとか、水が綺麗で一年中水温が十五度くらいの場所で生きる魚なんです。京都の記録だと桂川の周辺にいたとの事ですけど、彼らは繊細で、本流には耐えられませんからね。大昔なんかはきっと、桂川と鴨川の間の、水が綺麗で流れのない場所に棲んでたんじゃないかな。

小さくても背びれに棘があって、ちょっと海の魚に似てるんですね。だからかどうかは分かりませんが、昔は『さばじゃこ』なんて呼ばれてたみたいですよ。……輝孝さんが、そのミナミトミヨなの？　凄いなぁ。実は人間に化けて、人間社会で生きてたんだね」

菅原先生との電話が終わった後、案の定、輝孝は困惑というよりは最早青い顔をしており、

「僕が魚なんて、実感がありません」

と、胸や二の腕、腰回りなど、自分の体を確かめていた。「ミナミトミヨ」も「さばじゃこ」も、大や塔太郎は初めて聞く名前だった。

「京都で、絶滅種っていたんやな。……そうか。１０３４で『とみよ』や。旦那様の言う通り、輝孝さんの正体は魚で……、という事は紗美さんも？ ――って、旦那様！ 何で早くおっしゃってくれへんかったんですか。せめて俺にだけでも、耳打ちして下さればよかったのに」

塔太郎が困ったように言う。辰巳大明神は、相変わらず飄々としていた。

「あー、すまんすまん。君らに謎解きさしたろう思ってたんや。遊び好きの性っちゅう事で、勘弁しといて。せやけど、もうはっきりしたし、さっさと奥宮へ行こうや。あっこやったら、人も少ないからすぐに参拝出来る。高龗神やったら、輝孝さんを元に戻してくれるやろ。――輝孝さん、構へんな」

彼が訊くと輝孝も、

「はい。ここまで来たんですから、お願いしたいです。紗美の事も、気になりますから」

と、小さな覚悟を見せていた。

奥宮は、本宮よりもさらに上流、神社全体の最奥部にある。

祭神は本宮と同じく高龗神だが、一説には闇龗神とされ、『古事記』や『日本書紀』によると、三つに斬られた軻遇突智（火の神）の一つから生まれたのが高龗神、滴る血から生まれたのが闇龗神である。とはいえ、基本的には同一の神だった。

参拝するには少々遠い場所にあるためか、近づくにつれて観光客は減ってくる。赤い神門をくぐって奥宮に着くと、広場のような境内に本殿や拝殿などがぽつんとあるだけだった。

派手さはないが、耳をすませば貴船川の流れる音、周囲を見渡せば、青もみじをはじめとした山の清々しさが境内に満ちている。

大達四人は本殿の前に立ち、所作も正しく参拝した。最後に手を合わせて一礼したあと、辰巳大明神が本殿に向かって呼びかけた。

「失礼致します、高龗神様。こちらにいらっしゃいますか。洛東の祇園より、辰巳の神以下四名、お声を拝聴したく参りました」

朗々とした声は山の中や本殿に吸い込まれていくようで、しばらくすると、本殿の中からぱしゃんと水音がした。

「はあい」

という、綺麗な男性の声がする。高龗神だった。

「久しいなぁ、辰巳さん。今日は若いお供の人を、たくさん連れたはるんやねぇ。着たはる夏大島も、素敵やんか」

「おおきに、すんまへん。本来ならば紋付のところを、横着さしてもろてます。──今日のお供の内の二人は、警察の者なんです。あやかし課ですわ」

「あぁ、そうなん。お巡りさんなん」

向こうはこちらが見えているらしいが、声しか聞こえないので、まるで本殿が喋っているようである。会話の間、本殿から涼しい風が流れてくる。風というよりは、水から発生する冷たい空気のようなものだった。

高龗神は堅苦しいところなど何一つなく、大や塔太郎、輝孝にも「こんにちは」と丁寧に挨拶し、大に向かっては、

「君からは、お山のぬくい気配と雰囲気、するなぁ。え？　日吉大社の力なん。そうなん。そらぬくいわなぁ」

と感心し、塔太郎に向かっては、

「君は、私と似てて龍の気配や。そうか、君もなれるんか。そら頼もしいなぁ」

と激励する。そして最後に輝孝へ、

「あ、ミナミトミヨさんや」

と言った。

やはり都の水の神様なだけに、そこの生き物の事はお見通しらしい。辰巳大明神は、いつもならば塔太郎に説明させるところを、自ら事情を話した。

「高龗神様のおっしゃる通り、こちらの富女川輝孝という男、実は人間に化けた小魚でございます。せやけど、ちょっと頭の中に靄が出来たとかで、自分の事が分からんようになっとるんです」

「あれあれ。それは大変」

「それで、高龗神でしたら治して頂けるのではと思いまして、こうして参った次第でございます。何とぞ、天下に名高い貴船明神のお力で、洗い流しては頂けませんか」

「私達からも、お願い致します」

辰巳大明神に合わせて、大達も頭を下げる。

「分かりました。ほな早速やりましょう」

と、高龗神は快諾してくれた。

数秒後、本殿からまた水音がしたかと思うと、輝孝の足元から水が湧いてきた。水は徐々に量を増し、やがて、輝孝の足元を浸(ひた)し始める。彼が思わず退こうとするのを、辰巳大明神が制した。

「動いたらあかん。輝孝さんの体を診たはるんや」

それが終わったかと思うと、本殿の扉が開いて突風が吹き、中から何かが飛んできた。

反射的に輝孝をかばった塔太郎の胸に当たったそれは、ガラス製の瓶である。中には、一点の濁りもない水がたっぷりと入っていた。高龗神いわく、本殿の下に龍穴があって、そこから直に採った水との事だった。

「それ、飲みぃ。頭の中、すっきりするよ」

瓶を渡された輝孝は、怖さを払拭するように深呼吸してから、御神水を飲んだ。

「どうですか？」

塔太郎が窺った瞬間、彼が苦しそうにうずくまる。その手から空の瓶が滑り落ち、軽い音を立てて転がっていった。塔太郎も大も寄り添おうとしたが、二人の襟首を辰巳大明神が引っ張った。

「触んな、触んな。御神水が浄化してるんや。靄の正体、出てきよるぞ」

その言葉通り、輝孝の口から彼とは全く違う唸り声がし、何かが一気に追い出された。濃い灰色の靄である。靄は広場の中央付近に降りたかと思うと地面すれすれの位置で渦巻き、粘土質となり、龍の形となっていく。苦しむように唸っていた粘土の龍は、輝孝を見つけた途端に威嚇し、大口を開けて突進してきた。

「塔太郎」

「はい。――全員、下がって！」

辰巳大明神が顎でしゃくると、塔太郎が応える。拝殿を横切って龍と対峙し、雷の拳が繰り出された。一瞬の閃光と轟音が、奥宮を揺らした。

迎え撃った塔太郎の突きは、龍の口を直撃した。たった一発でも強烈な雷に、龍は全身をくねらせた。龍は反撃することもなく爆発したが、奥宮の神聖な空気に清められ、飛び散った欠片は霧散する。

やがて、辰巳大明神の拍手だけが響き渡った。

「今のは、一体……。あっ。塔太郎さん！　大丈夫ですか？」

「うん。そっちは？」

大が気にするまでもなく、塔太郎は余裕そうである。だが、輝孝の状態は芳しくなく、苦しさに耐えるように肩で息をしていた。大も塔太郎も焦ったが、辰巳大明神だけは涼しい顔をしており、

「記憶が全部戻って、しんどいんやな。綺麗なお水、もうとき」

と言うのと同時に、本殿の中から、今度は巨大な水の龍が現れた。先ほどの粘土の龍など比べものにならぬほど大きく、水で出来た体の透明度は高く、幾重にとぐろを巻いても向こうが見渡せそうだった。

「ちょっと失礼しますよ。今、治すさかいね」

高龗神の言葉が、龍の口から発せられる。この水の龍こそが、高龗神の姿らしい。龍は頭を天に向けて体を伸ばし、そのまま反転したかと思うと、間髪を容れずに輝孝を呑み込んだ。まるで細長い水槽に入れるかのように、彼を腹へと収める。

大と塔太郎は驚きつつも高龗神を信じるしかなく、透明な腹の中でもがく輝孝は、こちらを見つめて気泡を一つ吐いた後、ふっと姿を消してしまった。

「輝孝さん⁉」

「まさか、神様のお力に耐えられへんで、消えたなんて事は……」

「塔太郎まで何を言うとんねん。彼やったら、ここにおるやないか」

辰巳大明神が、高龗神の腹を指差した。顔を近づけてよく見ると、そこに五センチくらいの小さな細い魚がおり、元気そうに泳いでいる。その背びれには、棘が数本生えていた。

「輝孝さん、ですか？」

塔太郎の呼びかけに、小魚が際まで近づいて、

「はい。ミナミトミヨの、富女川輝孝です。これが、僕の本当の姿です」

と、明らかに以前とは違う、しっかりした声で答えてくれた。辰巳大明神が、高龗神を称賛する。

「高龗神様、ありがとうございます！　いやはや、さすがは貴船明神。唯一無二の

お力ですわ！」

「いえいえ。お役に立ててよかったわ。彼はもう安心やしな。輝孝さん、そやろ？」

「はい。お陰様で、記憶も全部戻りました」

小魚となっている輝孝の表情は分からないが、綺麗な水の中ですいすい泳ぎ、ゆったりと尾びれを動かしている。その姿に、大と塔太郎は心から安堵(あんど)した。

「坂本さん、古賀さん、辰巳の旦那様、そして高龗神様。本当にありがとうございます。長々とご迷惑をおかけして、申し訳ございませんでした。自分は確かに、ミナミトミヨが人間に化けたものでございます。両親も祖父母も、皆そうでした。そして……記憶喪失は、僕自身が招いたものなんです」

清らかな水に癒された輝孝は、その後、高龗神の外に出て人間の姿に戻っても、記憶も体も正常だった。

全員で高龗神に丁重(ていちょう)にお礼を言い、少しばかりの休憩を挟んだのち、大達は貴船神社を後にした。その途中、輝孝は今度は自分のスマートフォンで紗美に電話をかけた。兄妹の通話が終わると、輝孝は安心したかのような微笑(ほほえ)みを見せていた。

町中へ戻る道中、輝孝は自分の種族ミナミトミヨの事や、自分達が今日まで生きてきた経緯、紗美の事、そして肝心の、記憶喪失となった原因を少しずつ語ってくれた。

ミナミトミヨというのは、菅原先生の教えの通り、かつて京都や兵庫などに生息していた小魚である。

綺麗な水で温度も一定、さらに、繁殖に使われる水草も必要という繊細な魚である。そのため生息範囲が限られており、日本の近代化や諸々の事情に耐えられず、そのまま絶滅に至ったという。

ところがその少し前、商売で巫女まがいの事をしていたタキという女が霊力を持っていて、一部のミナミトミヨと会話する事が出来たという。彼女は、その頃には数が減っていたミナミトミヨを哀れに思い、彼らに生き残ってもらいたいと、ある術を教え込んだ。

その術というのが、人間に化ける術である。これを習得した一部のミナミトミヨは陸に上がり、人間として生活する事に成功した。

その人達、いや、その魚達こそが、輝孝の先祖であるという。

人間に姿を変える事で絶滅から逃れたミナミトミヨ達は、十数の家に分かれて京都市内で暮らし始めた。綺麗な水が必要な彼らにとって、京都の地下水は水質も水温も理想的であり、家に掘った井戸水や周辺の名水を汲み置きして飲み、水の霊力も吸収しながら、人間としての生活を維持してきた。そうして同族間で結婚し、子を産みながら細々と生き延びていた。

「――ほな、今でも京都のどこかで、ミナミトミヨは生きてるんですね」

帰りの電車に揺られながら、塔太郎が感心する。輝孝は肯定しつつも、気まずそうに頭を掻いた。

「それやったら凄いんですが、元々が強くない魚です。人間として生活してても、早世や急逝、ストレスでコロリ、というのも普通にありました。なのに、生まれる子は少ない。多産が出来なかったんです。人間のもとへ嫁いだり、逆に人間を迎えたりもしました。が、合わなかったのか、やはり産む前に……。そんな訳で、結局先細りしたんです」

十残った家が七、そこから六、五、とだんだん少なくなってゆき、平成になって輝孝が幼少だった頃には、彼の生家である富女川家、芹田家、そして矢野家の三つにまで減ってしまったという。

ただ、そこまでくれば三家の絆はより強くなり、家族ぐるみで支え合いながら暮らしていた。各家の子供だった輝孝、芹田伊知郎、そして矢野紗美の三人も当たり前のように仲良くなり、毎日のように遊んでいたという。

ところが、輝孝が小学校に上がる直前、矢野家の当主とその妻が、流行り病で亡くなってしまった。五歳の紗美だけが残されたので悲嘆に暮れる暇はなく、二家が早急に協議した結果、富女川家が養女として引き取る事となった。

話を聞いた辰巳大明神が、顎を撫でた。

「ははぁ。向こうがお兄ちゃんって呼んどったんは、そういう事やな。紗美ちゃんは、戸籍上の妹な訳や」

「はい」

出町柳駅に着いて電車を降り、辰巳大明神を祇園まで送るために、大達はタクシーで移動していた。貴船からここまで戻るにはやはり時間がかかり、もうすっかり日は暮れている。

「紗美を引き取ったのは僕が六歳の時ですし、それ以前から、紗美とは家族同然の付き合いでした。ですから、親は違っていても、本物の兄妹のようでした」

川端通りを南行し、対岸に見える建物の灯りに照らされた鴨川を見つめながら、輝孝は自分と紗美、そして伊知郎との親密さを語った。

「僕と紗美が兄妹となってからも、伊知郎を含めた幼馴染三人は仲良しでした。紗美と伊知郎が同い年、僕が一つ年上で、この伊知郎が真面目でいい奴なんです。あいつとは男同士ですから、親友とも言えます。天然なところもある紗美が彼を振り回して、僕がたしなめるのが常でした。楽しかったですよ」

その後、富女川家が三人目を育てるのは経済的にも難しく、芹田家も、伊知郎の他には子供を授からなかった。こうして今日、ミナミトミヨの家はとうとう二つとなり、その次世代は、事実上三人のみとなったのである。

「けれど、もう誰も嘆いてはいません。というか、五家くらいになった時点で、皆諦めていたようです。やからせめて、今いる者は精一杯生きようという話になり、自分達三人は種族の枷を背負わされる事なく、高校、大学と上がり、普通の生活を送ってきました。ミナミトミヨというよりは、もう人間です。

そんな中、紗美と伊知郎が恋人同士になりました。元々二人は惹かれ合っていたんですが、互いに奥手で……。そやから、紗美にせがまれて貴船神社へ行ったんです。今日、思い出した記憶はそれです。

――二人が結ばれて、嬉しかったですよ。何せ、妹と幼馴染ですから。うちの両親も、伊知郎の両親も、大賛成でした。そうして婚約がまとまった直後に僕の父親、その翌年に母親が亡くなりました。二人とも、『何も悔いはないけど、紗美と伊知郎の結婚式は見たかったなぁ』と言うてました」

タクシーを降り、辰巳神社の前に着いたが、話が途中だったので解散しなかった。

暗がりの巽橋の上に、四人並んで立ってみる。白川の流れをぼんやり見つめながら、辰巳大明神が口を開いた。

「――なるほどなぁ。君の家の事や、紗美さんとの関係はよう分かったわ。妹が知ってる男と恋仲になったら、兄としてはそら安心やろな。……その上で、ちょっと野暮(やぼ)な事を訊かしてもらうけど。自分、灯篭のとこで、ああ言うてたやろ。という事は、輝孝さんも紗美さんが好きやったんやな？　ひょっとして今もか」

「それは……」

　輝孝が一瞬口を閉じ、巽橋に涼しい風が吹いた。遠くの柳が、さらさらと小さく揺れている。

「……記憶を失くしていたとはいえ、迂闊(うかつ)でしたね。旦那様のおっしゃる通りです。確かに僕は、紗美に恋心を抱いてました。自覚したのは多分、高校生の時でしょうか……。ただその前に、紗美の方から打ち明けられてしまったんですよ。『伊知郎の事が好きなんやけど、お兄ちゃん、どうしよう』って。初めて聞いた時は辛(つら)かったです。やけど、伊知郎かって大事な幼馴染で、親友です。彼やったらええと思い、紗美を応援する事に決めました」

「自分が、告白するっちゅう選択肢はなかったんか」

「相手が伊知郎と聞いた時点で、消しました。伊知郎も紗美の事が好きやろうと、薄々気づいてましたから。……そやし、ここで僕が妹に想いを打ち明けると、どんな結末になっても三人のこの関係は終わってしまう。少なくとも、今まで通りに仲良くは出来ひん。それだけは嫌やったんです。しかも、両親だって口には出さないまでも、紗美と伊知郎がくっつけばいいと思っていた。それら何もかもを全部壊して、自分の恋を優先する気はありませんでした。兄のままでいれば、皆が幸せになって一生付き合っていける。そっちの方がよほど魅力的です」

大達は、輝孝の言葉を黙って聞いていた。発せられるひと言ひと言が真実味と誠意に溢れており、後悔どころか、迷っている気配すらなかった。

「やから、二人の結婚費用はたくさん用意してやりたいんです。それを調えるために、給料のいい今の会社に転職しました。ところが……そこの同僚に、変な奴がいたんですよ。覚えてますか？　錦天満宮で記憶を思い出した時に、同僚に笑われたって言いましたよね。そいつの事です。霊力のある人間で、岡倉といいます」

輝孝の説明によると、岡倉は仕事は出来るが性格がよくなく、他の社員からも評判の悪い男だった。

ビジネスの話をすれば顔が広い事を仄めかし、学生時代の話をすれば犯罪すれすれのやんちゃ話を披露する。とりわけ後者の傾向が強く、喧嘩は朝飯前だの知り合いに元暴力団員がいるだの、さらには霊感も持っていて、悪霊を倒せると豪語していたらしい。とにかく自己顕示欲が強くて皆辟易し、輝孝も距離を置いていたという。

「ただ、一緒に仕事をする時もありまして……。その関係で、岡倉の恨みを買った事があるんです。僕の業績がよくて社長に褒められた時、岡倉の上司がそれを引き合いに出して彼を叱ったんですよ。ただでさえプライドの高い男です。同僚の僕と比べられて、その悔しさ恨めしさは相当やったと思います。それからの岡倉は僕に目をつけ、欠点を粗探しするようになりました。最初は、会社の水が飲めない事を嘲笑う程度でしたが、裏で僕の事を色々調べていたようなんです。ある日、ニヤニヤした顔で突然言われました。『お前、絶滅した魚なんだって？　竹田駅に爺さんの地縛霊がいるだろ？　あいつが教えてくれたぜ』と……。確かに、その駅にはお爺さんの幽霊がいます。僕はうっかり、その人に身の上話をした事があるんです。ですので、岡倉が本当に霊力を持っていて、あやかしの事も知っている人間だと分かりました。はぐらかしきれず、最後には肯定せざるを得ませんでしたけど、それが悪かった。岡倉は余計に絡むようになって、どうやって人間に化けているのか、他の術は使えるのかと、しつこく訊いてくるようになりました。……岡倉はそういうものに興味があって、知識を得て習得し、より強い存在になって僕を超えたかったのかもしれません」

その後、岡倉の嫌がらせはエスカレートした。小魚の輝孝が人間として生活出来るのは、輝孝の霊力が強いから、あるいは強力な術を使っているからだと考えたらしい。

「それは、どちらも事実です。僕らミナミトミヨの化ける術は、五センチの体を三十倍以上に変える規格外なものです。しかもそれを、ほぼ一生保って生活するだけの霊力が遺伝的に備わっている。だからこそ、知られたら何をされるか、怖くてたまりませんでした」

それでも輝孝は気丈に振舞い、岡倉の言葉を受け流したり無視をして、嵐が過ぎ去るのを待っていた。ところが岡倉はこれを挑発と受け取り、輝孝へ酷い言葉を浴びせるようになったという。

「人間ぶりやがって。大人しく煮干にでもなっとけ」

近くにいた他の同僚は意味が分からずぽかんとしていたが、これにはさすがの輝孝も我を忘れ、岡倉の襟を摑んで睨みつけた。岡倉はその剣幕に怯み、その場は収まったが、敗北を感じた岡倉は、その後ますます復讐心を燃やしたという。

「翌日から、岡倉はこれ見よがしに僕の前で煮干を食べ始めました。つまり、お前を食べてやるという意思表示です。さらに、攻撃の術を覚えた、いい武器を手に入れたとも言いました。平静を装っていましたが、内心、いつか同居している紗美にも矛先が向くのではと、気が気じゃなかった。——その頃から、物忘れが激しくなりました」

人間に化けたミナミトミヨは、極度の心労が重なった場合、二通りの道に分かれるという。一つはそのまま死んでしまう事。もう一つは稀に起こるもので、防御本能と霊力によって頭の中に靄が作られ、ストレスの元はおろか、何もかもを忘れてしまう事だった。

後者に陥った輝孝は、完全な記憶喪失となる前にこの事態の打開策を考え、誰にも悟られる事なく一人で準備を進めていた。

まず、会社には心身の調子がよくないと話し、一週間の休暇を申請した。水に浮かべれば文字が浮き出る紙を特注し、そこに紗美の電話番号を入れてもらった。自分か誰かがそれに気づいた時、速やかに紗美の安否を確認出来るようにするためである。

その紙に、自分宛ての手紙と喫茶ちとせの住所を書く。事情を明記しなかったのは、万が一岡倉の手に手紙が渡っても、これらの事情や紗美の事を簡単に知られないようにするためだった。紗美には花嫁修業をしろと言って芹田家に住まわせてもらい、彼女の身の安全を確保した。

こうして準備を整えた輝孝は、有給休暇の初日と二日目を自宅で過ごし、三日目の夜中、とうとう記憶喪失となったのだった。

それから先は、大達の知る通りである。

「私、輝孝さんが記憶喪失と聞いて、何でやろうって思ってました。けど、そんな事情があったんですね。大変でしたけど、紗美さんが今のところ無事で、ほんまによかったです」

大がほっとしたように言うと、話し終えた輝孝は深く息をつき、祇園の町からわずかに見える夜空を仰いだ。

「貴船神社で、最初に紗美へ電話した時は言葉少なに切ってしまいましたが、それは、彼女の無事だけ確認出来たらええ、物事が解決するまでは極力離れておきたい、そういう意識の表れやったんです。僕は、紗美や伊知郎達が無事ならそれでいいですから……。けど、記憶が戻ったんはよかったにしても、岡倉の復讐は今後、僕だけじゃ済まない気がするんです。坂本さん、古賀さん。何とか出来ひんもんでしょうか」

輝孝は請うたが、言われるまでもなく大は助けてあげたいと思ったし、それは塔太郎や辰巳大明神も同じだった。

岡倉は直接手を下していないにしても、彼の言動によって、輝孝の心身に影響が出たというのは確かである。たとえ岡倉が人間でも、霊力のある者の起こす事件はあやかし課の管轄・捜査の対象である。塔太郎は、岡倉の行為が暴行、傷害、脅迫のいずれかに該当、または事件に発展する可能性があると深津に連絡すると、ちとせの統括者である彼も、今後、岡倉を注意深く観察する必要があると判断した。輝孝には、明朝ことぶき医院へ行って診断書を書いてもらうように指示し、輝孝が最も不安を抱いている紗美には、ちとせのメンバーで交代して護衛につくという話になった。そこで輝孝はやっと安心したようだった。

そうなると、紗美や芹田家にも事情を話す必要がある。塔太郎が紗美に電話をかけようとすると、そういえば、と輝孝が言った。

「多分、紗美達はこの辺にいると思います。さっき電話した時、『白川たむら』で晩御飯にするって言うてましたから」

店名を聞いた途端、辰巳大明神が反応した。

「たむらさんか？　あの、新門前通り（しんもんぜん）のとこやな？」

「はい、そこです。お料理に下御霊神社のお水を使ってるからって、一度、僕と紗美と伊知郎の三人でお昼を食べに行った事があるんです。ですから、今夜は芹田家で行くんやと思います」

「おっ、そうか。ほんなら紗美ちゃんらにも会えるし、一石二鳥やなぁ。ちょっと待っといてや」

辰巳大明神は懐からスマートフォンを取り出すと指で画面を押し、袖（そで）を軽く捌（さば）いて耳に当てた。

「もしもし、たむらさん？　辰巳です。はい、こんばんはー。あんなぁ、いきなりで悪いんやけどなぁ。今からそっち、寄してもうてもええかなぁ。ほんでな、予約が一組入ってへんか？　芹田さんっちゅう人らで、四人やと思うにゃけど。その人ら、ちょっと知ってる人やから会いたいねん。……ん。芹田さん、もう来たはんの。ほなったらすぐに……え、五人いる？」

「五人？」

輝孝が、怪訝そうな表情をした。辰巳大明神は通話口に手を当てて、

「芹田さんとこ、紗美ちゃん入れて五人なんか」

と小声で訊いたが、輝孝は即座に否定した。

「たむらさん。そこにいる芹田さんっちゅうんは、ご夫婦と、息子さんと、婚約者の娘さんやな？　残りの一人は誰やねん……は？　娘さんのお兄さん？」

大達の顔から血の気が引いた。すぐに、ある男の名前が脳裏に浮かぶ。輝孝が咄嗟に電話を奪おうとするのを塔太郎が止めた。

「下手に騒いじゃ駄目です。相手に勘づかれて、刺激する恐れがあります。電話の様子やと、向こうではまだ何も起こっていません」

芯のある強い声は、輝孝だけでなく大をも落ち着かせる。会話の真っ最中である辰巳大明神も、驚きや動揺などを全く見せない声で、

「あー、そうかぁ。お兄さんもいたはんのやな。いやいや、何もないねん。まさかお兄さんもおるとは思わへんかったさかい。ほんなら、わしらも今から皆で行くさかい、待っててや。ほな、お兄さんによろしく。大将、体に気ぃつけや」

と表面上は穏やかに電話を切った。スマートフォンを懐に仕舞うと、面倒臭そうな顔で首を横に振る。

「岡倉の奴、輝孝さんに化けてんにゃろか。妹も幼馴染も気づいてへんのやから、何ぞ怪しい幻術でも撒いとるんちゃうか。いつの間にか紗美さんの事を調べ上げてて、そっちに狙いを変えたんやろ。しかし、まさか向こうもこんなに早く動くとは。——店の大将には、遠回しに警戒しろと言うといたわ」

とにかく、一刻も早く店へ行かねばならない。塔太郎は手早く深津に状況を報告し、態勢を整える。

「見つけ次第、現行犯逮捕や。大ちゃん、悪いけど一緒に来てくれ」

「もちろんです。輝孝さんはここで旦那様と……あっ！」

大と塔太郎が振り向いた時には、輝孝は既に走り出していた。驚いている間に、もう彼は見えなくなりそうである。

「こらあかん、追っかけな！」

辰巳大明神が言うまでもなく塔太郎がその後を追い、大もそれに続く。

祇園の石畳に、四人の足音が響いた。

富女川紗美は、鞄から手鏡を出して襟元をちょっと直してから、今いるカウンターを所在なげに見回した。左隣で料理を食べている兄を見やると、

「どうした、紗美？」

と訊くので、

「ううん……何でもない」

とぼんやり首を振る。美味(うま)い美味いと呟く声は、普段聞きなれた兄のものとは全く別人のものである。横顔も、違うどころか似ている要素すらない。兄は薄い顔のはずなのに、左の男の横顔はあくが強い。

それだけ違うのに、なぜか紗美は、彼を「兄」として認めてしまうのである。自分の右横に座る婚約者の伊知郎やその両親も、いささかぼんやりとして料理を口に運ぶだけだった。

今日の夕方、ここへ食事に行こうと決まり、皆で家を出る前は、こんな風ではなかった。

「俺と紗美と輝(てる)にいの三人で、前に行った事あんねん。美味しかったよ」

と伊知郎が父に話せば、彼の母が祇園へ行くならお洒落せな、と言って自分に単衣を着せてくれた。それくらい和気藹々としていたのに、途中で面識のないこの男に遭遇した瞬間、妙な気配がして頭の中に変化が起きた。そして、この男を、兄としか思えないようになったのである。

自分だけでなく、伊知郎も彼の両親も、同じ状態になったらしい。父親は男に挨拶し、一緒に晩御飯はどうかと誘った。男は二つ返事で自分達についてきて、今、こうして祇園で食事をしているのである。

何かがおかしいと違和感を持ちつつ、紗美の頭は否定する事が出来ない。考えすぎて喉が渇き、店員さんを呼んだ。

「ここのお店って、下御霊神社さんのお水を使ってるんですよね。お冷で頂く事って、出来ますか？」

そう頼むと店員さんは快諾してくれて、煮沸した後、氷を入れて持ってきてくれた。紗美はお礼を言って受け取り、ひと口そっと飲んでみる。出汁やご飯を炊くのに使われているとあって柔らかく、飲みやすかった。

小さく喉を鳴らして飲み込んだ瞬間、紗美の頭の中がすっと軽くなる。ふと顔を上げて兄と目が合った瞬間、目が覚めたように理解した。この男は違う。紗美は椅子を鳴らして立ち上がり、後ろに退いた。

「やっぱり……！　あんた、私のお兄ちゃんじゃない！　誰なん一体⁉」

「何言ってるんだ、紗美。変な事言うなよ」

「お兄ちゃんは、そんな標準語とちゃう！」

咄嗟に、グラスを取ってお冷をかける。男が濡れた顔を覆うと、伊知郎達の息を呑む音がし、彼らも次々と立ち上がった。

「お前……輝孝ちゃうんか⁉」

「輝にいに化けて、何のつもりや！」

父親と伊知郎が叫ぶと、男は「くそ、術が解けた」と口走り、ばっと腕を伸ばして紗美を捕まえようとした。それを伊知郎がかばい、さらに父親が男を取り押さえようとする。厨房にいた大将や男の従業員も駆け付けて、母親の悲鳴が上がる中、店は一転大騒ぎとなった。

「紗美、母さん！　外へ出ろ！」

伊知郎の叫びに、紗美と母親は急いで外へ出た。暗がりの祇園に出た直後、店の中から怒号と大きな水音がして、男が飛び出してくる。伊知郎達を振り切ったらしい男はこちらへと迫り、紗美と母親は必死になって白川に架かる狸橋を渡ろうとした。その瞬間、背後から突如として鉄砲水が襲ってきた。膝裏に当たって足を取られ、濡れた着物の裾が絡んで転んでしまう。

そこに、男が速足で近寄ってきた。

「おいお前。よくも俺に水をかけたな？　兄妹揃って生意気なんだよ、小魚のくせに！」

自分達の正体を知っている事に、紗美はおののき震える。極度に興奮しているらしい男が馬乗りになろうとしていた。


新門前通りを走って店の前へと駆け付けてみれば、そこはもう修羅場（しゅらば）だった。どういう訳か地面は濡れており、狸橋の真ん中辺りで着物の女性が男に襲われている。その女性が紗美と思われ、輝孝は大達よりも早く、

「岡倉……っ！　紗美から離れろ。紗美に触るな！」

と、歯を食いしばるように叫んでいた。輝孝は止める間もなく岡倉に覆いかぶさり、相手も抵抗する。紗美は無事で、二人の下から何とか脱け出していた。

「富女川ぁ！　自分から食われにくるとはいい度胸じゃねえか⁉」

「輝孝さん、危ない！」

岡倉が拳を振り上げたので、塔太郎が風のように割って入る。頬を殴られても気にせず輝孝を引き離し、橋の近くで座り込んでいた紗美と母親らしき女性を保護し

た。

「逃げて下さい。なるべく遠くへ」

塔太郎が言うと、輝孝が二人を橋の向こうへと誘導する。

「紗美！　おばちゃん！　こっちや！」

塔太郎と輝孝の声が入り混じる中、大は保護に回った塔太郎に代わって、岡倉を確保しようとした。

「古賀ちゃん！　武器持ってへんかったやろ。わしを使え！」

辰巳大明神がそう言い、一瞬で刀に変化する。普段なら畏れ多いと断るが、今は非常事態。大は即座に柄を握り、簪を抜いた。

するり、と髪が解けると同時に大の体が光明に包まれ、やがて、服装は同じでも身の丈六尺（約百八十二センチメートル）の美丈夫へと変わる。

檜皮色の短い髪に、見目麗しい顔立ち。けれども猿並みの俊敏さと力強さを持つこの青年「まさる」に変身する事こそが、大があやかし課隊員であるが由縁、京都御所の猿ヶ辻の神猿から授かった魔除けの力だった。

まさるは岡倉との距離を詰め、存分に面を打とうとした。

対する岡倉は、上着の内ポケットから名刺のようなお札を指に挟んで素早く前方へ出す。

「放水！」

彼が叫ぶと同時に、威力のある鉄砲水が札から放出される。瞬間的に刀とぶつかった水は二股に分かれても威力は落ちず、逆にこちらが弾かれる寸前、まさるは二歩ほど下がった。

「……！」

「すげえだろ。この札、高かったんだぜ。刀なんぞにやられるかよ」

鉄砲水の威力はそこで止まったが、岡倉はまた服のポケットから大量の札を出し、両手で地面にばら撒いた。黒い道路が前後左右、いびつな市松模様になったようである。

この時、輝孝達を逃がし切った塔太郎も参戦して岡倉を捕らえようとしたが、再び「放水！」という声がすると、散乱していた札全てから一斉に水が噴き出した。四方八方に札が舞い、水が放たれ、白い激流が幾重にも重なって網目状に岡倉を守る。鉄砲水に噴き上げられるように別の札が舞い、さらにその札からも水が出る。まさるや塔太郎はもちろん、密集している周辺の建物や草木までもがびしょ濡れだった。

岡倉に近寄れないだけでなく、鉄砲水に当たれば体ごと押し返される。顔にわずかにかかるだけでも集中力を削がれる。肌が一瞬で傷つくウォーターカッターほどの威力ではないが、それでも連続で当てられると、その箇所がヒリヒリと痛んだ。

岡倉が輝孝に告げた攻撃の術とは、どうやらこれの事らしい。岡倉は不機嫌さを隠さず、

「兄貴だと惑わせて、穏便に霊力を奪うつもりだったのによ……。富女川も、俺に水をかけたあの妹も食ってやる。そうしたら霊力も増すに決まってる。お前ら、邪魔すんじゃねえよ！」

と叫んだ。怒り狂った岡倉の号令で、札の水流がさらに強くなる。宙を舞う札の数十枚をまさるが斬り、塔太郎も握り潰した。が、札はまだたくさん残っており、それらが水で動く。あの札の放水が終わったと思えばこの札から、舞い上がった札からも、と水流は絶え間なくまさる達を襲い続け、一進一退が続いた。

挟み撃ちの形だったのが、いつの間にか塔太郎もまさるも同じ場所へと追いやられてしまう。が、岡倉も札がなければ捕まると分かっているのか、その場を離れる余裕はないようだ。

店の中から、伊知郎らしき人の「加勢したい」「紗美のもとへ行かな」という声もしたが、危険だとして大将や従業員が懸命に止めているらしい。他の店の人達も同じ事を思っているのか、それぞれ戸をぴったり閉め、息をつめて勝負の行方を見守っていた。

皆が店内に留まってくれるので、岡倉だけに集中出来るのはありがたかったが、

「こんなに厄介やとは思わんかった。周りの家や電線も全部びしょ濡れやから、下手に雷が出せへん」

構えを解かぬまま、塔太郎が言う。まさるも息を切らしながら、刀となった辰巳大明神を気遣うように撫でた。

「まさる君、わしは心配ないで。完全な名刀に化けとるさかいな。——けっ。めんどい術を使いよってからに。あんな札、どっから買うてきたんやか……。大人しく水道局にでも勤めたらええねや」

間髪を容れず、岡倉の号令が聞こえて水が襲ってくる。まさるも塔太郎も水流の間を縫って岡倉に接近しようとするが、向こうは向こうで札を散乱させて逃げ回り、水の盾を作り続ける。

吹き上げられた札の数枚が一斉に塔太郎を狙ったので、彼は近くの店の瓦屋根へと跳んだ。それを、札が水の放出の勢いに乗ってまるで鳥のように追跡し、塔太郎を打ち落とそうとする。

それらを全て躱し、数枚を潰した塔太郎が屋根を蹴って飛び降りた。そのまま塔太郎は、拳を握って真っすぐ岡倉を狙い、地上にいたまさるも胴を斬ろうとした。が、岡倉はまたしても両手に札を持ち、最大限の水流でこれを同時に防ぎ切った。

天へと噴き上げる水流が塔太郎の鳩尾（みぞおち）を捉える。塔太郎は一瞬顔を歪（ゆが）めたが体を捻（ひね）って脱出し、宙返りするようにまさるの後方へと着地した。まさるは塔太郎を心配して振り向こうとしたが、敵から目を離すなと叱咤（しった）された。

「大丈夫。普段から鍛えてる腹筋や。強い水はさすがに痛いけど……。待てよ。強い水……」

塔太郎が言葉を切り、二秒ほど黙る。その後すぐにまさるの傍へ寄り、

「ちょっと耳貸せ。――賭（か）けやけど作戦がある」

と素早くその内容を耳打ちした。作戦を理解したまさるは、これを承知して強く頷く。辰巳大明神も「悪ない。もう何でもええからやれ」と言った。

数秒、噴き出す水を挟んで岡倉とまさる達の膠着（こうちゃく）状態が続く。

――放水の威力がにわかに落ちると、まさるは目と腰を据えて、岡倉に狙いを定めた。

「な、何だよその目は。舐（な）めるんじゃねえ！」

岡倉が叫ぶのと同時に、まさるは一直線に突っ込んでいった。岡倉は怯んだが、当然のように号令する。まさるは襲いかかる水流を俊敏さで何とか躱し、真正面から斬り込んだ。塔太郎にとにかく突っ込んでほしいと言われたので、ほとんど力任せだった。

「ほ、放水っ！」

岡倉はその勢いに恐怖を感じたのか、右手に持った札三枚を上から叩きつけるようにして振り下ろした。それだけでは勝てないと分かると左手も加え、一気に六枚の札で迎撃した。

それでもまさるは恐れる事なく、鎬（しのぎ）に左手を添えて刃を押し出し、ぐっと足に力を込めて耐えしのぶ。水流が二股に分かれて左右の斜め下へと飛んでいく。まるで、まさるの大きな体で水が割られたようだった。

岡倉は何とか打ち勝とうと再度号令をかけ、道路に散らばっている札からも水を出し、まさるの体勢を崩そうとした。

――が。周囲から水が出ない。代わりに、白川の方で札からの放水と思われる弱い水音がした。六枚まとめて出した水流の威力が強すぎたため、札の大半が流れてしまったのである。札は狸橋の隙間から白川へと落ち、流されたり水底へ沈んだりして用をなさなくなっていた。

「しまっ……！」

岡倉の顔が青くなった時には、既に形勢は逆転していた。

他の水流が絶えたこの一瞬の隙をついて、まさるの背後に控えていた塔太郎が走り出す。水と鍔迫（つばぜ）り合いをするまさるの背中を踏み台に一気に上空へと飛び上がり、岡倉へと組みついた。二人もろとも倒れ込み、立ち上がって逃げようとする岡倉を塔太郎が足払いして押さえつける。これが、勝負を決めた。

「十九時三十六分、暴行および殺生未遂等の罪で現行犯逮捕や。観念せえ！」

頭から水を滴らせながら、塔太郎が岡倉を縄で縛り上げる。悔しさと苦痛で、岡倉は顔を歪ませていた。

岡倉の確保に成功し、辰巳大明神が刀から人間の姿に戻る。笑顔で労ってくれる辰巳大明神と無邪気にハイタッチしたまさるは、逃げた輝孝達のことを思い出して、彼らを探そうとした。すると、濡れて重いジーンズのポケットに、何かが入っている。出してみると小さな犬笛で、女の「大」が、錦天満宮で菅原先生から貰ったものだった。

岡倉を見張りながら、塔太郎が言う。

「まさる、それを吹いてみ。多分向こうにも聞こえるはずや。──背中、悪かったなぁ。頑張ってくれてありがとう」

彼の言葉に、まさるは表情をぱっと明るくした。胸をぱーんと叩いて後ろを向き、びしょ濡れの背中を見せる。

「ははは。何ともないってこっちゃな。よかった。──ほら。吹いてみいな」

まさるは嬉々として頷き、笛を持ち直す。そうして空へ向けて思い切り吹いてみた。

長く、高い音が呼びかけるように祇園一帯に響く。しばらくすると、南西の方から全く同じ音がした。

元の姿に戻った大は、四条通りまで逃げていた輝孝達と無事再会した。岡倉は駆け付けた深津と塔太郎によって連行されることになり、三人が車で去っていくのを見送った後、大達は「白川たむら」へと戻った。全身が濡れていた大は店に入るのを躊躇(ためら)ったが、辰巳大明神が馴染みの店から小紋(こもん)を借りてくれたので、着替えて髪を乾かせば問題なかった。

この頃には店内も元通りになっており、もどかしい思いで待機していた大将や従業員達、そして、芹田伊知郎と彼の父親が大喜びで迎えてくれた。特に伊知郎は紗美の顔を見るなり抱きしめて何度も何度も謝り、

「怖い思いをさして、ほんまにごめん」

と声を震わせていたが、紗美はそんな彼の背中に手を回し、

「伊知郎がまっさきに守ってくれたん、私、知ってる。ありがとう」

と気丈に答えていた。紗美と母親は大達が助けてくれたと周囲に説明し、大と辰

巳大明神は芹田家全員からお礼を言われたが、中でも称賛されたのはやはり輝孝だった。

「輝にい、ほんまにありがとう。いつも世話になって、こんな時まで……。お義兄(にい)さんのご恩は、一生忘れません」

「私、お兄ちゃんの妹でよかった。結婚式で自慢の兄やって触れ回るしな。覚悟してな。助けてくれて、ほんまにありがとう」

「二人とも、そんな他人行儀はやめてくれ。助けるなんて当たり前や。俺は、紗美や伊知郎、芹田のご両親が一番大事なんやから……」

愛する妹や義弟となる親友、その両親に囲まれた輝孝の表情は、一点の曇りもなく、充足感に満ち溢れていた。

全てが解決して一段落ついたこともあって、大は辰巳大明神の誘いでそのまま夕食をとる事になった。

カウンター席の目の前で、大将が腕によりをかけて作ってくれる。二階の座敷では、輝孝を含めた五人が改めて食事をしているという。

「お待たせいたしました。まずは前菜でございます」

出てきたのは、なんと小さなハンバーガーである。とはいっても、素材は京都ポークや京都産の小麦粉を使ったバンズという贅沢(ぜいたく)なもので、掌(てのひら)サイズでも、京都の味わいがぎゅっと詰まっていた。

その後は、祇園の料亭らしく鱧松茸や胡麻豆腐だったり、グジの鱗揚げだったりと、京料理の伝統を守りつつ遊び心のある内容だった。味はもちろん、見た目も大変美しく、どれも繊細で味わい深い。舌が肥えているであろう辰巳大明神も舌鼓を打っていた。

「ええとこやろ、ここ。祇園に店を構えるだけあって味はちゃんとしてても、片肘張らへんのが最高なんや」

その言葉通り、お椀物一つでも風味がしっかりと立っている。その出汁は、下御霊神社の地下水を使っている事を思い出した。

(今日は一日中ずっと、水に縁のある日やったなぁ)

そう考えていると、大のスマートフォンが鳴る。出てみると塔太郎だった。

岡倉の取り調べは本部が行う事になったので彼自身は勤務が終わり、輝孝達の様子を見にこちらへ向かっているらしい。近くまで来ているが、先ほどは無我夢中で道をよく覚えておらず、迷っているとの事だった。その会話が聞こえたのか、辰巳大明神がケラケラと笑っている。

「全く、しゃあないなー。古賀ちゃん、近くまで出てったり。白川の辺をうろついてたら、そのうち会えるやろ」

「はい。ちょっと失礼致します。——塔太郎さんも、一旦電話、切りますね」

スマートフォンを鞄に仕舞い、大は外へ出る。すると、食事を終えた紗美と伊知郎、そして輝孝の三人が店の前で談笑していた。

「あっ、古賀さん。先ほどは本当にありがとうございました」

「いえ、そんな。皆さんがご無事で何よりです！」

もう何度も聞いたお礼の言葉を、三人から重ねて言われる。大は嬉しいと思いつつも謙遜して彼らに別れを告げ、自分達が戦っていた狸橋を渡った。

さらさらという耳触りのいい水音の聞こえる中、小さく草履を鳴らしながら夜の祇園を歩いていく。激しい戦いから一転、穏やかな気分になっていた大はふと、店の前にいた三人の様子を思い出した。

他愛もない話で笑い合う彼らは、兄妹で、婚約者で、親友である。紗美がころころとお喋りし、伊知郎がそれに付き合い、輝孝が落ち着きでもってまとめる。幼い頃から共に過ごし、そしてこれからもそうであろう三人には絆が感じられ、この上なく幸せそうだった。

輝孝も、本当は紗美が好きなのである。身を挺して守りたいほど、今でもきっと好きなのである。しかし彼は、自分の恋よりも兄妹という関係を選んだ。その決断のお陰で、輝孝は一生、紗美や伊知郎とこれまで通り仲良く付き合っていけるのである。いずれ彼も、違う誰かを見つけて、紗美への思いを清算するだろう。

そんな彼に、大も影響されつつあった。

（そうや。貴船神社の水占みくじ、買ってたんや）

白川には、川べりに下りられる小さな階段がある。大はそこへ下りてそっとしゃがみ、鞄から水占みくじを出した。流されないように、紙を水に浮かべてみる。

すると、浮き出た文字は中吉。何とも普通の内容である。他の文章もあたり障り（さわ）のない内容だったが、恋愛の項目を読んでみると、

気長に、心安らかに

と書いてあった。高龗神様はお見通しなのかと驚いて、大はしばらく動けなかった。冨美家での、梨沙子の言葉が思い出される。

「んー。それはなぁ……」

「え、駄目なん？」

「いや、そうじゃなくって……後輩で、半年で、それで告白するんやろ？　五分五

分の賭けっていうか、ぶっちゃけ早いと思う。

私のバイト先でもそういう、っていうか全く同じような子がいたんやけど……あかんかったんよ。女の子の方は、優しくて距離も近いから絶対いけるって思ってたんやけど、男の先輩は意外やったらしくて、ほんまに妹みたいにしか思えへんから、って断らはった。

そしたらなぁ。やっぱりその後は気まずくなって、シフトもだんだん合わへんくなって、最終的に男の先輩が辞めはった。辞めたんは別の理由やろうけど、送別会でも上手くさよならが言えへんくって……。

その子、こんな事になるんやったら告白せえへんかったらよかった、ずっと仲良しのままでいたかった、って泣いてたわ。自分は好きになって、向こうもって確信してても、実際は違ってましたって結構あるよ。「塔太郎さん」がそうかどうかは分からへんし、片思い自体はいいと思うけど……もうちょっと、気長にいったら？　今のままでも十分なんやろ？」

梨沙子の意見は、大への友情からくる客観的なもので、説得力があった。大がいくら塔太郎の事が好きでも彼の心は分からないし、彼の性格から、大を導くべき後輩としか見ていない事は十分に考えられる。確かなのは、このまま自分が単なる後輩のままでいれば、よほどの事がない限り塔太郎と仲良く出来るという事だった。

そして今、その関係を壊してはならない気がした。もし告白して失敗して、二人の関係が気まずくなってしまったら。後悔するのが自分でも分かった。今の大には、輝孝の気持ちがほんの少し、分かる気がした。

（そうなるくらいやったら、今はこのまま……）

自分の恋の方向性を固めつつあるところに、遠くから塔太郎の声が聞こえてきた。清涼感のある、心地いい声である。

「いたいた。大ちゃーん！」

先輩が、こちらに向かって走ってくる。塔太郎も濡れた服を着替えたのか、シンプルな普段着である。大は努めて後輩の顔で、こっちですよと手を振った。

第二話　河原町御池の勇者たち

京都には、繁忙期が二回ある。一回は桜の季節、もう一回は紅葉の季節である。木々が赤や黄色に衣替えするのは十一月が盛りだが、京の町のディスプレイは既にその雰囲気を漂わせている。近年ではハロウィンも盛り上がって、町全体が橙色に色づいていた。

十月は昔ながらの行事も多く、北野天満宮の瑞饋祭から御香宮神社の神幸祭に始まって、中旬には粟田神社の粟田祭、建勲神社の船岡大祭と続く。

そして十月二十二日には、何といっても、京都三大祭の最後を飾る平安神宮の時代祭と、京都三大奇祭の一つである由岐神社の鞍馬の火祭が控えている。

それ以外にも、様々な場所で目を引くような祭や寺社の特別公開が行われる。地元の人間のみならず、日本中や世界中から「京都」を訪れる人が後を絶たず、毎年、この時期になるとホテルや飲食店はどこも満杯だった。

その中心とも言える、四条河原町。

お昼時を過ぎても人通りは絶えないが、この大きな四つ辻の南西、髙島屋の前で、ちょっとしたトラブルが起きていた。辺りにはビラやプラカードが散らばっており、和服姿の男二人が大変な剣幕で揉み合っている。

片方は、「あやかし」に分類される狼男。全身のほとんどが狼のように体毛に覆われているが、掌と足先だけは人間のもの。紋付羽織と袴を着ている姿がなんとも仰々しい。

もう片方は、いつもの制服と腕章をつけた「まさる」である。

狼男は普通の人には見えない存在で、まさるも半透明の霊体である。道行く人の大半はこのトラブルに気づきもしないが、一部の霊感のある人は、息をつめてこれを見守っていた。

まさるは狼男を平手打ちし、相手が身を丸めて押しのけようとするのを制して、さらにもう一発お見舞いしようと手を上げる。玉木が、落ちている割れた眼鏡を拾うのも忘れて、懸命にまさるを止めていた。

「まさる君、ストップ！　駄目です！　僕ならもう大丈夫ですし、子供も避難しています。冷静になって下さいっ」

絞り出すような玉木の声に気づいて、まさるは一瞬手を止める。しかし、狼男が悔し紛れに「しゃしゃり出るな、へぼ眼鏡！」と玉木を罵ったので、まさるは再び狼男に摑みかかった。

「まさる君、やめて下さい！　僕は気にしてませんから！」

塔太郎と違い、武闘派ではなく力も強くない玉木ではまさるを抑えきれない。少し離れたところに落ちているまさるの刀は、「く」の字に折れ曲がって哀れなほど変形していた。

愛刀が元に戻らない事は一目瞭然で、まさるは悔しいやら腹立たしいやらで、狼男を摑む手に一層力が込もる。玉木の声が虚しく響いた。

「だから駄目だって言ってるでしょうが！　やーめーてー！」

このトラブルは、狼男が迷惑行動をしていた事に端を発する。

羽織や袴を颯爽となびかせて髙島屋の前に陣取った狼男は、

「都は今！　観光客の増加によって風情と文化が破壊されています！　市は入洛制限の実施を！　あるいは許可証の発行を！」

と無茶苦茶な事を叫んでプラカードを掲げ、霊感のある人やあやかし達へ強引にビラを配っていた。「我こそが正義」と本人は息巻いているが、彼こそが一番、町の風情を損ねていた。しかもこの活動は、全くの無許可である。当然の如く、相次いで「喫茶ちとせ」に通報と苦情が入り、玉木と大が現地に赴いて注意した。

しかし狼男は簡単には引き下がらず、玉木が何度諭しても全くやめない。仕方なく大が強制的に片付けようとすると、手にしたプラカードで襲いかかってきたのである。ただの威嚇のつもりだったのか体には当たらなかったが、大はすぐに簪を抜いて「まさる」となった。玉木も呪文を唱えて扇子で結界を張り、狼男の動きを止めようとした。

しかしその瞬間、狼男の振ったプラカードが玉木の顔面に当たってしまった。扇子は破れて眼鏡が飛び、玉木が倒れると、周囲からは悲鳴が上がった。

まさるは反射的に刀を抜き、相手の小手を打とうとした。狼男が何とかこれを避け、空振りしたまさるの手の甲をプラカードの角で思い切り叩く。痛みが走ってもまさるは刀を放さなかったが、一瞬だけ刀身が地面についてしまい、これを狼男が上から思い切り踏みつけたのである。刀身は、横からの打撃や圧力には弱い。一点を強く踏まれたまさるの刀は、中心辺りで曲がってしまった。

自分の武器が、それも猿ヶ辻から貰った大切な刀が一瞬で使えなくなった事にまさるはひどく動揺し、周囲には、あやかし課が負けるのではという空気が流れた。すると、中学生くらいの男の子が、狼男を取り押さえようと群衆の中から飛び出したのである。狼男はこれに反応し、その子をもプラカードで殴ろうとした。

まさるは咄嗟に男の子を抱き込んで守り、プラカードの角材がまさるの背中を直撃する。手の甲を叩かれた時以上の激痛で息も出来ない中、止めに入った玉木を狼男はまたしても突き飛ばし、周囲に暴言を吐き、プラカードを握り直した。

玉木が傷ついても、愛刀を玩具のように曲げられても、まさるは何とか己を保っていた。が、何の関係もない男の子に躊躇なく殴りかかり、一般人までも巻き込もうとする狼男に、とうとう怒りを爆発させてしまった。まさるはすかさず狼男の胸倉を摑み、ありったけの力を込めて平手打ちした。

玉木は、まさるの制止を諦めて狼男の確保へと回り、彼に手錠をかける。その金属音を聞いたまさるは目が覚めたように我に返り、女の「大」へと戻った。

狼男が現行犯逮捕されたので事件はこれで一件落着となったが、玉木から事情を聞かされた大は、真っ青になって顔も上げられなかった。大切な愛刀を失ったという落胆もあったが、それよりも、まさるが理性を失ってしまったことがショックだった。現に、手錠をかけられた狼男は玉木の陰に隠れるように立っており、大には一切近寄ろうとしない。これでは、まるでこちらが悪者である。

(嘘、何で……、四月に修行を始めてから、もうこんな事はしいひんって思ってたのに。狼男の胸倉を摑んだら、そのまま取り押さえるべきやったのに……!)

「まさる」は、襲ってきた相手を追い払うために、京都御所の猿ヶ辻の神猿が大に授けた力、その具現とも言える存在である。

ゆえに、大があやかし課隊員となったばかりの頃は、敵を前にすれば気が昂るあまり暴力的になるという一面もあった。それを、塔太郎や猿ヶ辻との「まさる部」での修行や、日々の任務によって徐々に克服してきたのである。今でも、「まさる」は幼子のように直情的ではあるが、少なくとも、周りを見て誰かの声を聞き、素直に動けるだけの判断力はついたはずだった。

それだけに、逆上して相手を平手打ちし、玉木の制止をも無視したまさるの醜態を聞かされた大は、まさか今更と思うほどの衝撃を受けた。震える手で簪を拾い、髪をまとめるのが精一杯だった。

当然、この経緯は、ちとせで待っている竹男、琴子、そして塔太郎、さらには深津にも報告しなければならない。案の定、帰還した大は深津から叱責を受けた。

ちとせで狼男の事情聴取が済むと、大はすぐ深津に呼ばれ、事務所の机の前に立たされた。横には、経緯を報告した玉木も同様に立っているが、叱責の矛先はもちろん大である。

平手打ちに関しては、大だけでなく深津も狼男へ謝罪しており、始末書を書くのも決定している。だが、それだけで済むはずがなかった。

「古賀。何か言う事はあるか」

「申し訳ありませんでした……」

消え入りそうな声で大が言うと、深津は椅子に座って腕を組んだまま、いつもより遥かに低い声で「それは何回も聞いたわ」と一蹴した。

「向こうが抵抗して、まさるになったんは正しい判断や。玉木を援護したんも別にいい。子供を守ったんは、ようやった。——問題はその後や。平手打ちの必要がどこにある。相手を摑んだんやったら、押さえなあかん。そやな？　殴るんはただの暴力や。気持ちは分からんこともないけど、越えたらあかん一線は守ってほしい」

「すみません。あるまじき行為だったと思います……」

身の置きどころがなくなり、心臓がきゅっと縮む思いで大はひたすら謝罪する。玉木が大を弁護した。彼が今かけているのは、いつもとは色の違う予備の眼鏡である。

「深津さん。まさる君の行動は、相手を捕まえようとしての結果なんです。向こうも悪質でした。そもそもまさる君は、悪いものは退治するという魔除けの子ですし、普通の人間よりも反応してしまって……」

「そんな言い訳は聞きたくない。まさるの失態は、古賀の責任や。こうならへんために、いつも修行してんのとちゃうんか」

深津はそう言うなり、一階に繋がる無線の電源を入れて、塔太郎を呼んだ。大は反射的に止めようとしたが、深津に目で制され、何も言えなかった。

やがて足音がして塔太郎が上がってくる。事情を聞いていた塔太郎も、申し訳なさそうに玉木の横に立った。

「塔太郎。お前が出す毎度の報告書で一応知ってるけど、改めて聞かしてほしい。今日のまさるの失態は、一時的なもんなんか。それとも、普段の『まさる部』でも、まだこうなんか」

「今日だけです。ですが、俺の指導が行き届かなかったのもあると思います。申し訳ありません」

自分は全く悪くないのに、塔太郎は弁明一つせず素直に頭を下げる。彼の口調は大と違ってしっかりしていた。

大は始末書を、塔太郎は今後のまさる部の計画書を提出することで話は終わり、一階へと戻された。

任務で失態を犯したのは、五月以来である。叱責を受けたうえに塔太郎にまで迷惑をかけてしまった事で、大の心は罪悪感でいっぱいだった。しかし、塔太郎と玉木は大に対して穏やかな表情を見せ、励ましてくれる。

「古賀さん。あんまり落ち込まないで下さいね。僕が新人の頃なんかは、古賀さんの十倍は塔太郎さんに迷惑かけてましたよ」

「俺なんか、その玉木の百倍は深津さんに迷惑かけてたで。大ちゃんは優秀な方や」

「お二人とも、すみません。ありがとうございます……」

弱気になっている大に、手を差し伸べてくれる彼らの優しさが身に沁みる。泣きそうになるのをぐっと堪えた。

一階に戻ると、竹男と琴子が待っていた。

「お疲れー。お前ら、今日は散々やったなぁ。大ちゃんは始末書で凹むやろうけど、まさる君も、色々我慢した結果やろ？　頭切り替えて、次いこ、次」

「大ちゃん。後で、背中と手の甲を見してな。薬、塗ったげるから。痣になってへんかったらええねんけど……。ほら、玉木くんも。こっちおいで」

彼らも、やはり大には優しい。というよりも、ちとせの人間は誰も、人の失敗を責めないのである。だからこそ所長の深津が叱責の役目を担っており、〝九の温かさ〟と〝一の厳しさ〟が上手くバランスを取って、「喫茶ちとせ」が成り立っていた。

琴子が手早く、大と玉木の手当てを終わらせる。塔太郎は、大だけでなく玉木の傷も心配していたが、すぐに引く程度の痣だけだと分かると、安心したようにため息をついた。

その後ろでは、竹男がテーブルの上を凝視している。そこに置いてあるのは、大の愛刀だった。

「さて。ビンタ諸々の件は片付いたとして……、問題はこれやなぁ。ブーメランっていうか、新種の武器みたいになっとるやんけ」

「なんとか、元に戻せないでしょうか」

「いや無理やろ、これは。どんだけ踏まれたんか知らんけど、もう別のんに替えるしかないで」

竹男に断言されて、大は違う意味で泣きたくなった。

十八の時に手にし、あやかし課配属の初日から今日までずっと、苦楽を共にしてきた刀である。それだけに単なる武器以上の愛着があり、新しいものに替えなければならないのは辛かった。しかし、無理なものはどうしようもない。

五人でテーブルに置かれた刀を囲み、さてどうするかと考えていると、二階から深津が下りてきた。彼の頭はもう切り替わっているのか、玉木の後ろから首を伸ばすと、

「うわー、改めて見ると凄いなぁ。これ、どうすんの？　予備とか持ってんの？」

と、いつもの口調で大に尋ねた。もう怒っていない深津に大は内心ほっとしつつ、刀を抱くように取り上げた。

「これ一本しかないんです。ですので、今日の仕事上がりに、猿ヶ辻さんのところへ相談に行こうと思います」

「そうか。ほな、今からでも行ってくる？　自分、今日は夜勤ちゃうし、退勤時間になったらそのまま帰り。」

「いいんですか？　ありがとうございます！」

大はその場で竹男にも許可を貰い、猿ヶ辻にも連絡を入れると、竹男がこんな提案をした。

「ほんなったら、もういっそ塔太郎も一緒に行けや。修行についても、話し合わなあかんねやろ？　二人で行ったら、刀の事も修行の事も解決するし、ええやんけ。店は、俺と琴子でも十分いけるから行ってこい。ただし、塔太郎は夜勤があるから、閉店時間には戻ってこいよ」

「了解です。早速、俺も大ちゃんも頑張ってきます！　――うっし。行こか、大ちゃん」

「はい！」

そのまま店を出ようとすると、

「残念やけど、それは無理やな」

と、深津が止めた。

「さっき、本部からファックスが来てん。俺、それを伝えるために下りてきたんやけど……。塔太郎、明後日から『特練』やで。今日が夜勤となると、今から家に帰って荷造りした方がええわ。竹男も、夜勤のシフトを組み直さなあかん」

彼が見せてきたファックス用紙には、差出人が京都府警本部、宛先を塔太郎にして「人外特別警戒隊　特別訓練生への選抜および案内」と書かれており、これはいわゆる辞令だった。

内容を読み、深津からの説明を要約すると、特練とは「特別訓練生」の略で、一般的には警察の柔道、剣道、逮捕術、拳銃射撃の訓練を受ける人を指すという。本人の希望もあるが、基本的には、選抜による辞令という形が多いらしい。当然、実際に敵と戦うあやかし課にもそれがあって、今回、これに塔太郎が選ばれたという。

「普通の警察と違って、あやかし課は一週間以上みっちりの合宿形式やからな。塔太郎はしばらく帰れへんくなるし、さっき言った修行の計画書は出さんでええわ。代わりに、その修行は、猿ヶ辻さんと相談のもと、古賀さん一人だけでやってみ。そういう時期も必要やろ」

その後、京都御苑に赴いて猿ヶ辻と会った大は、自分の失態と刀の事を正直に話した。

彼がふんふんと相槌を打っている間、大は怒られたりがっかりされるだろうと覚悟していたが、猿ヶ辻はいつもと変わらなかった。

「へー、そうなん。そら大変やったなぁ。刀を使って戦ってたら、ま、いつかは失敗もするよ。全体的に見れば、まさる君の成長も古賀さんの成長も著しいから……、いわゆる、スランプによる揺り戻しかもなぁ。ほら、この本にも書いたある」と、まるで監督のような口ぶりでコーチング関連の本を開いたので、大は内心ほっとした。

その後、猿ヶ辻は自分のねぐらで新しい刀を探してくれたが、錆びていたり鍔が緩んでいたりとすぐに使えそうなものが生憎見つからず、岡崎に行って新しい刀を調達しよう、という事になったのだった。

岡崎の平安神宮の西隣にある武道センターには、武徳殿がある。武徳殿は古武術や剣道、居合道を嗜む人にとっては聖地のような場所だった。その関係で、すぐ傍の丸太町通り沿いには武道具店がいくつか軒を並べており、このうちの一つが、あやかし課隊員の武器の販売や修理も取り扱っていた。ここの店長の男性も、実はあやかし課の隊員だった。

大が事情を話すと、店長はすぐに代わりの刀を出してくれた。

「ただ、これは居合の演武とかで使う模擬刀なんよ。模擬刀っていうても亜鉛合金やから、新聞紙や段ボールぐらいは切れるけど……。やっぱ、玉鋼を使ってる真剣の方がいいやんなぁ？　けど、本身は職人さんが一から打たなあかんもんやし、刀や薙刀は、すぐには出せへんねん。模擬刀は霊力が込めにくうなるけど、とりあえず、これで当面しのいでくれる？」

「はい、大丈夫です。ありがとうございます」

「かしこまりー。ちゃんとした新しい刀は、深津さんや本部とも相談して、手配しときますわ」

気さくな店長から代わりの模擬刀を受け取ると、予想に反してずしりと重い。刀身は銀色に反射して、刀装具は年代物かと見紛うほど精巧である。刀身の材質が違う点と、真剣のように各部位が取り外し出来ない事以外は、どこを見ても本物そっくりだった。

一度、試しに振ってみた方がいいとの事で、大と猿ヶ辻は岡崎公園に移動し、その中央の芝生に立った。風が涼しく、爽やかな公園全体を見渡すと、ベンチで遅い昼食を取っている人、サークル活動なのかダンスをしている集団など様々である。

ここは、大があやかし課配属の初日に、深津に連れてこられた場所である。平安神宮へと繋がる神宮道で塔太郎達が戦っているのを目撃し、鮮烈な印象を抱いたのを今でも覚えていた。

（あれから、もう半年なんや。あの時は、まさるの事を言うのさえ躊躇って、黙ってようとしてたっけ……）

大は以前の自分を思い出しつつ半透明となり、模擬刀を鞘から抜く。魔除けの力を込めて、縦横に数回振ってみた。座ってこれを見ていた猿ヶ辻は、後ろに倒れて小さなお尻を上に向けたかと思うと、身軽にひょいと起き上がった。

「ふん、ええ感じやな。店長さんの言うた通り、刀に伝わる魔除けの力がちょっと弱いけど、武器としては十分やわ。しばらくはそれで修行して、新しい刀の目途がつくまで使っとこ」

「ありがとうございます。刀が駄目になった時はどうしようかと思いましたし、今でも少し寂しいですが……、これで、また頑張れます」

猿ヶ辻のお許しが出たので、大は素振りを止めて胸を撫で下ろした。納刀して下緒を外し、新しい相棒となった模擬刀を眼前まで持ち上げてみる。柄も鞘も黒で素っ気ないが、鍔が桜透かしになっており、そこだけ可愛らしかった。塔太郎にも見せたかったが、一緒に来るはずだった彼は不在である。

猿ヶ辻が「ところで坂本くんは？」と訊いたので、大は事情を説明した。すると、猿ヶ辻は納得したように、ほぉんと顎を上向けた。

「特別訓練生、なぁ。御所を守ってる皇宮警察にも、確かそんなんあったなぁ。ほんなら明後日から、坂本くんも修行する側なんやね」

「はい。具体的な内容は秘密らしいんですが……、京都のどこかのお寺で、あやかし課のベテラン隊員や神仏を指導教官にして、他の事務所の人達と合同でやるそうです。塔太郎さん、『強くなれる』って結構楽しみにしたはりました。私は、塔太郎さんのどこにこれ以上強くなる要素が……って、思ったんですけど」

「そら、彼かって若いもん。人間離れした実力はあるけど、神仏から見たら、まだまだやで。雷なんて、量も威力も、たとえば菅原先生の方がずっと上やわ」

「菅原先生は天神様ですよね……？」

比べる相手が偉大すぎると大は考えたが、猿ヶ辻は、

「あやかし課なんて、基本は人間離れしてる人らやん。隊員になったからには、君もやで。――まさる君ともども、坂本くんに負けず頑張らな」

と、芝生に置いていた御幣を戯れに振った。

確かに、こうして岡崎公園の中心にいる今も、大は腕章をつけて半透明になっており、猿ヶ辻はそもそも霊感のない人には見えない。普通の人間とは言い難かった。

坂本くんに後れは取れぬ、と猿ヶ辻は意気揚々と大に告げ、もう一度刀を振ってみようと大が構えると、背後から若い男の声がした。

「あれ、古賀さん？　久し振りー！」

呼びかけに振り向いてみると、大きめの鞄を持った総代和樹である。華やかな顔

立ちで服装も垢抜けている彼は、まるで旬の俳優のようだった。

表向きは和装体験処「変化庵」の店員、実はあやかし課隊員で、「伏見稲荷大社氏子区域事務所」の一員である総代は、大の同期でもある。描いたものを実体化させるという変わった能力の持ち主で、大はその力によって二回ほど助けられた事があった。

「総代くん！　宵山以来やね。その節はありがとう」

斎王代の事件では力士を描いて敵の動きを止めてもらい、祇園祭の宵山の騒動では、総代とその上司の栗山もろとも、プライベートで遊びにきていたにもかかわらず巻き込んでしまった。総代が子供のために簡易トイレを描いているうちに、ナンパしていた女の子達が去ってしまったのである。栗山が、旧友で同期の塔太郎に「俺らに、何か恨みでもあんの⁉」と怒っていたのは珍妙な思い出である。

「ははは、あれは大変だったけどねー。栗山さんなんか、未だに『坂本許すまじ、坂本許すまじ』なんて唱えてるんだよ。何も坂本さんのせいじゃないのにねー」

総代と笑い合った後、傍らの猿ヶ辻がぽかんとしているのに気がついた。猿ヶ辻は総代の事を知らないので、慌てて同期だと紹介する。猿ヶ辻は嬉しそうに大の肩に乗って、

「僕、この子の監督やで！　まさるの力を授けたんも僕やねん」

と自己紹介した。

総代は今日は公休日で、審美眼を養うために京都市美術館別館や、国立近代美術館へ行ってきたという。名画を堪能した後は自分も腕を磨きたくなり、岡崎公園まで来たところ、大を見かけたのだった。

「で、こんな所で何してるの？　敵もいなければ、古賀さん一人みたいだし。任務じゃないよね？」

「実は、刀の試し振りをしててん。前のが折れ曲がってしもて、新しいのに替えたから」

「えーっ、そうなの⁉　ちょっと見せてよ！」

大から模擬刀を受け取った総代は、少年のように瞳を輝かせた。興味津々に眺めるだけでなく、だんだんと細部を観察するような目になっていくのは絵描きの性であるらしい。柄巻、鍔の意匠、刀身の反りなどを丁寧に見た後、彼は満足げにため息をついた。

「はい、ありがとう。模擬刀とはいえ、居合用だから凄く参考になったよ。……あー、やっぱカッコいいなぁ。でも、僕は武術の才能がないっぽいし、職場からも絵で頼りにされてるから、まぁ別にいいんだけどね」

刀剣類に憧れてはいるが、今日もこうして美術館や写生に来たところを見ると、心底描く事が好きらしい。そんな総代に、修行中の大を写生させてほしいと言われ、大は慌てて断った。

「う、嬉しいけど、それは……。モデルなんか、やった事ないもん」

「何照れてんのさー。別に、そんな大層なもんじゃないよ。カッコよく刀を振ってる古賀さんを、ちょちょっと描くだけ！　で、顔を出すのはまずいから別人にして、綺麗に色を塗って、ネットに上げたいんだけど」

「ネット⁉　無理無理！　絶対あかん！」

「えー、駄目なの？　刀と女子って映えるし、古賀さんはカッコいいから、絶対人気出ると思うんだけどなぁ。……ま、本人が嫌ならやめとくよ。気が向いたら言ってね」

押し切られるかと思ったが、彼はあっさり頼みを引っ込めてくれた。周囲の風景や平安神宮を写生すると言って芝生に腰を下ろし、鞄からスケッチブックと鉛筆を出す。それを、猿ヶ辻が興味深そうに眺めていた。

「総代くんの絵は、何でも実体化すんの？　白黒のやつでも？」

「はい。描いたものに霊力を込めれば実体化するという仕組みなので、薄っぺらいのでよければ落書きでも出せますよ。前に古賀さん達を助けた時は、地面に水で描いた力士を出しました。命を吹き込むようにちゃんと描けば描くほど、よい実体になるんです」

　話しながら、彼は白紙の隅に小さな蝶を描いた。上手い絵である。

　総代がそれを筆先で小さく突くと、むくっと膨らんで線画が紙から浮かび、徐々に色がつき、本物の蝶となって飛び立っていった。大は目線で蝶を追いかけ、猿ヶ辻に至っては、御幣を虫取り網に変えて捕まえようとした。

「おぉー、飛び方も本物そっくりや！　凄いなぁ。絵に躍動感があるという批評はよう聞くけど、これはほんまに文字通りやわ」

「ありがとうございます。時間が経ったり、敵にやられたりすると消えてしまうんですが……。ぱっと見ただけでは元が絵だとは分からないと思います」

「なるほどなぁ。他のも見てみたいなぁ」

　猿ヶ辻は感心したが、ふと妙案を得たらしい。

「そうや。古賀さんと総代くんで、練習試合とかしてみいひん？」

「えっ。僕がですか？」

「そう。総代くんが描いたもんと、古賀さんが試合するんや。もちろん、古賀さんは状況に応じて『まさる君』になって戦いや」

　と、持ちかけた。驚きのあまり、大はすぐに返事出来なかった。

「二人は同期で、ここには広い場所がある。切磋琢磨するにはうってつけや。実は、ここで試し振りに加えて、修行もする予定やってん。総代くん、古賀さんのためやと思って、ちょっと付き合ったげて！」

「いいですよ。僕でよければ喜んで。あ、でも……、一匹だけ、先に描かせてもらってもいいですか？　描いて出すという能力なので、ある程度の時間が必要なんです。僕の弱点、そこなんですよね。古賀さんの変身みたいに、ぱっとやれたら最強なんですけど」

「よーし。ほな、ちょっと待ってや。この辺一帯、僕の魔除けの力をかけとくさかい。……どうしたん、古賀さん。急に離れたりして」

「さ、猿ヶ辻さん。すみませんが、ちょっとこっちへ」

大は小さく手招きして、猿ヶ辻を自分の傍へと呼び寄せる。京都御苑ではないこの場所で、しかもこれまでと違う新しい刀での修行である。それを、塔太郎以外の人とやるのは想定外だった。

「あの、総代くんとの試合は私もやりたいです。けど……、この刀は慣れてないし、任務で暴力を振るったばかりです。今の私やと、逆に迷惑をかけてしまうかも……」

慎重になってためらう大だったが、

「この期に及んで、まだそんな事を言うてんのか君は。神猿の力を持ってる子が、そんな弱気では困る。失敗した後で臆病になるんは、君の悪い癖や」

と急に、猿ヶ辻の声が真剣味を帯びた。猿ヶ辻は総代に何か一つ描いておくよう頼んでから、しっかりと大に向き合った。怒ってはいないようだが、いつもの穏やかさもなかった。

「古賀さん。ちょっとここらで、正直な事を言わしてもらうわ。――実はな、君を、山王権現へ正式に紹介しようと思ってんねん。今すぐじゃないけど、そう遠くない未来やと思ってほしい」

「私を山王権現に……？　つまりそれは、日吉大社へという事ですか」

「そう」

あまりにも畏れ多い話に大は驚いたが、猿ヶ辻は毅然とした態度で話し続けた。いつもは玩具のように振ったりする御幣も、この時ばかりは一切動かさない。

「全国おおっぴらにという訳じゃないけど、少なくとも、西本宮、東本宮のご祭神には認知して頂こうと考えてる。古賀さんに簪を授けてくれたり、鴨玉依姫様が手助けをして下さった事はあっても、君が日吉大社まで挨拶に行った事はないし、僕もやれって言わへんかったやろ。

それは、古賀さんにいくら力があっても、日吉大社の鳥居をくぐる気概や実力が足りひんと思ってたからやで。比叡山は神聖な山や。その麓の日吉大社に行って気が昂って、不作法されても困るからな。

でも、これまで古賀さんは、坂本くんと修行して任務をこなして、強敵とも対峙してきた。七月には、祇園祭の宵山で、自分なりに魔除けの力を使って、赤ちゃんを助けたって僕に報告してくれたな？　これ、ほんまに凄い事なんやで。僕は、魔除けの力をそういうふうに使ってくれたんが嬉しかった。

ここまで成長してくれたら、僕もそろそろ本腰入れなあかんし、胸張って君を紹介したいんや。古賀さんに、ここで止まってほしくない。京都府警のあやかし課隊員として、果ては、都の鬼門を守る神猿の一人として、その誇りを、今の段階から、持っててほしいんや」

猿ヶ辻がこんなに長く、それも真剣に語りかけるのは初めてだった。大に力を授けた時から、彼はいつもどこか間延びしたような口調だったが、今は人が変わったように頼りがいがあり、大の事をちゃんと考えてくれているのも伝わってくる。ひょっとすると、これが彼の本心、御所の鬼門を守る「神猿」本来の姿かもしれなかった。

「私なんかでも、誇りを持っていいんですか。――失敗しても？」

「未熟でも持たなあかんもんや。失敗した時は、尚更持たなあかん。――そう思ったら、やる気、出てこうへん？　ポジティブは大事やで！」

最後の言葉は、いつも通りの猿ヶ辻だった。芝生の上に二本足で立ち、小さな顔いっぱいに笑う彼こそが我が師であり、自分の原点でもある。改めてそう確信した大は、丁寧に袴の裾を正し、猿ヶ辻の前に正座した。陽が射す中、綺麗に揃えた膝頭の前に両手をつき、静かに頭を下げた。

「猿ヶ辻の神猿様。叱咤激励、心より御礼申し上げます。どうか私に、その道を教えて下さいませ。精一杯、努力致します」

言葉は十分ではなかったが、大の誠意は猿ヶ辻にしっかり届いたらしい。彼は何も言わずに力強く頷いた。

初めて出会った送り火の夜以来、厳しさのないようにも見えた二人の関係が、今ここではっきりと形になったのを、大は感じた。

「──よっしゃ。師弟関係を結んだ記念として、君の新たな進化の第一歩として、まずは、僕ら神猿の間で伝わる剣の技を教えたげるわ。もっとも、僕は剣を使わへんから、一部しか教えられへんけどな。

技というのは、心をしっかり保たんと上手くいかへん。まずは古賀さんがしっかりと覚えて、それをまさる君も活かせるようにするんや。根幹である自分がしっかりすれば、自ずと『彼』もついてくる。責任を持って覚えるんやで。それが、『新・まさる部』の目標や」

猿ヶ辻はそう言って、目を閉じてゆっくり御幣を振った。すると、幻が現実となるように空中に巻物が一本浮かび上がり、大の手の上に落ちた。

「開けてみ」

「はい」

紐を解いてみると、「神猿の剣」と題されていた。続く本文は剣術の技名と解説のようだ。巻頭の技名を読んでみると、

第一番　比叡権現突き
第二番　まえ御生
第三番　よこ赤山
第四番　修学院神楽
第五番　うしろ葉山
第六番　一乗寺一閃
……。

というふうに、その数は「第三十六番　稲荷越え」まで三十六。名前だけでなく、比叡山、御生山、赤山、と順番まで東山三十六峰になぞらえてあった。

これらの技名を大は食い入るように見つめ、くじけそうになる心を何とか奮い立たせる。そんな大の気持ちを感じ取ったのか、猿ヶ辻は君なら出来ると繰り返した。

「字面だけ見れば、難しそうやろ？　初っ端から『比叡権現突き』やもんなぁ。でもな、これは昔の神猿さん達が、山の名前にしたくて付けただけやねん。せやし、技自体は単純で、比叡は突くだけ、赤山は横に斬るだけ、みたいなもんが大半やで。全部覚えるんは時間かかるけど、いくつかは、傍らの解説を読めばすぐや。君なら出来る」

猿ヶ辻の説明を聞きながら熟読し終わると、総代も準備が整ったらしい。彼のスケッチブックから、立派な角を持った鹿が出現する。

大は刀をしっかりと持ち、まずは両手で縦に振るだけの「まえ御生」を習得しようと、鹿と総代を真っすぐに見据えた。

激しい練習試合は日没まで続き、その結果、大は技をいくつか覚える事に成功した。

元来の斬り方が各技と似たようなものだったので、それをしっかり「技」と認識して的確に使えれば習得は早かった。猿ヶ辻が懸命に指導してくれたのと、今回の相手が総代というのもプラスに働いた。

彼が描いて出す獣（けもの）や虫、化け物達は個性的で、素早いものや圧（お）す力が強いもの、極小でも徒党（ととう）を組んで大を取り囲もうとするものなど、多彩だった。それが大に襲いかかったり、大と鍔迫（つばぜ）り合（あ）いをしている間に、総代が次の絵を描いて出すのである。大はその相手に合わせて技を変えねばならず、これが結果的に複数の技の習得に繋がっていた。

そうして一つ高みに上れた大は、猿ヶ辻と総代に心から感謝を込めてお礼を言い、無事にその日の修行を終えた。そのまま解散かと思われたが、総代から夕食に誘われて、場所を聞けば、以前行こうと約束していた肉バルだった。

てっきり猿ヶ辻も一緒と思っていたが、その後で猿ヶ辻は「見たいテレビがあるから」と帰ってしまい、結局、一旦自宅へ帰り、着替えて合流したのは大と総代の二人だけだった。

夜に男女二人で食事というのは少々照れ臭く、迷う気持ちもあったが、元々迷惑をかけたお詫（わ）びとして約束していたことである。加えて、休みなのに修行に付き合ってくれた彼からの誘い。さすがに断れなかった。

京都駅烏丸口（からすまぐち）の近くに新しく出来たという肉バルは、晩御飯の時間帯だとさすがに混んでいる。大は総代に従って待合の椅子に座り、背もたれに寄りかかってひと息ついた。

「古賀さん、お疲れ。今日の練習試合、凄く頑張ってたでしょ？　そんな自分へのご褒美と思って、たくさん食べなよ。肉が美味しいだけじゃなくって、サラダも食べ放題なんだよ」

「そうなん？　ありがとう。お腹空いてるから、楽しみにしとくな」

　岡崎であれだけ大の修行に付き合ってくれたのに、一旦休憩を挟んだ総代は疲れた様子もない。

　やがて席が空き、窓際のテーブルに通される。カウンターの奥の棚には酒瓶が並び、店内は小さくジャズらしき音楽がかかっていた。

　店内はしっとり薄暗く、他の客達は慣れた様子でワインや地ビールを飲み、厚い肉を切り分けている。大は田舎者のような気分で周りをこっそり見渡していたが、総代は余裕を持ってメニューを眺めている。その態度は自然で、大はつい、前から気になっていた事を口にした。

「総代くんって、出身はどこなん？　言葉が標準語やから、関東なん？」

「僕？　東京だよ。市ヶ谷。分かるかな」

「名前は、聞いた事あるんやけど……」

　東京の地理が分からずにいると、「千代田区ね」と言い、皇居や武道館が近い事を教えてくれた。

「凄い。そこって、東京のど真ん中やんな？　せやから、総代くんはお洒落なんやね」

と、大は滅多に行かぬ東京に憧れ、思わずため息が漏れていた。

「それ、イメージで美化してるだけだよ。古賀さんだって、実家は二条じゃん。しかも、御所の南の。そんなの、誰もが認める京都の中心地だよ。僕からすれば、まさに京都の子って感じ。京都弁もはんなりしてて可愛いし」

「そうなんかなぁ。私は、自分の言葉って気にした事ないんやけど」

「えっ、自覚ないの？　古賀さんは凄く可愛いよ」

総代がこちらを見つめてくる。その視線を受けて、大は俯いた。

「そ、それは京都弁だけやろ？　私、顔は、その……」

「あれ？　自分の言葉を気にした事ないんじゃなかったっけ。っていうか僕、顔が、可愛いなんてひと言も言ってないよ」

えっ、と顔を上げると、総代が愉快そうに口元を緩めている。からかわれたと気づいた大は、唇を結んで恨めしそうに総代を見返した。

「……総代くんって、そんな人やったんやな？」

「何が？」

とぼける彼に、大はいよいよ対抗心を燃やした。大はあえて笑みを浮かべて、茶化してみる。

「女の子には優しいと思ってたけど……、思ってもない人にも、可愛いなんて嘘つくんやねぇ。学生の時とか、それで刺されたんやろ？」

大の指摘に、水を飲みかけていた総代がむせた。

「な、何で知ってるの!?　誰から聞いたの？」

「ほんまに刺されたん!?　適当に言うただけやったのに」

「えー、じゃあカマかけたって事？　油断ならないなぁ、もう」

逆に大が驚いていると、総代は笑ってやれやれと首を振り、観念したとばかりに当時の事を話してくれた。

「刺されたといっても、手をシャーペンでぷすっ、だよ。顔の事を気にしてる子だったから励ましたんだけど……、それがかえって嫌だったみたい。さっきの古賀さんと同じ事を言われたよ。『可愛いなんて嘘でしょ。本当は不細工って笑ってるんでしょ』って」

「で？　ほんまはどう思ってたん？」

「何で疑うのさー？　笑う訳ないじゃん。不細工とすら思ってなかったよ。女性は〝可愛い〟と〝美人〟だけ、が僕の信条だし。っていうか、そういう心じゃないといい絵は描けない、が総代家の家訓だから」

総代の実家は、代々絵画に関わる一族である。彼の話では、皆細々と絵画に関わる仕事に就いているぐらいで、別に絵の大家という訳ではないらしい。

しかし、同時に霊力のある一族で、絵を描いて実体化させるという彼の能力こそ、そもそも総代家に伝わる独自の術だった。

「僕には姉さんがいてね。小学生になる前から、二人一緒に絵の練習をさせられてたんだ。その頃から絵を描くのは好きだったけど、描いたものを、姉さんのと並べられるのは嫌だったなぁ。姉さんは才能の塊だった。簡単な絵を描いても、僕のよりも立体的で、線が生きてたんだ。そんな訳で、だんだんと両親も僕を放置して、姉さんだけを見るようになった。辛いとは思わなかったけど、面白くもなかったね。それで何となく、僕は違う職種に就いて、絵は趣味でいいやって思うようになったんだ」

総代の生い立ちを聞いて、大は、彼の姉の話が過去形なのに気がついた。遠慮がちに尋ねると、「死んじゃったんだよ」と、あっさりした答えが返ってきた。

「姉がいなくなってから、両親と祖父母の期待が一応は僕に向いたんだけど……、何を今更、って反発して、最終的に自分で仕事を見つけたんだ。それが、ここ。京都のあやかし課。千代田区には警視庁本部もあるし、公務員の一家もたくさん住んでるんだ。だから警察官もいいなって考えてた時に、京都のあやかし課を知って……」

「それでも、やっぱり絵が仕事になってるんやね」

「ここまでくれば、もう腐れ縁だね。今の状況を聞いた両親も、絵を描いてるなら、って納得してくれたよ」

「なるほどー……。私、総代くんの事、初めてちゃんと知ったかも」

「前の鎮魂会では、僕が古賀さんの話を聞いてばっかりだったもんね。――東京と京都は違う部分も多いけど、今では、京都での生活が気に入ってるんだ。皇居と一緒で、写生したくなる場所が多いし、古賀さんみたいな、はんなりした女子にも会えたしね」

「また、そんな調子いい事言うて」

「いいじゃん別に。どうせ、僕の軽口なんか流してくれるでしょ?」

総代とまともに会話をしたのは、五月の鎮魂会と七月の宵山、そして今回が三回目である。同期として気楽さもあり、打てば響くようなやり取りは妙な軽快さがあった。

「まぁ、古賀さんがはんなりしてるだけじゃないって事は、今日痛感したけどね」

「痛感?」

「だって。今日の練習試合は僕の負けだったでしょ？　古賀さん、慣れるにつれてどんどん強くなっていったし」

　総代の言葉に、大は今日の試合内容を思い出してみた。

　確かに、最初は総代が優勢だった。総代の描く絵から出てくる敵は多種多様で際限がなく、そこに美麗な侍が描かれて出現したりすると苦戦する。それとの一騎打ちに手間取られて、総代に近づく事さえままならない。まさるとなっても体力の消耗は激しく、何度か、自分の負けだと諦めそうになったものだった。

　しかし、猿ヶ辻は退く事を許さなかった。戦い続けるには冷静さが肝要だと戦闘中の大に繰り返し伝え、大は、猿ヶ辻のひと声ひと声を心に刻むようにして、柄を握り直した。

　その甲斐あって大の五感は研ぎ澄まされ、「技を覚える、使う」という明確な目的のもと、これまで以上に敵の姿や動きを素早く捉え、それに合わせて刀を振れるようになっていった。

　その感覚はまさるに変身しても受け継がれ、相手の攻撃を最小限の動きで避けると同時に、単体の敵を縦に斬る「まえ御生」や、複数の敵を横に薙ぎ払う「一乗寺一閃」など、状況に合わせて技を出す。最終的には敵方を全て倒し、総代本人ががら空きになった。

「僕、ちゃんと本気出してたんだよね。同期だからって手加減するつもりはなかったし、正直、カッコいいところを見せたいな、とか思ったりして。でも実際は、古賀さんの方がずっと強かった。さすがは坂本さんの後輩で、猿ヶ辻さんの弟子だよねー」

「ありがとう。そう言ってくれると嬉しい。でも、総代くんも強かったで。描く時間さえあれば、百万の兵士を持ってるのと一緒やもん」

「お世辞はいいってー。まさか、褒め言葉に裏があるとかじゃないよね？」

「ちゃうって！　ほんまの事やもん。私、総代くんみたいに嘘つかへんで？」

「僕もついてないよ。カマかける君に言われたくはないなぁー？」

総代が愉快そうに笑い、メニューを閉じて大へと回す。彼はその後、自身が感銘を受けた「神猿の剣」を思い出し、

「何だっけ、あの技。しゃがみながら体を半回転させて、斜めに斬るやつ」

と嬉々として尋ねた。巻物は猿ヶ辻のものだが、技名は教えてもいいと言われていたので、大は復習も兼ねて思い出した。

「えっと……第四番、修学院神楽やね。私も実際にやってみて、ほんまに踊りみたいって思ってん」

「あと、まさる君の時にやった必殺技もあったよね。背中につくまで後ろに振りか

ぶって、縦に一気に斬るやつ」

「第二十番、粟田烈火」

「そう、それ！　名前からして強そうなんだよな。その技で、僕の渾身の鎧武者が消されたんだよ。あんなに速いと次のも描けてないし、え、何で？　って思った。うーん。やっぱり絵を武器にしてる僕じゃ、古賀さんには勝てないのかも」

「あの……負けて悔しいとか、自分のどこに落ち度があったんやろとか、気にしたりしいひん？」

負けた側だというのに、彼はあまりにも淡々としている。大の問いに、総代は何の疑問も抱かず「いや、別に」と、首を傾げた。

「だって、終わったものはしょうがないから。刀を使う古賀さんと絵を描く僕とでは、こっちの方が不利だったってだけ。自分のミスや弱点は今後改善するけど、出来ない要素があるのも事実だと思う。努めて客観的に考えればね。……そんな事を聞いてくるなんて、やっぱり古賀さんは真面目なんだね。今回の修行も、元は任務の失敗からって言うし。その姿勢が成長に繋がるんだろうけど、変に自分を追い込んでるようにも見えるよ。もっと気楽に生きてもいいんじゃない？　さっきの、僕と言い合いしてた時の古賀さんは、生き生きしてたよ」

そう言われて、大ははっとした。自分の過去を飄々と話し、結果に左右されない総代は、一見すれば軽い。しかし、それで落ち込まずに前へ進めるのなら、悪い考え方ではないはずである。

　総代の言葉や意見を耳にするうちに、ただ悩んでも仕方がない事もあると思え、大の気分まで晴れていく。

「ありがとう。――ひょっとして、今までの茶化し合いも、私を元気づけるためやったん？」

「さぁ、どうだかね。僕、坂本さんと違ってこういう性格だし。――メニュー、決めた？」

「あっ」

　話に夢中だった大は、慌ててメニューを開いた。彼の気軽さに感謝しつつドリンクから選ぼうとしたが、魅力的な品名が並んでいて即決出来ない。

　どれにしようかと悩んでいると、総代の鞄から携帯電話の着信音と思われる電子音が鳴り出した。総代が電話を取って席を外すと、直後に、大のスマートフォンにも着信があった。手帳型の蓋を開いて確認すると、塔太郎からメッセージが届いていた。

《今日はお疲れ様。刀、どうやった？》

　短い文章ではあったが、そのメッセージを見た途端に、大の頬が自然に緩む。すぐに返信を打っていた。

《猿ヶ辻さんとお会いして、岡崎の武道具店で新しい刀を手配して頂きました。模擬刀ですが、ちゃんと使えています！》

《そうか。よかったー！》

このメッセージの後に、彼から画像が送られてきた。癒し系のふんわりとした青い龍が、和んでいるような表情で「安心、安心」と頷いている。まさかそんな可愛い画像が送られてくるとは思わなかったので、この意外性に、大の心はきゅっとときめいた。

先月の富女川輝孝の事件を経て、まだ後輩のままでいようと決めた矢先にこれである。欲深い自分が恥ずかしいと思った大は、小さく深呼吸して自分を落ち着かせた。

(……イラストがあるにしても、塔太郎さんは私の教育係として訊いてるんやもんね。先輩の方は砕けてもいいけど、後輩の私は、線引きは大事。うん)

恋心は自分の中だけにしまいつつ、岡崎での詳細を報告する。

猿ヶ辻と改めて師弟関係を結んだ事や、偶然出会った総代と練習試合をした事、神猿の剣を教えてもらった事などを告げると、「凄いやん！」という驚きと喜びが感じられる文面と共に、「あっぱれ！」と瞳をキラキラさせている龍の画像が返ってきた。

線引き、線引きと念じていても、

（……この龍、可愛い）

と、つい画像を眺めてしまうのだった。

ちょうどその時、電話を終えた総代が戻ってきた。大は塔太郎とのやり取りに夢中で、総代と夕食中というのをまだ伝えていなかった。しかし、それは後でメッセージを送ろうとスマートフォンをしまい、顔を上げる。

すると、総代の顔は今までとは違い真剣で、明らかに仕事用のそれに変わっていた。

「どうしたん？」

声を潜めて尋ねてみたが、返事はない。代わりに、総代は鞄からスケッチブックを出してボールペンを取ったかと思えば、

（ごめん、筆談出来る？　表向きは、他愛ない会話をしてくれると助かる）

と、スケッチブックの白紙に走り書きする。その言葉通り、総代は小さなウサギを描き、

「これ、可愛いでしょ？　最近覚えたんだよね、簡単な描き方」

と明るい声を上げた。大も、

「凄ーい！　どうやるん？　私にも教えて」

とわざとはしゃぐ一方で、

（何があったん？）

と書く。総代はありがとうというように微笑み、また、目線を紙に戻した。

（さっきの電話、栗山さんからだった。栗山さんが尾行して確認したんだけど……、古賀さんの斜め後ろの席の人、窃盗犯グループの一人らしい）

大がさりげなく後ろを見てみると、黒人男性が一人座っており、頬杖をついてメニューを眺めている。目がぎょろりとしていて、白いTシャツと短パンから覗く体は、豹のように細く締まっていた。

（あの外国の人やんね。白いTシャツを着てる……）

（そう、そいつ。今、栗山さん達が外にいるんだけど、店に入って席につく直前に気づかれたんだって。だから、代わりに尾行してほしいって言われた）

（今から？　私と総代くんの二人で？）

（うん）

任務で尾行するのは初めてであり、大は緊張のあまり息を呑む。総代がさらさらとペンを走らせた。

（うちの事務所の面が割れてない人が後で交代するから。僕らの尾行はその繋ぎ。

もちろん、その間にターゲットが店を出たら、僕らが後をつける訳だけど……いける？）

（うん。大丈夫）

こちらを窺（うかが）う総代の目を真っすぐに見て、大は頷いた。

その後、男は食事をとるかと思っていたが、何も注文せず店から出ていった。

どうやら、仲間からの電話で招集があったらしい。男が従業員に謝って店を出ると大と総代も数秒遅れて席を立ち、尾行を始めた。

京都駅付近は人も車も絶え間なく往来しており、タクシーを拾うのには困らない。男が客待ちの一台に乗って去っていった後、大達も別のタクシーに素早く乗り込んだ。

「すいません、あの車を追って下さい」

総代が小さく前方を指差し、運転手に告げる。人生で一度聞くか聞かないかの言葉に遭遇（そうぐう）した運転手は好奇心とも取れるニヤケ顔を見せたが、すぐに状況を理解して真顔（まがお）に戻った。

タクシーはターゲットを追って、夜間でも車の多い烏丸通りを北上し、御池通りを東に曲がって進む。その間、総代が窃盗犯とその悪事について詳しく説明してくれた。といっても運転手がいるので、スマートフォンの画面を介しての会話である。

曰く、「変化庵」のメンバーが捜査しているこの窃盗事件は、彼らの管轄内の数カ所で起こったものだった。通常の警察ではなく栗山達が捜査しているのには理由があって、盗まれた物は金品ではなく、各町内に祀られている地蔵尊だという。夜中、地蔵尊と犯人達が言い争う声を近所の野良猫が聞いていた。

これによって犯人達に霊力がある事が判明し、あやかし課の担当となったらしい。

《お地蔵さんが⁉　大体は、祠の中にいはると思うけど……まさか、扉を壊して？》

《うん。朝、町内の人が見たら空っぽだったたって。野良猫の証言通り、夜中にやられたんだ。被害に遭った町内の人達は、自分の家が無事でもかなり動揺してたよ》

《そうやろね……》

大には、彼らの気持ちがよく分かった。

京都では、各町内に小さな地蔵尊が祀られており、「うちの町内のお地蔵さん」と親しまれている。地蔵尊といっても小さいもので、石を彫った簡素な姿に涎掛けをつけたものが平均的。祠も小さく、決して派手なものではなかった。

しかし、町内安全を願うお地蔵さんとして敬愛されており、町内の人達が交代でお体や祠を綺麗にし、何十年、あるいは何百年にもわたって守られてきた。

お盆の後、地蔵尊の縁日となる八月の下旬には、この地蔵尊を中心とした地蔵盆という行事が行われる。町内の人が準備して、お寺から僧侶もやってきてお経を読み、地蔵尊を供養するのである。

御詠歌や数珠回し、子供の名前を書いた提灯を吊るすといった伝統的な行事の他に、福引やビンゴ大会、子供達へお菓子を配るなどのお楽しみもあって、地蔵尊の供養というよりは、子供のための行事という意味合いが強かった。

この地蔵盆はどこの町内でも同時期に行われており、近年は少子化で縮小傾向にあるといっても、五山送り火の後の地蔵盆は、町内の交流と娯楽、そして京都の晩夏の代名詞ともいえた。

そんな訳で、地蔵尊というのは人々の結びつきや京都の民俗信仰の象徴でもある。大は、それを盗むという罪の深さにおののいた。

《犯人達は、何でそんな事をすんの。お地蔵さんを攫って、何になるの》

《うちの所長が言うには、海外で売れるかららしい。多分、インテリア用だと思う。本物は簡単に手に入るものではないし、リアルだって事で一定の需要があるからね》

「インテリア……」

大は思わず口に出しており、その言葉の端が震えてしまった。

堺町二条にある大の実家の町内にも、お地蔵さんがいる。幼い頃は毎年地蔵盆に参加していたし、霊力を持って話せるようになると、お地蔵さんはまるで親のように、前を通りかかる自分へ「行ってらっしゃい」「おかえり」と声を掛けてくれた。

今年の八月、仕事で地蔵盆に顔を出せなかった事を大が謝ると、

「いいよ、いいよ。来てくれただけで嬉しいよ。――大ちゃんは、昔はこんなちっちゃい子やったのに、御所の猿ヶ辻さんから力を授かって、立派な人にならはったねぇ。今年は、送り火は見れたんかな？　そう、見れたん。よかったなぁ。あやかし課のお仕事、大変やったね。お家(うち)に帰ったら、ゆっくり休みや。顔を見してくれて、ありがとう」

と言ってくれた。まだ蒸し暑い夕方、祠の中で石の体を傾け、優しく労(ねぎら)ってくれる姿に尊(とうと)さを感じたのを覚えている。町内のお地蔵さんというのは、いつもそんなふうに町内の住民、特に子供を気にかけてくれる仏様だった。

それらが乱暴に盗み出され、単なるエスニックな飾り物として無造作に置かれる光景など、考えたくもなかった。

大が怒りに震えながら俯いていると、総代に心配されてしまった。

「古賀さん、大丈夫？」

「うん。心配しんといて。ちょっと、内容にびっくりしてるだけやから……」

強がりつつ、乱れた心を必死に鎮(しず)める。その時、大のスマートフォンに新たなメ

ッセージが入った。

差出人の、坂本塔太郎という文字が目に飛び込んでくる。彼からのメッセージは、さきほどの業務連絡の続きだった。

《追加です！　今日、深津さんが言わはった通り、明後日から俺は特練に入ります。一人にして迷惑かけてごめんやけど、よろしくお願いします。クリーニングに出してた予備のエプロンと前掛けは、もう取りに行ってレジ横の籠に入れてあるし、使ってな！》

直後に、布団に入って眠る龍の画像が送られてきた。やはり、可愛らしい画像だった。

（塔太郎さん……）

今の大の状況を、塔太郎は知る由もない。しかし今塔太郎から届いたメッセージは、思いがけない鎮静剤となった。大は塔太郎の明るい言葉と画像に心が安らぎ、怒りはあっても冷静になれた。

この状況を、まずは深津に報告するべきと考えた大は、塔太郎に簡潔な返事だけを送った。

《ご連絡、ありがとうございます。こちらは大丈夫ですので、特練、頑張って下さい。お休みなさい》

スマートフォンをしまって、犯人の尾行に集中する。

やがて、ターゲットの乗った車が河原町御池の交差点を通過し、あるホテルの駐車場へと入っていく。大と総代は、京都市役所の前で車を降りた。

「ここは……」

「もっと、辺鄙（へんぴ）な所かと思ってたんだけどねー……」

二人が揃って見上げたのは、河原町御池にそびえる京都の一流ホテル、「京都ロイヤルホテルオームラ」だった。

ひっきりなしに行き交う車や歩行者を見下ろすように、ホテルは闇夜（やみよ）の中に、上品に佇（たたず）んでいた。


総代や大と交代してホテルを見張っていた栗山達は、深夜、警察の捜査令状を持ってホテルを調べた。その結果、窃盗犯は二人組で、十五階の客室に泊まっている事が判明した。もちろん、ホテルオームラ側は何も知らなかった。

ホテルのある河原町御池は、八坂神社氏子区域事務所である喫茶ちとせの管轄内である。栗山は深津に、感知能力が随一の竹男に現場まで出動してもらうよう依頼した。これを受けた竹男は、早朝、栗山と共に京都市役所の正面広場に赴いた。そこから犯人達のいる客室の窓を見上げて、中の様子を読み取るためである。

まだ日が昇ったばかりで薄ら朝靄が漂い、周囲には誰もいない。河原町通りを挟んで向かいに見えるホテルの客室のほとんどは、カーテンが閉められて薄暗いまま。栗山が、準備してきた缶コーヒーを竹男に渡した。

「こんな朝っぱらから、すいません。奴らは警戒しているせいか、ホテルの従業員にさえ、ろくに部屋へ入らせないそうなんです。それで、外から気配を読んでみようとしたんですが、近づきすぎると気づかれる恐れもあって……。天堂さんならとお願いしたんですが、ここからでも分かりますか？」

「微弱にしか感じ取れへんけど、出来ん事はないわ。ちょっと待っとれよ、喋ったらあかんぞ」

竹男は腕を組んで、十五階にある客室の窓をじっと見据えた。霊力と感覚を極限まで研ぎ澄まし、何十メートルも上にある客室の窓から、人の気配や神仏の気配を察知するのである。

窓ガラスから伝わる、微かで切れやすい気配の糸を摑み、それらを慎重に引くような感知作業は骨が折れた。肌寒い朝なのに、竹男の額には汗が滲んで、栗山が心配そうな顔をする。気配を読み終わった竹男は肩で深呼吸をして、近くの車止めにぐったりと座った。

「天堂さん、大丈夫ですか」

「何とかな」

竹男は小さく右手を上げた。

「若い頃は、もうちょい頑張れたんやけどな。俺も歳(とし)やわー。……犯人は、やっぱ二人やな。まだベッドで寝とるわ。そいつらの傍らの床に、盗まれた地蔵尊と、小さいあやかしの群れが固まっとる。それが手下(てした)やろな。どんな奴(やつ)らかまでは、分からんけど」

「ありがとうございます。助かりました。……とすると、その群れの一人でも逃がしたら、後が面倒ですね」

「一斉逮捕するんけ？」

と竹男が訊くと、栗山は頷いた。

「うちで作戦を立て、伏見稲荷大社から令状を貰い次第、部屋に踏み込みます。ただ、もしよければ、喫茶ちとせの応援も頂ければ有り難いんですが……、どうですかね？」

「かまへんやろ。いっぺん、深津に相談するわ」

その後、変化庵の所長が正式に深津へ協力を申し入れ、その結果、この窃盗事件は変化庵とちとせの合同捜査という事になった。

変化庵側が証拠を揃えて令状を申請、それが整い次第、ホテルオームラへ赴いて犯人達の部屋を捜索、一斉逮捕という流れである。栗山達は、地蔵尊が持ち去られた現場の足跡や遺留品、ホテルオームラでの調査から証拠を固め、無事、伏見稲荷大社から二つの令状を取得した。

あやかし課が使う令状は、裁判官が発行する一般的な令状とは異なり、神社仏閣が発行する特殊なものである。端的にいえば、神仏の許可とご利益のもとで行動を起こせる錦の御旗だった。

霊的な家宅捜索が出来る「御祓捜索差押許可状」や、戦いで建物や人が傷つかない「交戦退治許可状」などは、あやかし達と対峙する上では欠かせないものである。今回も、犯人との乱闘がありうるので、これらは絶対に必要だった。

突入日が決まると、ホテルオームラの支配人にも事件の詳細と作戦が伝えられた。支配人や従業員達は、知らなかったとはいえ犯人の隠れ家になっていた事に心を痛め、全面的な協力を約束してくれた。他の宿泊客を避難させ、その安全の確保を二つ返事で引き受けてくれた。

その約束通り、彼らは作戦当日の夕方、犯人以外の宿泊客を臨時の防災点検だとして迅速に全員外に出てもらい、系列のホテルや他のレストランに避難させる事に成功した。

その誠意溢れる対応と、犯人にだけ気づかれなかった手腕は「さすがは一流」と誰もが納得するものだった。

こうして万端整った大達は、その夜、ホテルオームラに集結し、それぞれの位置についた。

元々は変化庵の管轄の事件であるため、栗山達はほぼ総出である。ちとせからは深津、玉木、琴子、そして大が出動している。竹男は店に残って留守を守り、塔太郎は特練で合宿中のため、今回の作戦には含まれていない。しかし、事件の概要は深津から伝えられているらしく、

《頑張れ。俺はそっちにいれへんけど、成功するように祈っとく。大ちゃんの実力、存分に発揮してこい！》

というメッセージを送ってくれた。

地蔵尊の捜索と犯人の逮捕は、接近戦に強いちとせのメンバーが担い、弓を主な武器とする栗山ら変化庵の隊員達は、ホテルの外、その四方に待機して逃走防止の役目を請け負った。唯一弓を持たない総代は、ちとせ側について大達と一緒である。

最終の打ち合わせをして、大、琴子、玉木、総代の四人は半透明となり、ホテルオームラの玄関前に立つ。深津が先にフロントへ行き、支配人に突入の事を告げた。

今までの調査から、犯人達はまだ部屋にいて、次の窃盗の準備やバイヤーへの連絡をしているはずである。大が口を真一文字（まいちもんじ）に結んでいると、隣の琴子が声をかけてくれた。

「大ちゃん、緊張してるん？」

「はい。実は……。平静を装ってるつもりなんですけど、やっぱり駄目ですね。今度は汚点のないよう任務をこなそうと思うと、つい、力が入るんです」

加えて、地蔵尊を盗むという行為が日本人として見過ごせず、逸（はや）る心を抑えられない。それを自覚して深呼吸する大を見て、琴子は持っていた薙刀を左手に持ち替えた。空いた右手で大の手を取り、「おまじない」として大の手を軽く揉む。リズミカルな刺激が、手の強張（こわば）りを和（やわ）らげてくれた。

「平常心が結果を左右するから、落ち着こうっていう気構えは大事やで。大ちゃん、成長したね。でも……犯人が許せへんって思う気持ち、よう分かるよ。私かって、自分の町内のお地蔵さんには、子供の頃からお世話になってたもん。地蔵盆でお菓子を貰ってたんはもちろんやし、いじめられてた中学の頃や離婚した時は、だいぶ慰（なぐさ）めてもらったわ」

「琴子さん、そんな過去があったんですか？　初めて聞きました」

彼女のこんな告白は初めてである。琴子も、町内のお地蔵さんには深い愛着があるらしい。しかし、それ以上に彼女の内面を見た気がした。――ほら。

「言うてへんかったっけ？　まぁ、その詳しい話は、いつかしたげる。

深津さん、戻ってきはったで」

琴子の優しい顔はそれまでで、深津が近づいてくると凛々しい顔つきになる。自動ドアが開いて、深津も半透明になると全員に目配せした。

「ホテルの人には、今からって言うてきた。――行こか」

大達は一斉にホテルへと足を踏み入れる。深津と琴子の背中を追ってロビーを歩きながら、玉木と総代が小声で、

「エースの塔太郎さんはいませんが、お互い頑張りましょう。僕も、先日狼男に殴られましたから、醜態を晒したのは同じです。今度はやられませんよ」

「僕の筆が折れたら、後は頼んだよ！　何てったって古賀さんは、最強の京美人だからね」

と、大を励ましてくれた。自分は一人ではない、今までもずっとそうだった、と大は今更ながら思い出す。空回りしていた自分に気づくと、過剰な緊張は消えていった。

乗り込んだエレベーターは上昇し、十五階に着くと、柔和なアナウンスと流暢な英語の案内が流れた。

チン、という音がして、扉が開く。その真正面に、戦闘態勢の手下達がいた。左右に体を揺らし、手には短剣や斧を持ち、アジアとも欧米ともつかぬ極彩色の仮面を被った色黒の小人達である。小人といっても、背丈は大達の胸ぐらいまである。どれも手足がマッチ棒のように細く、あばら骨も浮き出ているが、体幹だけは強そうだった。

「待ち構えとったんか！」

深津が叫ぶと同時に、小人達が飛びかかってきた。彼らの短剣や斧が斜め上から振り下ろされたが、それよりも速く、狭いエレベーターから大と琴子が気合の声を出して突きを放っていた。

この瞬間、戦いの火蓋が切られた。琴子の薙刀は最前列の小人の仮面をど真ん中から突き、後ろの小人達も巻き込まれて、三人ほど仰向けに倒れる。大も、神猿の剣の第一番「比叡権現突き」と呼ぶ渾身の一撃を繰り出した。

先日の訓練の成果で下半身の安定した大の刀は、右端の小人の仮面を割っただけでなく、その後ろの小人の肩をも穿つ。仮面を割られた小人はのっぺらぼうの素顔を晒して顔を覆ったかと思えば、影法師となって消えてしまった。

残った小人達はさらに攻撃をしかけてきたが、大と琴子が全て斬り伏せ、五人は一斉に犯人の部屋へと走った。

この時、大は先日の失態を思い出し、簪を抜くのを一瞬躊躇した。しかし、敵が集団ならば、体力のある「彼」の方が有利である。迷いを断ち切った大は、一気に変身した。

ホテルの客室フロアは、中央が広い吹き抜けとなっており、廊下が回廊状になっている。エレベーターのある場所からは最奥部の客室まで見渡す事が出来、問題の犯人の部屋は、向かって右奥にあった。

その部屋のドアが乱暴に開いたかと思うと、中から先ほどと同じ小人が数人と、大と総代が尾行した黒人の男が飛び出してきた。男は昨日と同じような服装だが、手には古びた本を持っている。男がどこの言語かも分からない呪文を唱えると、その本から黒い煙が出て分裂し、やがて、その小さな塊が仮面を被った小人になった。

新たに出現した小人達は所在なく左右に揺れていて、明らかに知能のない化け物である。ただ、男の指示に従い、半分はまさる達の方へと突っ込んできて、残りの半分は、反対側に走っていった。

「奴ら、二手に分かれて挟み撃ちする気や！　琴子と総代は逆回りして、あとの二人はそのまま！　俺はエレベーター前で両方を援護する！」

「了解！」

深津の指示が飛ぶ。まさるは頷き、琴子達は簡潔に応えた。深津はエレベーター前まで戻って陣取り、琴子と総代はただちに逆走して反対側の廊下へ向かい、小人達を迎え撃った。

琴子は片側の壁と天井に阻まれた廊下でも手際よく薙刀を振るい、総代は諸肌を脱いで、自身の刺青から白狐を出していた。これは俊敏な精鋭達で、加えて、巻物から烏天狗なども出して琴子の援護にあたらせる。さらに、深津による射撃の助けを借りた琴子は、面、脛、と打って瞬く間に小人を消していった。

残ったまさると玉木も、二人で縦一列になって小人と攻防を繰り返しながら、小人を操る男を目指していた。小人達は兎よりも俊敏に飛び跳ねて、まさる達を攪乱しようとする。まさるはそのスピードに追いついて一人斬り、また一人の面を打ち、戦い続けた。

目の前の敵を次々と倒しても、小人達は絶え間なく増えて襲いかかる。そのうちの一人が飛び跳ねて、一気にまさるを突き刺そうとした。その寸前、まさるの背中越しに玉木の声が響き、

「洛東を守護する祇園社よ、何卒、おん力を我に与えたまえ！」

という呪文と同時に結界が張られ、まさるが守られる。小人が弾き飛ばされると結界も消え、入れ替わりでまさるの刀が胴を斬ると、小人は瞬く間に消えてしまっ

た。

これを見た男は結界が邪魔と見たのか、玉木を指差して何かを叫び、小人に指示した。数人の小人が風のようにまさるの脇をすり抜けて、玉木の扇子を狙う。まさるは青くなって振り向いたが、玉木は慌てず、左腰から扇子をもう一本出した。その畳まれた扇子の親骨が、小人達の凶刃をがっちりと受け止める。よく見ると、普段使用しているものとは違う鉄扇だった。

「言ったでしょ。今度はやられないって」

鍔迫り合いしながら玉木が小さく呟いたかと思えば、親指と手首を駆使して鉄扇が一瞬で開かれる。そこには伏見稲荷大社のお札が貼られ、即座に呪文を唱え始めた。

「伏見稲荷の狐火よ、何卒、おん力で全てを祓いたまえ!」

言い終わると同時に鉄扇の親骨が赤くなり、火が噴き出して小人達の仮面を黒焦げにする。

知らない間に、彼も新しい技を得て実力を上げていたらしい。まさるは拍手を送りたくなったが、もちろんそんな余裕はなかった。

劣勢の男はいきり立って指示を出し、残りの小人達が一気に押し寄せてくる。その時、反対側の廊下から琴子の声がした。

「まさる君、伏せて！」

自分の敵を全て倒した琴子が、廊下の手すりに足をかけて吹き抜けを飛び越え、こちらへ移ってくる。まさるが伏せたと同時に彼女は小人の群れへと突っ込み、全員を一気に横薙ぎした。覚えたての「一乗寺一閃」とは、比べものにならないほどの威力だった。

敵が一掃された代わりに琴子も一回転して壁に激突し、呻き声と同時に薙刀が床に放り出される。「犯人を早く！」という彼女の指示に、まさるは床を蹴って男へと接近した。

男はかろうじて呪文を唱え、本から上半身だけを出した小人がまさるを横に殴ろうとした。まさるは爪先から腰を駆使して、しゃがみながら体を半回転させる「修学院神楽」で避け、男の両足を斬った。転んだ男から本を奪い取ると、小人達は全て消えた。男の逮捕を玉木達に任せて、まさるは部屋の中へと突入した。

中には、犯人がもう一人いるはずである。まさるは勢いのままに駆け込んだが、中の光景を見て、足を止めざるを得なかった。

犯人の一人は、女優のように美しい黒人女性だった。オフホワイトの上質な照明の下、胸元の開いたワンピース姿で、窓の外に広がる京都市街の夜景を背にして立っていた。

彼女はベッドの向こうで悠然としており、左腕で、赤い涎掛けをした地蔵尊一体を抱えていた。右手には、分厚いナイフを握っている。その切っ先は、何の迷いもなく地蔵尊に突き付けられていた。

「今すぐ武器を捨てなさい。動けば、この神の顔を砕く。このナイフは私の力の塊で、岩ぐらいなら簡単に壊せるわ。もう一度言う、武器を捨てなさい」

流暢な日本語だった。先ほどの男と違って冷静であるところを見れば、彼女がリーダーらしい。抱えられている地蔵尊は、申し訳なさそうに目をつぶって手を合わせていた。

ベッドの下や窓際の椅子の周辺にも、地蔵尊が三体転がされている。黄色や桃色の涎掛けをして、皆同じような表情である。盗み出された地蔵尊と見て間違いなく、一体を人質に取られているせいか、動けないらしい。

犯人は廊下にも聞こえる声で同じ言葉を繰り返し、部屋の外にいる深津達をも牽制した。部屋の出入り口は一ヶ所しかなく、彼女自身はそれが見渡せる場所にいる。このため、誰かが入ろうとすれば、その時点で地蔵尊の顔は終わりだった。

ホテルの外、京都の夜景は街灯が瞬き、静かで美しい。なのに、部屋には緊迫感が渦巻いている。まさるは人質の安全を優先して、一旦は彼女に従い、刀を床に置こうとした。が、自分達には令状が発行されていた事を思い出す。退治状さえあれば、発行した神仏のご加護によって犯人以外は傷つかない。無論、地蔵尊とて安全なはずだった。

そう考えたまさるは両手で柄を握り直し、それを見た犯人は、冷酷な目のまま地蔵尊の頭をナイフで撫でた。それを彼女からの脅しと受け取ったまさるは、隙をついて刀を振ろうとした。

が、その時。心の奥底から、自分を引き戻すような声がした。

（あかん、待って。行かんといて！　相手にも策があるはず。状況をよう見て！）

叫んでいるのは、本来の姿であるもう一人の自分。もちろん姿は見えない。けれど、心の中から必死に呼び掛けているのが分かった。

それが本当にもう一人の自分によるものなのか、あるいは、まさるの中に芽生えた理性が大の声を借りてそう言っているのか、まさるには分からない。けれど、その声に従ってもう一度相手を観察すると、犯人が地蔵尊と一緒に紙を抱えているのに気がついた。

その時、人質に取られている地蔵尊がまさるの視線に気づいたらしく、強引に紙だけを抜き取って丸め、こちらへと投げる。犯人は一瞬だけ慌てたが、地蔵尊が逃げないように抱え直したので、紙はまさるの足元に転がった。

拾って読んでみると、「破壊許可状」と書いてある。その内容は、「今宵に限り、アデロが地蔵尊を傷つける事を、地蔵尊自ら許す」というものだった。アデロというのは彼女の名前らしい。

まさるが驚いていると、アデロが勝ち誇ったように言った。

「ふつうは、神社仏閣の発行した令状が効くそうね？　でも、神仏が自らに発行す す令状は、その例外になるそうよ」

発行したのは、脅された地蔵尊本人だった。つまり、破壊許可状が有効で、アデロは地蔵尊にナイフを突き立てる事が出来る。信心などない彼女は本気だった。困惑するまさるを、彼女は鼻で笑った。

「なぜ地蔵尊が、という顔ね。――書かないと、出所した後も盗みを繰り返し、町内の人達も殺すと言ったら簡単に筆を取ったわ。自分よりも、町内の人が大切という事ね。――そんなふうに睨んでも駄目よ。文句は発行した地蔵尊に言ってちょうだい。さぁ、状況は分かったでしょう？　部屋の外にいるリーダー、聞こえてるわよね。ホテルの玄関に、車を一台手配しなさい」

令状の威力を逆手に取られ、地蔵尊を脅してそれを書かせたアデロのやり口には、怒りが増すばかりである。しかし、動けば今度こそ後はなく、まさるは刀を床に投げざるを得なかった。

アデロの命令は廊下にもしっかり届いたのか、深津の声がした。

「分かった。手配出来たら知らせる。少し待ってほしい」

「ありがとう。手早く頼むわよ」

「分かってる」

硬い口調から、苦渋の決断である事がよく分かった。まさるはこの屈辱的な状況を何とか打開したかったが、地蔵尊の顔が砕かれ、町内の人達が悲しむかと思うと、ぐっと堪えてその場に立ち続けるしかなかった。

敵が目の前にいるのに、何も出来ない事が歯がゆい。しかし、今この瞬間は耐えるのが最善という判断と、実際に耐える事の出来る力を、この時のまさるは持ち合わせていた。

そのまま数分、部屋の中は膠着状態だった。まさるには何時間にも感じられ、先の戦いで乱れた息もすっかり整っている。今頃は、深津が渋々車の手配をしつつ、栗山達と連絡を取っているはずである。仮に、アデロ達を乗せた車がホテルの外に出ても、栗山達が弓を射て止める事が出来る。そう信じるしかなかった。

人質を取って有利なはずのアデロも、敵に接近するのを恐れているのか、無理に動こうとはしなかった。しかし、アデロにとっても数分という時間は長かったようで、

「ジェランソン、何をしているの。こっちへ来て、落ちてる刀を取り上げて、こい

つを縛りなさい」

と、しびれを切らし、相棒と思われる男の名前を呼んだ。しかし、返事はない。既に男は逮捕されて下の階へ連れていかれた後で、それを理解したアデロが舌打ちした。

「リーダー！　聞いてるわね!?　今すぐジェランソンを釈放してここへ……」

そこで、彼女の言葉が途切れる。天井から突然、赤い蠍が一匹、アデロの腕、それも地蔵尊を抱えている腕の上に落ちてきたからだった。

蠍が密かに天井を這っていたのを、目の前のまさるに集中していたアデロは気づかなかったらしい。自分の腕に何かが落ちた感触に、彼女は一瞬目を見開いた。しかしさすがは窃盗犯のリーダーだけあって、自分の腕を這い回る蠍を見ても地蔵尊を離そうとせず、それどころか、ナイフで振り払おうとした。

しかし、蠍が毒のある尾を振り上げて腕を刺そうとすると、流石の彼女もじっとしていられず、あっ、という短い声と共に腕が鋭く横に振られ、蠍は床に飛ばされた。同時に激しくもがいた地蔵尊が床に落ち、地蔵尊はそのまま転がるようにして、他の地蔵尊達と一緒に部屋の隅へ避難した。

この機を逃さず、まさるは、刀をすくい上げるように拾って走り出す。ベッドを踏み台にし、背中につくまで刀を振りかぶり、アデロを真っ向から斬り下ろした。

練習試合で、総代が出した鎧武者を一撃で消した「神猿の剣　第二十番　粟田烈火」である。

一刀に全てをのせるこの技を、アデロは勇敢にもナイフで防ごうとしたが、全くの無意味だった。まさるの刃はナイフもろともアデロを斬り、彼女は仰向けに倒れて背中を壁に打ち付けた。

地響きのような音がし、呻き声がアデロの口から漏れる。しかし、まさるは迷わず彼女の眼前に切っ先を突き付けた。身は斬れずとも、魔除けの刀が霊力を斬っているため、もうアデロは動けなかった。

「……まさかこの京都に、そいつがいるとは思わなかったわ」

アデロは、床にいる蠍を一瞥する。地蔵尊達を守るようにハサミと尾を振り上げる小さな助っ人に忌々しくため息をつき、ゆっくり、両手を上げた。まさるは彼女への警戒心を解かなかったが、自分が勝ったのだと肌で理解すると、粟田烈火で力を使い果たした反動なのか、変身が解けた。

姿は女の大へと戻り、アデロへ切っ先を突き付ける肩や背中に、柔らかで長い髪が滑り落ちる。大は、今までのように夢見心地ではなく、まさるだった時の記憶は一片たりとも欠けず引き継いでいた。それどころか、自分自身がまさるへ呼びかけた事まで記憶していた。

まさるが自分の呼びかけに応えてくれた喜びと、その成長を噛み締めながら、外の深津達にも聞こえるように宣言した。

「犯人、確保しました！」

大の声を受けて、深津と総代が部屋に入ってきた。

大と交代した深津はアデロに手錠をかけ、その上から縄を使って拘束した。これで、事件はめでたく解決である。ようやく緊張を解き、納刀した大が振り向くと、総代が片膝をついて、自分の掌に例の蠍を乗せて優しく撫でていた。総代と地蔵尊達からお礼を言われた蠍は、誇らしげにハサミを振り上げたかと思うと、赤い煙となって消えてしまう。

「やっぱり、総代くんの絵やったんやね。ほんまにありがとう！」

「いやー、間に合ってよかった！　相手に本物と思わせるレベルの絵は、どうしたって時間がかかるんだ。その間に戦況が動いたら、って冷や汗もんだったよ」

総代も、自分の絵が逆転の鍵となったことに嬉しそうである。立ち上がりながらさっきの蠍のように胸を張り、細い絵筆をちらりと振った。足元では地蔵尊達が小さく拍手しており、彼らに気づいた大は素早くしゃがみ込んだ。

「お地蔵様、大丈夫でしたか？　お怪我はないですか⁉」

祠から盗まれて、この部屋に拘束されてひどい目に遭わされたのではと、大は心配になった。地蔵尊の小さな体に触れて仔細に検めたが、売られる予定だったためか、地蔵尊達はつけている涎掛けも綺麗なままであり、目立った外傷もなかった。

地蔵尊達は大や総代、深津に対して、頭を下げるように何度も何度も石の体を傾けて、

「私らは元気やで。助けてくれて、ありがとう」

「ありがとう。ほんまにありがとう。令状を書いてしもて、皆さんの足を引っ張って、ほんまに申し訳ない」

と、感謝と謝罪の言葉を繰り返した。大は強く首を振り、

「そんな……。脅されたんですから、仕方ありません。ご自分を責めないで下さい。私達の方こそ、お助けするのが遅くなって申し訳ありませんでした」

と気遣い、互いを労わり合った。

地蔵尊を保護し、一刻も早く各町内の祠へと返すまでが大達の使命である。彼らを抱き上げようとした時、背後からアデロの刺すような声が聞こえた。

「神が人間に謝るなんて、京都は本当に面白い町ね」

アデロはちょうど、深津に連行されるところだった。大を見て、総代を見て、そ

して、地蔵尊達をじっと見下ろして薄笑いを浮かべている。嗤（わら）われたと気づいた大は、ゆっくり立ち上がってアデロに近寄った。

「……どういう事？　あなたの国の、神様は違うの」

「ええ。人間のために自分を破壊する許可を出したり、自分を盗んでくれと名乗り出たりしない」

アデロは即答し、大は耳を疑った。つまり、地蔵尊達は自発的に盗まれたという事か。確認するように地蔵尊達を見てみると、彼らは俯き加減であり、その佇まいは肯定を意味していた。

「……最初、私とジェランソンは、現金と貴重品だけを盗んでいたの。町内の複数の家に侵入し、ありったけの財産を鞄に詰め込んだわ。移動して鞄を開けたら、驚いた。金品を盗んだはずなのに、中に入っていたのは石仏。それが、そこにいる地蔵尊達よ」

アデロが顎でしゃくった。

「大いなる力で、金品と入れ替わったという訳ね。そして、彼らはこう言った。

『私達は、各町内に祀られている地蔵尊です。どうか、お家を荒らしたり、物を盗まないで下さい。住んでいる人が悲しみます。それなら、私達を盗んでいって下さい』……。後で町内に戻ってみれば、祠の扉が壊れて中身がない。それで、地蔵尊達が本気だと確信したわ。人々の財産の代わりに自らを捧げるなんて、信じられなかった」

当初、アデロ達は地蔵尊の言葉に耳を貸さなかった。金にならないからともう一度盗み直そうとしたが、地蔵尊達がそれを許さず、あろうことか、海外で石仏は売れると聞いた事がある、と話し、自分達が身代わりになろうとした。

そうまでして町を守ろうとする事に、アデロは信じられないと思いつつも、地蔵尊に興味を持った。そして、地蔵尊達の望み通り盗みをやめて、彼らを売り飛ばす方針に変えたのだという。大達が踏み込まなければ、アデロ達はそのまま地蔵尊を連れて、何食わぬ顔で出国していたはずだった。

「実際、石仏が海外で売れるのは事実だから、それでもよかったわ。本物の地蔵尊なら力もあるし、自ら身代わりになったという事実は、魔除けの置物としての箔もつく。飛行機や船に載せられて、日本を離れても尚、果たして気丈でいられるかしらという興味も――」

「やめて。もう何も言わんといて」

アデロの言葉を、大が震える声で遮った。事件の全容、アデロ達の思惑が分かり、日本人の信仰心を踏みにじる彼女の一言一句が我慢ならなくなった。

「……」

「何、その目は。あなた、男に変身出来る力があるみたいだけど、あの時も同じ目をしてたわね」

「……」

大は上手く答えられなかった。喧嘩腰の反論が喉から飛び出しそうになっては、それを押し留める。この気持ちを分かってもらえない切なさが胸の中を逆流し、悲しい怒りへと変わる。

大は拳を握り締め、よほどここで雄弁に彼女を否定し、地蔵尊をはじめ、日本の神仏というものを理解させたいと思った。しかし口を開こうとした寸前、不安そうに見上げる地蔵尊達が、目の端に映った。

こんな状況になっても尚、彼らはアデロに対して怒っていない。その無限の優しさが伝わってきた時、大は不意に、今の自分がただ怒りにとらわれているだけの人間である事や、以前のまさるがなぜ敵に手を挙げたのかを理解した。

（本体である私が、こんなふうに怒ったり、いきり立ってたからや……。犯人を逮捕するのと、怒りをぶつけるのは、一緒にしたらあかんのや。今、私がするべき事は……）

言うまでもなく、犯人の逮捕である。そのために、手を上げたり、暴言を吐く必要性はどこにもなかった。

大は理性を以て、怒りの心を自ら鎮めた。それに気づいたアデロも、にわかに表情を変える。罪を許せぬ心は変わらずとも、大はもう、アデロに一矢を報いようとは思わない。しかし、それでも一つ気になっていた事を、アデロに尋ねた。

「……ミズ・アデロ。あなたの国に、神様はいますか。例えば、その神様がひどい扱いをされていたら、あなたは何とも思いませんか」

敵対心からではなく、国境を越えた、純粋な問いかけである。アデロもまた、純粋に答えた。

「……その問いは、私の国では見当違いね。神は、ひどい扱いなんてされない。そうなる前に、神が私達にひどい事をするからよ。私の国の神々は皆傲慢で、我儘で、そしてとても強い存在なの。気に入らない事があれば日照りで地を焦がし、機嫌が悪ければワニやライオンを平気で人にけしかける。だから、私の国では神を恐れてご機嫌を取る。神が自分さえよければいいという考えだから、私達も自然と、そういう考え方になる。そういう国よ。日本とは違う」

「あなたの国の神様が、誰かに手を差し伸べるという事は、ないんですか」

「ないわ。絶対。特に、万能神であるエドゥンは、人間を愛さない。誰かのために犠牲になったりもしない。私達も、彼の怒りが怖いから神殿を作って奉仕するだけで、敬意どころか好きでも何でもない。出来るなら、あんな神なんていなくなってほしいとさえ思う。……地蔵尊みたいな神が、欲しかったわ」

彼女の話は、遠い異国の話である。神様の名前も、その性格も、京都だけでなく、日本のものとは全く異なっていた。

国が違えば、文化や考え方が違うのである。神と人間との関係性、そこから派生する国民性も、根本的に異なる。町民のために自ら犠牲になる優しい地蔵尊がいるなど、彼女には信じられなくて当然だった。

「……あなたの考え方は、よく分かりました。エドゥン様の事も、分かりました」

アデロの話を聞いた大は、彼女へ届くようにと願いながら、優しく言った。

「でも、ここは日本で、京都なんです。神仏も人も、皆が手を取り合うのを大切にする町なんです。神様や仏様が傷つけられたら、悲しいと思う文化なんです。それを理解して、ちゃんと刑に服して下さい」

「……」

アデロは、何も言わなかった。ただ、深津に連れられて部屋から出る前にひと言、

「いつか、私の国にも遊びにきてちょうだい。自分本位の国だけど……、いいところだって、それなりにあるのよ」

と、呟いた。彼女の声は、窓の外の夜景によく似合いそうな、美しい声だった。

「はい。いつか、行ってみたいと思います」

大は心からそう答えたが、彼女に届いたかどうかは分からなかった。

その後、アデロ達は変化庵へと移送され、地蔵尊達は各町内へと戻された。傷一つなく戻ってきた地蔵尊を見て町内の人達は喜び、霊力のある町内会長などは、受け取った地蔵尊を祠に安置しながら、

「町内を守って下さるんはほんまにありがたい事ですけど。お地蔵さんがいいひんようなったり、売られるんは、やっぱり皆嫌なんですわ。ほんまにもう二度と、こんな事しんといて下さいね」

と言って、真新しい綺麗な仏花をお供えしていた。彼らの切なる願いを聞いた地蔵尊は、心配をかけて申し訳ないと言いながら祠の中へと納まった。

事後処理が終わった深夜、大達を乗せたタクシーがちとせを目指す。犯人逮捕後は手分けして作業を行ったため、今、車内にいるのは大と深津だけである。大はずっと、アデロとのやり取りを思い出していた。

この京都には外国人が多くいて、その人達のほとんどは、日本に興味を持ってその文化に歩み寄ろうとしてくれる人達である。しかし、その中でも、異文化ゆえのすれ違いや価値観の違いによって起こる事件もある事に、今更ながら気づいたのだ

った。

「今日は、面倒な相手やったなぁ」

隣から、深津が話しかけてきた。大も思わず頷くと、

「そんな中で、自分、今日また一つ成長したんちゃう？　怒りを抑えての対話は、ようやったと思うよ」

深津からの思わぬ褒め言葉だった。

「ありがとうございます。でも、私、もう少しで怒りそうでした。やっと口から出た言葉も、向こうに伝わったかどうか……」

「そのギリギリのところで、相手を理解したのが偉かったよ。俺が新人の頃は、そんなん絶対出来ひんかった。——警官を長いことやってるとな、日本人でも、『こいつ理解出来ひん、なんでこんな事すんのやろ』って奴に、山ほど会うねん。加えて、最近は外国人も多いからトラブルも急増してるし、複雑化してる。今回みたいに、日本人では考えつかへんような事だって起きてんねん。これは、宿命みたいなもんやな」

「宿命……。京都のですか？　観光都市で、世界中から人が来るからですか」

「京都だけとちゃう。日本全体、もっと言えば、これはグローバル化してる世界全体の宿命なんちゃうかな。——ただ、そんなふうに文化も国民性も違う人達が、京

都に魅力を感じてくれて京都に来てくれるんは、とても幸運な事やと思う。その安全を維持するために、俺らがしっかり、警備をやってなあかんわな。そんで、そのために時折休んで理性を保つんも、大事な職務やで」

「はい」

深津の言葉を嚙みしめつつ、大はしっかりと頷いた。

車はまだ、烏丸通りを走っている。町中は灯りを消して眠っており、ひっそりとしていた。

そのまま車に揺られていると、大のスマートフォンのライトが小さく光る。メッセージが入っており、総代からだった。

《今日はお疲れ様ー！　古賀さん、さすがだったね。何だかんだで食事会も潰れたし、また違う日に仕切り直しって事で。いい所、探しとくねー。今度は古賀さんが刺された話も聞かせてねー》

（私、刺された事ないねんけど……）

相変わらずな文面に呆れつつ笑うと、深津が不思議そうにこちらを見ている。

「何？　彼氏から？」

と訊かれてしまい、大は慌てて「ち、違いますよ。同期です。総代くんですよ」

と説明した。

第三話　平安騎馬隊と都の日常

特別訓練生の訓練、通称「特練」を終えて塔太郎が帰ってきたのは、衣替えも過ぎて長袖が欠かせなくなった十月半ば、時代祭も近い平日だった。

塔太郎が不在でも「喫茶ちとせ」は順調に回っていたが、

「お疲れ様です！　ただいま戻りました」

と、その人が扉を開けた瞬間、店内がぱっと活気づく。大は誰よりも早く彼の声に反応し、早速出迎えようとしたが、その前に、竹男が塔太郎の肩をぱーんと叩いた。

「お帰りー、塔太郎。お前ちょっと太ったんちゃうけ？　肉、一割増しけ？」

本当に太ったと思っているわけではなく、単に茶化しているだけである。久し振りの日常だった。塔太郎は笑顔で否定し、客席の椅子に腰を下ろした。

「別に変わってないですよ！　仮にそうやったとしても、筋肉ですって。……え。俺、体型変わってないですよね？　太ってないっすよね？」

「いや知らんがな。何で俺が気にしなあかんねん。アイツに訊けや」

竹男が、厨房の大を指差した。大は思わず洗い物の手を止めたが、よくよく見れば、彼が指差しているのは大の後方にいる琴子である。

料理に詳しい琴子が訓練中の食事内容を訊き、塔太郎がそれに答える。すると、彼女は竹男の味方になって悪戯っぽい笑みを浮かべた。

「あー、それはアカンわー。炭水化物多すぎやし、絶対太ってるわー」

「いや嘘でしょ⁉　特練で一日中、稽古や試合してたんですよ？　飯なんか消えてますって」

「塔太郎くんの事やし、夜中にこっそりお菓子でも食べてたんやろ？　多分、それが残ってるはず」

「俺そんなキャラでしたっけ？」

つまみ食いなんかしたら教官に殺される、というたわいもないエピソードから始まり、特練のよもやま話をしようとする塔太郎と目が合う。濡れた手を拭きながら大が近づくと、塔太郎も小さく手を振った。

「大ちゃん、ただいま」

「はい。お帰りなさい」

このやり取りをして初めて、大の中の「ちとせ」が完全なものとなる。やはり〝塔太郎がいてこそ〟と思うのは竹男も琴子も同じで、遅れて二階から下りてきた深津や玉木も、そうであるらしかった。

塔太郎も揃い、六人の日常が戻ったその翌日。塔太郎宛てに依頼が舞い込んだ。事件ではなく手伝いの依頼である。依頼主は京都府警の部隊の一つ、「平安騎馬隊」だった。

「塔太郎さんって、ひょっとして、騎馬隊も兼任されてるんですか？」

この話を初めて聞いた大が目を輝かせると、

「そんな器用なこと、俺には出来ひんって。呼ばれたんは、ほんまに単なる手伝いやで。お馬さんの訓練で俺の雷が要るらしくて、それで年に一回か二回、来てって頼まれんねん」

との事。喫茶店業務の合間、メモ用紙に馬の落書きをしているところをみると、塔太郎自身も、約一年ぶりの訪問が嬉しいようだった。

平安騎馬隊とは、平成六年（一九九四年）に創設された京都府警の部隊の一つで、日本の警察の騎馬隊としては、他に警視庁と皇宮警察本部にしか存在しない珍しいものである。その名の通り、警察官である隊員が騎乗して、京都府各地のパトロールやイベントの雑踏警備、交通安全等の広報活動を行う京都らしい部隊だった。

彼らの拠点は洛北、それも五山送り火の一つ「妙法」の松ヶ崎西山、松ヶ崎東山を南面に持つ宝ヶ池公園内にある。事務所と隣接する形で厩舎に馬を六頭ほど擁し、普段はそこで隊員達が馬の世話をし、見学に来る人々との交流を深めていた。

一般に公開されている騎馬隊の馬は全部で六頭だが、実はここに、霊力のある馬が一頭と、霊力のある隊員が一人所属している。彼らが、騎馬隊とあやかし課を兼任している者達で、塔太郎への依頼は彼らの訓練のためだった。塔太郎があやかし課隊員となって二年目の年に初めて要請があり、それから毎年、時代祭が近いこの時期は恒例になっているという。

　塔太郎が騎馬隊へ電話をかけると、彼と騎馬隊との関係は良好らしく、単なる挨拶からちとせの近況報告へと発展していた。どうやら塔太郎は、大について話しているらしい。単に新人が入ったという事を話しているのだろうが、自分のことを話題にしてくれるのが、大は嬉しかった。

　やがて、電話を切った塔太郎に言われたのは、

「今、向こうの隊員さんに大ちゃんの事を言うたら、遊びにきたらって誘ってくれはった。深津さんがええて言わはったら、一緒に行く？」

という嬉しいもの。大は深津と竹男から外出の許可を取り、塔太郎の後輩、そして新人隊員として、挨拶をかねて見学に行く事となった。

　宝ヶ池公園は、地下鉄烏丸線の国際会館駅を降りればすぐである。秋晴れの空の下、左手に閑静な住宅街を眺めつつ、街路樹が綺麗に植えられた歩道を進む。やがて、広大な公園の芝生が見えてくる。騎馬隊の事務所と厩舎は、園内を流れる岩倉川を渡り、「憩の森」を抜けたところである。

川を渡ろうとした大は、確か川に沿って南東に行けば「子どもの楽園」があったはずだと思い出す。宝ヶ池公園の一部で、豊富な遊具と走り回れる広場がある大規模なそれは、大も幼少期に何回か訪れた思い出の場所だった。

塔太郎にその話をすると、彼も自身の記憶を手繰り寄せて、当時あったトランポリンが好きだったと教えてくれた。

「懐かしいなぁ。普通の公園にはないから、皆並んで順番待ちちゃってん。自分よりもお兄ちゃんの子が宙返りとかしてて、すげぇ、カッコええなぁ、ってずっと眺めてたわ」

「今は、塔太郎さんも戦いでやってますよね、宙返り。——今は私が、格好いいなって思ってますよ」

「ほんまに？　ありがとう。っていうか、大ちゃんも『まさる』になったら出来るやんけ。——自分はどうなん？　トランポリンで、ひょっとして宙返りもしてた？」

「まさか！　実は私、来てた事は覚えてても、詳しい記憶はあんまりないんです。トランポリンが怖かったのか、私が行った時には既に撤去されてたのか……そこには行かへんくって、巨大迷路でずっとうろちょろしてました」

「あー、知ってる！　迷路！　あれ、地味におもろいよな。俺とか友達とかは、ちゃんと迷路せんと壁の上に立ってたわ。そのへりを走ったり、落とし合いしててん」

「それ、正しい遊び方じゃないですし、危ないですよね？　怒られませんでした？」

「めっちゃ怒られた。友達もろとも親父やお袋から怒られて、シバかれた」

これには、大も苦笑するしかなかった。

憩の森を中ほどまで進むと三叉路があり、「京都府警察平安騎馬隊」と書かれた門があった。敷地内に入ると、馬場と事務所、そして厩舎がある。

大の目に飛び込んできたのは連なった馬房で休んでいる馬達で、栗毛と芦毛が一頭ずつだった。残りの四頭は、仕事で出動しているのか不在である。張り紙を読むと、栗毛の馬が小倉号、芦毛が鞍馬号という名前らしい。こちらを見つめる彼らの瞳はつぶらで、その愛らしさについ吸い寄せられてしまう。

「お疲れ様です。小倉号さん、鞍馬号さん」

大が声をかけてみたが、返事はない。口をもぐもぐさせて、大を見つめるだけである。馴れ馴れしかっただろうかと一歩下がると、どこからか渋い声がした。

「悪いな、お嬢さん。俺以外の馬には霊力がなくて、人間の言葉は話せないんだ。でも、声は届いているから気にするな。小倉さんも鞍馬さんも、歓迎してるぜ」

小倉号と鞍馬号が、その声に合わせてぶるると鳴き、頭を下げる。彼の言う通り、言葉が話せないだけらしい。大がほっとして微笑みかけると、二頭とも嬉しそうに首を振ってくれた。

「な。言っただろ」

また、声がする。俺以外という事は、喋っている彼も馬なのだろうか。探してみると、厩舎の最奥の馬房にもう一頭いる。小倉号とは別の栗毛の馬である。近づいてみると、彼がいる場所は手前から数えて七番目。しかも、馬も馬房も半透明だった。

つまり、一般には知られていない密かな一頭である。

「あの、もしかしてあなたは……」

「互いの自己紹介は後にしようや。坂本のやつ、もう事務所へ入っちまったぞ」

はっとして振り返ると、塔太郎がいない。大はその馬と小倉号、鞍馬号にお辞儀して、急いで事務所に向かった。

「――水野補佐、お疲れ様です。あやかし課の坂本です」

「おぉー、来たか。久し振りやなぁ。深津さんは元気か」

「はい。毎日、バリバリやってますよ」

大が事務所に入ってみると、既にそんな会話が始まっていた。塔太郎が大に気づいて背中を押し、大は慌てて挨拶する。事務所にいた隊長補佐の水野をはじめ、隊員達が和やかに迎えてくれた。

騎馬隊の隊員達は、その全員が京都府警の警察官である。隊員のほとんどは霊力がある訳ではなく、あやかしの存在を感知出来ないが、あやかし課の隊員を兼務する一人と霊力のある馬一頭がメンバーに含まれているだけあって、あやかしの世界のことも全て知っているらしい。大が自己紹介すると、

「へぇー。神様から貰った力に剣術。一見可愛い女の子やのに、めっちゃカッコええやん。あと、女の子やのに大っていうんも、変わった名前やなぁ」

と、水野が物珍しそうな顔をする。そのまま、「わしも、刀でずばぁーっとやられるかもしれん」と冗談めかすと、隅の机で書類を書いていた女性隊員が、「水野補佐やったら、むしろ馬に乗って犯人を追いかける方じゃないですか。暴れん坊将軍みたいに」と突っ込んで笑いを誘っていた。

自身の名前が大文字山から来ていると説明すると、隊員達は大ににわかに親近感を持ち、

「うちの馬の中にも、大文字って名前の馬がおるで。騎馬隊の馬は皆、京都の山の名前から付けられてんねん」

と、馬の名簿を見せてくれた。

騎馬隊の馬は、元々は競走馬でカタカナ表記の名前を持っているが、引退して入隊すると、別の名前が付けられるという。名簿を見ると、栗毛や芦毛、黒鹿毛といった様々な馬の写真がある。先ほどの二頭も載っていた。

（あ、これ。さっきの小倉号さんと鞍馬号さんや。他のお馬さんも……）

六頭の名前は、「大江号」「小倉号」「愛宕号」「鞍馬号」「大文字号」「笠置号」である。馬房にいた小倉号と鞍馬号以外の馬は、交通安全教室や地域のパトロールで出払っているらしい。

山の名前なんて、「神猿の剣」の技みたいや、と大も親近感を抱く。そして、その一覧の下の部分に、特殊枠と書かれた馬が、もう一頭いるのに気がついた。名前は、東山三十六峰の吉田山から取られたのか「吉田号」と書かれている。大は、すぐにこの吉田号と先ほどの馬とを結び付けた。

「私、さっき吉田号さんに声をかけて頂きました」

「そうなん？　しまった、俺も一緒に挨拶しとけばよかったな」

ここで塔太郎が何かを思い出したのか、周囲を軽く見回した。

「そうや。凜ちゃんは、今どちらに？」

訊かれた水野もそれを思い出し、

「せやせや。坂本くんらは、そのために来たんやもんなぁ。もうすぐ、帰ってきよるんちゃうかな。——ほら、ちょうどや」

事務所のドアが開いて、一人の女性が入ってきた。

「お疲れ様です。風間、ただいま戻りましたー」

騎馬隊の紺の作業服にキャップを被っているが、左腕にあやかし課の腕章をつけている。彼女は備品の入っているらしい段ボールを玄関の隅に置いてキャップを取ってから、丸っこいボブヘアーを揺らして顔を上げた。

「すみません、遅なってもうて……って。あーっ、坂本さん！　めっちゃ久し振りじゃないですか！　お疲れ様っす！」

少年のような人懐っこさでこちらを指差す彼女に、塔太郎は手を挙げて「よっ」と返していた。

彼女、風間凜は、周囲の空気を和ませるという変わった霊力の持ち主で、その力を買われて騎馬隊に配属された巡査だった。

「いやいや、そんな凄いもんじゃないっすよ！　和ませるっていうても、多分、アロマの方が効果あると思う！」

彼女はそう言って謙遜する。しかし、年に一回顔を合わせている塔太郎はもちろん、初対面の大ともたちまち打ち解ける様子から察するに、霊力とは関係なく、これは彼女の長所らしかった。ボーイッシュな声と弾けるような元気さを持つ彼女と会話するだけで心の憂さが晴れていくようで、それは塔太郎によく似ていた。

「それでは水野補佐。坂本さんや古賀さんと一緒に、訓練してきます！　吉田さんの所、行ってきまーす」

「はいはい。行ってらっしゃーい」

凛と塔太郎、大の三人で事務所から厩舎に移動すると、先ほどの三頭がこちらを見ている。栗毛の小倉号、芦毛の鞍馬号、そして、小倉号よりは少し色の薄い吉田号である。

「よう、来たな。坂本も、一年見ないうちに逞しくなりやがって」

「ご無沙汰してます、吉田さん」

大達が馬房に着くと、吉田号が鼻を鳴らして笑いかけた。口の動きと言葉が合っていないので、大達の頭へ直接霊力を送っているようである。

凛の説明によると、彼女の相棒である吉田号は、普段も任務の時も一般の人には感知されないように生活しているらしい。雑踏警備やパトロールの際、人知れず列の傍らにいて、良くない空気を払うのが主な任務だという。

「改めて、ようこそ平安騎馬隊へ。俺はここで働かせてもらってる吉田号だ。一応はお嬢さんの先輩という事になるだろうが、ま、俺は馬だ。気楽に接してくれや」

「ありがとうございます。八坂神社氏子区域事務所の、古賀大と申します。塔太郎さんの後輩として、ご挨拶に参りました。今後とも、よろしくお願い致します」

「殊勝なこった。俺の雄姿を見てくれと言いたいところだが……今から坂本の雷を使った訓練だ。先輩風を吹かそうにも、あんまりいいところは見せられねえ。幻滅しないでくれよ」

「大丈夫です！　でも……塔太郎さんの雷で、どんな訓練をするんですか？」

「雷というよりは、音だな」

「音？」

吉田号が答えようとした時、塔太郎に呼ばれた。塔太郎はすでに倉庫から大きな木材を引っ張り出しており、大は吉田号に断ってそちらへと走る。入れ替わるように凛が馬房に入り、吉田号と他愛ない会話を交わしつつ、彼を馬場に出す準備をしていた。

塔太郎が厚く細長い板を肩に担ぎ、大はそれを立てるための土台を運ぶ。馬場の中央に土台を置き、そこに板を取り付ける。薄ら土埃の立つ中、塔太郎を手伝いながら一体どんな訓練をするのかと尋ねた。

「さっき、吉田さんは雷の音で訓練するとおっしゃっていましたが……この板と、塔太郎さんの雷で何をするんですか？」

「簡単なこっちゃ。雷の拳でこれを叩いて、破壊するんや。吉田さんは、その時の音や光、俺の霊力に反応してしまわんよう、ゆっくり周りを歩く。そういう訓練やで」

吉田号と凜は、近々行われる時代祭の警備のため、他の馬と一緒に行列の先導役を務めるという。当日、普通の人に見える騎馬隊は二組だが、吉田号と凜は半透明でこっそりと歩く。自分達の霊力で道の空気を綺麗にするのが、彼らの役目だった。

吉田号も凜と同様の力を持っており、馬である彼の浄化の力の方が、凜の何倍もの強さだという。その引き締まった体で都大路を闊歩し、蹄を鳴らすだけで、悪い気などが潮のように引いてゆく。吉田号がいれば時代祭の行列がより円滑に進むという事で、各方面から頼りにされていた。

「ただ、吉田さんはそういう力を持ってる反面、周りの音や光、霊力にはかなり敏感やねん。ちょっと何かを感じただけでも、自身の意志とは関係なく体が強張ったりして……特に時代祭は、京都三大祭の一つなだけに、観客に紛れて近寄ってくるあやかし達も多い。当日、それらを感じても動じないようにするために、俺の雷で慣れとくって事やな」

塔太郎の説明をうんうんと聞いていたその時、頭上から気配がした。顔を上げると、馬房から出た吉田号と彼に跨った凜がこちらを見下ろしている。

「お待たせしましたー！」

彼女の服装は、警察官の秋冬用の制服である白シャツにネクタイ、紺のズボンに変わっていた。彼女は先ほどと変わらぬ明るさで声をかけたが、吉田号に乗っている凜はこの上なく頼もしく、勇ましく見える。吉田号も、本番通り専用の帽子を着用しており、落ち着いた面持ちで彼女を背に乗せていた。

「こっちは準備万端だ。坂本、早く始めようや」

「ちょっと待って下さいね。もうちょいで、こっちの準備も終わりますんで……」

塔太郎が最後の板を取り付けようとしたが、その手を止めて、凜にある提案をした。

「今日の訓練なんやけど、大ちゃんも参加さしてええかな？」

「えっ？」

吉田号や凜だけでなく、大も首を傾げた。馬上の凜が、身を乗り出す。

「うちらは全然いいですけど……古賀さんも、雷を使わはるんですか？」

「いや。大ちゃんの力はちょっと変わってて……この子も結構強いねん。俺と練習試合してたら音も出るし、その騒がしい周りを歩くっていうんも、いい訓練になると思うんやわ。どやろか。大ちゃんも、ええやろ？」

「はい。私はもちろん……」

凜と吉田号も、音や霊力の訓練が出来れば何でもいいらしい。彼らが水野に願い出ると、許可が下りた。大は塔太郎に言われるまま、刀を持って馬場の中央に立った。

「ほんなら、好きな時に始めて下さーい！　うちと吉田さんは、その辺をぐるぐる回ってますんで！」

馬場の端で凜が手を振り、吉田号が頭を揺らす。点在的に立てた板も後で使うらしいが、塔太郎はどういう訳か、早く大と試合がしたいようだった。

「大ちゃん」

「あ、はい！　何でしょうか」

訳も分からぬまま返事をすると、彼の視線は腰元の刀に注がれていた。

「――猿ヶ辻さんから教わった『神猿の剣』。総代くんとの練習試合で、覚えたんやろ？」

「え？　ええ。そうですけど……？」

「俺、まだそれを見てへんねん」

言われてみれば、確かにそうである。ホテルオームラへ突入した時、塔太郎は特練でいなかったから、大や深津、栗山などの人づてで聞いただけで、「神猿の剣」を見ていなかった。一番多く目にしているのは、猿ヶ辻を除けば総代だろうか。

しかし、大自身はこの先いくらでも機会はあると思っていたし、もっと言えば他の誰よりも塔太郎に自分の成長を見てもらいたかった。大は、次の「まさる部」でちゃんと披露したいと思っていたが、塔太郎の方は、それまで待てなかったらしい。

「東山三十六峰の名前を持つ技。面白そうやんけ。皆ばっかり――特に総代くんは、練習試合でほとんど見てるなんて羨ましいわ」

　彼の様子はいつもと変わらない。しかし、言葉の端に滲み出る何かが、ほんの少しいつもと違う気がした。

「という訳で。俺とも練習試合しようや。今の実力と使える技を全部、俺に見してみ？」

　自分が真っ先に見たかった、と暗に駄々をこねている。そんなふうに感じるのは気のせいだろうか。

　大はそこを追及したかったが、一度浮かんだ小さな疑問を振り払い、ゆっくりと鞘から刀を抜き、柄を握った。

「大ちゃん。どうや」

「――の、望むところです！　私、前よりも強くなってますからね！」

「おっ。言うようになったな？　ほんなら、早速やろうや」

　塔太郎が構えて、大が簪を抜く。双方の態勢が整った瞬間、塔太郎が刀を弾き飛ばそうと飛び込んできた。避ける間もなく塔太郎の拳が刀に命中し、小さい閃光と音が出てまさるの体勢がぐらついた。

　すぐ傍を歩いていた吉田号が、反射的に脚をばたつかせた。

「ちっ、馬の体ってのは面倒だな」

彼は小さく舌打ちをして、自身の体の動揺を鎮めている。乗っている凜も手綱さばきで後押しし、それが功を奏して、吉田号は再びゆっくりと周囲を歩き始めた。

吉田号だけでなく、凜もまさる達を眺めており、

「戦いの音が初めてな上に刺激的で、めっちゃいい訓練ですよコレ！　お二人とも、そのまま騒いどって下さーい」

と、口元に手を当ててエールを送った。

「おい、凜。横やりを入れるな。二人とも、互いに集中してるじゃねえか」

この吉田号の声を最後に、まさるは周りに気を配る余裕をなくしてしまった。

塔太郎は何も言わなかったが、元々が強い上に昨日まで特練だったのである。格闘のセンスは以前よりもさらに洗練されていた。

とにかく動きに無駄がない。まさるの剣戟を体の捻りだけでかわし、その体勢から後ろ足を軸に前足を出し、中段を突く。実戦ではないから突く瞬間は寸止めかぽんと叩くだけだったが、その余裕が逆に二人の実力差を証明していた。

まさるも諦めず、塔太郎の手刀をしゃがんで空振りさせ、「修学院神楽」で彼の軸足に斬り込んだ。これは決まったと思ったが、塔太郎は一体どんな体の使い方をしているのか、即座に左手をまさるの頭に置いて支点にし、体全体をばねにして一瞬だけ浮き上がる。まさるの刃は掠るだけに留まった。

さすがの塔太郎もここまで体を捻ると体勢を保つのが難しく、前転するようにまさるの背の上で転び、まさるも体勢を崩してしまう。小山のように重なって地面に倒れ込んだが、両者は疾風のように起き上がって距離を取った。

数秒、睨み合いが続く。攻め方が分からなくなったまさるは、心の底から誰かの声がするのに気づいた。ホテルオームラでも聞いた、もう一人の自分の声である。まさるが反射的にもう一人の自分を思い描くと、元の女の姿へと戻った。

大に戻っても、先ほどまでの記憶は強い糸のように繋がっていた。まさるの記憶を引き継いで塔太郎を見据えていると、長い髪がなびき、涼しい風がうなじを通り抜ける。簪が足元に落ちても、拾えば即ち隙になるとして大は動かなかった。

冷静になって塔太郎を隅々まで観察し、その弱点や隙を探していると、向こうで塔太郎が驚いていた。

「今の、ひょっとして意図的に変わったんか。剣術だけやなしに、そんな技まで？凄いやんけ！」

塔太郎の表情が、ぱっと晴れる。大の進歩を喜んでくれる塔太郎の笑顔はこの上なく嬉しかったが、大は試合への集中を優先し、あえて、

「さすが、エースは余裕ですね。まだ試合は終わってませんよ！」

と言い放ち、塔太郎の正面へと突っ込んだ。騙し討ちのように「一乗寺一閃」

で胴を狙うと、その時にはもう塔太郎も真剣な表情に戻り、雷を含んだ籠手で防いでいた。

試合の間中、吉田号と凜はこの戦いをずっと観戦しつつ、動じずに歩く訓練を続けていた。しかし最後、大の刀が大きく跳ね飛ばされて自分達の前に転がってきた時は、さすがの吉田号も驚いてしまい、凜が手綱を駆使して浮き上がった前脚を落ち着かせていた。

その後も、試合は数十秒続いたが、塔太郎が頃合いを見計らって拳を止めた。

「この後の予定もあるし……俺らの試合は、こんぐらいにしとこか」

「了解……です。ありがとうございました……！」

「大丈夫け？」

「はい、何とか」

体力を使い果たした大は息を切らし、小さく頷いて納刀する。しかし、塔太郎の方は二、三回息を整えればまたすぐにでも戦えそうで、誰が見ても勝敗は明らかだった。塔太郎は大が落ち着いたのを見て、遠くにいた吉田号と凜に手を振った。

「吉田さーん、凜ちゃーん！　試合、今終わったで！　俺の我儘に付き合ってくれてありがとう！」

「全然いいですよー！　二人とも凄かったですー！」

吉田号がひと声鳴き、凜が大きく手を振り返している。

「大ちゃんも、試合してくれてありがとうな。――さ、向こうへ行こか」

「はい！　あっ、簪……」

大は足元にあるそれを拾おうとして膝（ひざ）を折り、手を伸ばした。すると、彼の手も伸びてきて、ちょんと重なる。塔太郎も拾おうとしてくれたらしい。

「すまん」

「いえ」

互いにその一言だけだった。少女漫画のような出来事に、塔太郎も気まずくなったのかすぐに背を向ける。大はその場で髪を括（くく）ったが、その頰（ほお）は真っ赤（まっか）だった。

「凜。お前も早くああいう男を見つけたらどうだ」

「恋愛も悪くないと思いますけどー……、うち、初恋もまだですし。桂川（かつらがわ）でギター持って、歌ってる方が好きっすわ！」

遠くから、吉田号と凜の会話が聞こえてきた。

吉田号と凜が警備する時代祭は、京都三大祭の最後の一つである。春の葵祭（あおいまつり）、夏の祇園祭（ぎおんまつり）に続く、平安神宮による秋の大祭である。その歴史は明治二十八年（一八九五年）からで、先の二つに比べて、比較的新しい祭だった。

そもそも、平安神宮自体が平安遷都千百年の記念事業の一環として同年に創建された神社であり、時代祭は、それを祝う行事として始まったものだった。

千年以上にわたって偉人や勇将を輩出し続けたその歴史と、彼らの風俗を彩った京都の伝統工芸を広く知ってもらう事を目的に行われる時代絵巻である。厳密な時代考証と一流の職人達の手による衣装をまとい、各時代の著名人に扮した行列が今の京都の町を練り歩く。

先頭の明治維新から遡って平安初期まで総勢約二千人が、約二キロにわたって連なり、それに続いて、平安神宮のご祭神・桓武天皇と孝明天皇のご祭神を乗せた御鳳輦、すなわち神幸列が登場するのだった。

その当日である十月二十二日。喫茶ちとせは通常営業であり、接客や料理の合間に入る小さな通報に対応するといった、いつもと変わらぬ日常を送っていた。

塔太郎は特練を経て、大は先の窃盗事件や練習試合を経て少しずつ成長していた。二人で職務に就くと、以前よりもスムーズに事が進むようになっていた。

朝一番、一体何の恨みを抱いているのか藁人形を持って、おぞましい怨念未練たらたらで清水寺の境内に五寸釘を打ち込もうとする女性の幽霊がいるという通報を受けて駆けつけてみると、

「嫌ァーやぁーっ！　嫌やぁーっ！　あの泥棒猫を！　放っては！　おけへんのーー！」

「あーもー、お姉さんのお気持ちは分かりましたけど！　あかんもんはあかんって言うてるでしょうが！　大ちゃん、もうこの人保護するわ。手伝ってくれ」

「了解です」

と、息を合わせて相手を取り押さえる。塔太郎の指示を受けた大は、女性の動きを冷静に見極めて、彼女の腕を取って背中に回した。それでも暴れようとする女性を、しっかりと後ろから抱きとめる。その隙を見て塔太郎が「ちょっと失礼しますね」と女性の足を担いで、近くで待つ玉木の車へと押し込むのである。

以前はまさるになって力ずくでなければ出来なかった事も、冷静になって最善を見極めれば、女の大でも出来る事が増えていた。

その後、女性はちとせで保護されて事情を訊かれ、尼寺（あまでら）に送られることとなった。

客足のピークを切り抜け、通報の気配もなさそうな喫茶ちとせの昼下がり、岡崎（おかざき）の武道具店から大に連絡があった。手配していた新しい刀が届き、拵え（こしら）も以前のものを流用して完成したとの事だった。

刀剣というのは、刀鍛冶（かたなかじ）に一から作ってもらうとなると、半年以上は待たなければならないが、今回は、武道具店が刀剣商を通して既存の刀から探し、大の体格に合うものを購入してくれた。

今は模擬刀にも慣れた大だったが、やはり真剣の方が魔除けの力を巡らせやすく、圧倒的に後者の方が好ましい。しかも自分に合う刀と聞いていても立ってもいられず、大はすぐに外出を願い出たところ、深津と竹男はこれを許可してくれた。

大は早速店の扉を開けたが、一歩出たところで、先日の塔太郎との練習試合、その時の塔太郎の言葉が蘇る。神猿の剣を見たがっていたからひょっとして、と中へ戻り、控えめに彼を誘ってみた。

「あの、塔太郎さんも一緒に来て下さいませんか……？」

「俺が？」

「だ、駄目やったらいいんです！　新しい刀、それも真剣が来たんやったら、上司の目でも確認してもらった方がいいと思って。私の修行は、塔太郎さんに見て頂いてますから、それで……」

言葉を繕ってみたが、冷や汗が出た。自立心のなさを咎められるかと萎縮したが、「やったー！　いいんやったら、俺も行く！」という声がかぶさる。塔太郎まで一緒に出かけるというのは、竹男も深津も予想外だったらしいが、

「別に行くんは構へんけど。塔太郎お前、サボりたい口実とちゃうやろなぁー？」

「岡崎やったら、時間的に時代祭の行列も見れるんちゃうかな。行列は、あそこが終着点やしなぁ。訓練を手伝ってる縁もあるし、ついでに平安騎馬隊にも挨拶してきてー」

と、大達を送り出してくれた。

武道具店で受け取った新しい刀は、光源にかざすと薄らと刃文が見え、その文様は、煙を閉じ込めたような美しいものだった。拵えは以前と変わらず、丸型の鍔に赤の鞘である。

刀身は上品さをたたえ、拵えは女性物らしく華やか。この組み合わせに、大はおろか塔太郎さえもしばらく見惚れてしまい、傍らにいた店長は自身の功績だと鼻高々だった。

「中身は、最近の人が作らはった現代刀なんやって。そやけど、ちょっと古風で綺麗やろ？　感謝してやー？」

目釘や鍔に緩みがないかといったひと通りの点検が終わると、刀は店長の手によって丁寧に刀袋へと納められ、登録証などの書類一式と共に大へと渡される。反対に、大は今日まで借りていた模擬刀を店長へ返却し、これを以て、大の武器は新しいものへ変わったのだった。

「店長さん。お忙しい中ありがとうございました！　今度こそ、曲げないようにしますね」

「大事にしてくれるんは嬉しいけど、あやかし課は悪と対峙してナンボなんやさかいな。どんどん使ったげてや。深津さんにも、よろしゅう言うといて」

　店を出た大はこの上なく上機嫌で、刀を入れた黒のケースは肩に背負わず、しばらくはぎゅっと胸に抱きしめていた。そのまま塔太郎と岡崎公園に向かうと、神宮道周辺は既に時代祭の見物人で埋め尽くされている。道から離れた広場や京都岡崎蔦屋書店周辺も、人でいっぱいだった。

　その雰囲気から、時代祭の行列がもうすぐやってくるのだと分かった。二人揃って、人々の間から背伸びして眺めてみる。平安神宮へと続く神宮道の両脇には、有料観覧席の紅白の垂れ幕が張られて波状に揺れている。その南の方角、大鳥居の向こうに小さな点のような集団が近づいていた。時代祭の先頭である。

「騎馬隊は、確か先頭にいるんですよね。吉田号さんと凜さんも、そこにいらっしゃるんですか」

「半透明で霊感のある人にしか見えへんけど、そのはず……あっ。あれや」

　塔太郎が指差した時には、行列の先頭が歩を進めてくっきり人影を作っていた。

パトカーの後ろから、平安騎馬隊がやってくる。まず見えるのは一般人にも見える二組の馬と隊員であり、馬上の隊員は、冠に袍を模した和装を身にまとっていた。その後ろに、半透明の栗毛の馬と、それに騎乗している同じ服装の隊員がいる。それがまさしく、吉田号と凜の雄姿だった。まるで、本物の検非違使のようである。

彼らは、両側から注がれる観客達の視線を受けながら、真っすぐ平安神宮を目指して進んでいく。突然、群衆の中にいたらしい幼児が癇癪を起こして泣き叫び、その引き裂くような声が一帯に響いて大達は不安になったが、吉田号達はすぐに落ち着きを取り戻していた。凜ら隊員達が手綱を繰ると、何事もなかったかのように再び歩き出し、行列を率いていく。

やがて、騎馬隊が大達の前を通り過ぎる。吉田号と凜はこちらに気づくと、他の人には分からないよう小さく頷いてくれた。

平安神宮へ吸い込まれるように進んでいく彼らの後ろ姿を見送っていると、大鳥居の方から馬車がやってくる。これには奉行に扮した京都府知事や京都市長、各機関の重鎮などが乗っており、さらにその後ろから笛と太鼓が聞こえてくる。維新勤皇隊列の鼓笛隊も、すぐそこに迫っていた。

鼓笛隊は、三斎羽織に濃紫の義経袴、鉢巻を巻いて刀を背負った青年達である。

彼らは緩やかに演奏しながら、綺麗に揃った足取りでゆっくりと通り過ぎていく。直後、「維新志士列」という流れ旗がはためいているのが見え、幕末の志士に扮した人達がお目見えする。そこから、生きた時代絵巻が始まるのだった。

大達の斜め前から、ガイドらしき人と、観光客の会話が聞こえてくる。

「――十月二十二日は、京都の誕生日なんですよ。桓武天皇がここ平安京に遷都した日が、十月二十二日なんです。ですからこの日は、時代祭を見て京都の良さを再確認する日やと僕は思うんです」

「へぇー、初めて知りました！　何だか、皆でお祝いしてるみたいですね」

「実際、お祝いなんですよ。平安神宮が建つ前の明治初期というのは、京都にとっては苦難の時代やったんです。何せ、天皇陛下が東京へ行かはって、お公家さんも皆東京へ移っちゃいましたからね。中身がごっそり抜けた、箱みたいなもんやったんです。

このままやと廃れるっちゅう事で、当時の知事閣下や有志の人らが、一丸になって色んな事業を進めはった。内国勧業博覧会や琵琶湖疏水の建設をやって、平安遷都千百年の記念事業をすすめはった。それが上手い事いって活気を取り戻して、今の京都があるんです。今の時代祭は、過去と未来へのお祝いであると、僕は思ってますね」

これを聞いた大と塔太郎も、「なるほどなぁ」と神妙に頷き、

「まさに、京都が生きている事を実感する日やな」

「そう考えると、時代祭が一層尊(とうと)いものになりますね」

と、京都を祝う気持ちが沸(わ)き起こるのだった。

行列は細かく区分されており、各集団の先頭の旗が、それぞれいつの時代の、何の行列であるかを示している。京都で活躍した人物には大抵誰かが扮しており、江戸、織豊(しょくほう)、室町(むろまち)、源平(げんぺい)、平安……と、まるで歴史上の人物達が、時を超えて一堂に会したようだった。

登場する人物が多いという事は、それだけ、京都の歴史も長いという事である。大はめくるめく時代絵巻を眺めながら、この町が衰退の危機を乗り越えて、千二百年以上生き抜いて、今なお繁栄しているという驚異的な事実に心を揺さぶられていた。

時代祭は、それを世界へ示す祭である。先導する平安騎馬隊は、この祭を支える大切な役割を担っていた。

しばらく見入った後、大は塔太郎に声をかけようと振り向いた。

「――私達も、騎馬隊に負けへんよう頑張らないとですね……って、あれ？　塔太郎さん？」

塔太郎の姿がない。いつの間にか、どこかへ行ってしまったらしい。大が慌ててスマートフォンを開くと着信が数件入っており、全て塔太郎だった。すぐに電話する。

「もしもし、大ちゃん？　ごめんなぁ、俺てっきり、後をついてきてると思ってたから……。今、平安神宮の横にいて、騎馬隊の人らと一緒にいんねん。吉田さんと凜ちゃんも一緒や。せやし、こっち来いな」

「すみません、すぐ行きます！」

言われた場所に赴いて塔太郎と合流すると、騎馬隊は既にその任務を解かれており、凜も馬から降りていた。どの隊員も自分を乗せた馬を労っており、凜も吉田号の鼻先を撫でている。

「吉田さん、ほんまお疲れ様でした！　色々迷惑かけてすいません！」

「何て事ねえ。いつもの事さ」

彼は相変わらずクールだったが、それでも内心、無事に大仕事を終えた事を喜んでいるらしい。凜が撫で回すのも咎めず、塔太郎の横に大がいるのを見つけると、

「よう。どうだった？　今日の俺は」

と、尋ねてくる。大が凜ともども称賛し、またその雄姿を見たいと伝えると、

「まじですかー？　うち、そんなに褒められたん初めてでなんで」

と喜ぶ凜の隣で、
「あんまり働かすんじゃねえよ」
と吉田号は照れ笑いをしていた。

その後、騎馬隊の休憩の輪に加わって、互いの仕事の話や、近頃、刀剣ブームなのか錆びて抜けない刀でも高く買われたりするらしい、というような世間話をした後、大は平安神宮を後にした。塔太郎は水野から今後の訓練についての相談を持ちかけられたので、帰りは一人である。

時代祭の行列は全て平安神宮へ到着しており、岡崎公園では、有料観覧席が解体され始めていた。見物していた人達は近辺にまだたくさん残っていたが、書店やカフェへ行ったり、芝生でたむろしていたりと、既に各々の休日となっている。

日常に戻りつつある中で、時代祭の余韻と、平安騎馬隊の記憶はまだ鮮やかである。それをじっくり味わいながら秋日和の岡崎を歩き、もう少しで芝生を抜けるという時、遠くから塔太郎に呼ばれた気がした。振り向くと確かに彼がこちらに向かっていて、その光景を見た大は、思わず刀を落としかけた。

塔太郎が吉田号に乗って、岡崎公園の中を颯爽と走ってくる。どちらも半透明で周りは誰も気づかないが、大にははっきり見えていた。

蹄の軽やかな音がして、芝生の土が小さく蹴られている。塔太郎は、右手を手綱から離して大へと振った。

あっという間に大のもとへと辿り着き、目の前で止まる。呆然としている大の前に塔太郎は降り立って、何気ない笑顔で書類の入った封筒を差し出した。

「間に合って良かった！ 大ちゃん、大事なもん忘れてんで！」

中身は、刀剣の登録証などの重要書類である。失くせば一大事で、銃刀法に抵触しかねない。平安神宮に大が置き忘れたのに気づいて、わざわざ届けてくれたのである。塔太郎の傍らで、

「な。俺の足の方が速いっつったろ」

と吉田号が言ったので、どうやらこれは彼の提案らしかった。

しかし、今の大は塔太郎に惹かれる心を抑えるのに精一杯で、

「ありがとうございます……」

と、ようやく発した言葉さえも、語尾が震えそうになる有様だった。

「あの、塔太郎さんって……やっぱり騎馬隊も兼任されてるんですか……？」

刀と封筒を潰さんばかりに抱きしめていると、彼は笑って否定した。

「ちゃうって前にも言うたやん。何年か前に、騎馬隊の人らに教えてもらってんや。乗馬の機会なんてそうそうないから、俺も興味あってなぁ。吉田さんに限り、

乗ってもいいって言われてんねん。——あっ、ごめんな。吉田さんを早よお返ししなあかんし、もう行くわ」

言うが早いか、塔太郎は無駄のない動きで鐙に足をかけ、ひらりと鞍に跨がった。大がそれを目で追うと、馬上の彼の視線とぶつかる。見つめ合ったのは一秒足らずだが、大はそれに耐え切れず、

「ありがとうございました！　おっ……お疲れ様でした！」

と逃げるように頭を下げた。大が動けば向こうも動き、

「ほなな。お疲れー」

と塔太郎が手を振り、

「また、宝ヶ池に遊びにこいよ」

という吉田号の優しい言葉を最後に、彼らは背を向けて平安神宮へと戻っていく。大は近くの松の木へと身を寄せて、自分の気持ちを鎮めながら、密かに、小さくなる塔太郎の姿を見送った。そうやってどこかに隠れなければ、自らの恋心に潰されてしまいそうな気がしたからだ。

（千年前の誰かも、こんなふうに恋をしてたんやろか。抑えたいのにどうにもならへん恋を、昔の人らはどうしてたんやろう……）

答えは、京都の歴史の中である。

第四話　清水寺と弁慶の亡霊

京の五条の橋の上
大のおとこの弁慶は
長い薙刀ふりあげて
牛若めがけて切りかかる……。

小学校の、音楽の授業で習った童謡である。先生から牛若丸と弁慶の話を聞いたクラスメイトは、口を揃えてこう言った。

「美波ちゃんは牛若丸みたいやけど、詩音ちゃんは、弁慶どころか体がでかいだけやなぁ。怒ったって全然怖くないし、自分、気ぃ弱いやろ。ドッジボールかって、全然あかんもん」

クラスメイトのそんな言葉が、九歳の武田詩音には耐えられなかった。

これが美波ちゃんであればひと睨みして颯爽と言い返し、相手を黙らせる。けれど、詩音が嫌な事を嫌だと言うと、生来の気弱さが出て中途半端な抵抗にしかならず、からかわれるだけなのである。そのくせ、内心では悔しさを堪えている詩音は、強い女の子になりたいとずっと願い続けていた。

いじめられている訳ではなかったが、美波ちゃんと自分を見る周りの目に、温度差があるのは間違いなく、常に美波ちゃんと比べられ、弱い自分が辛かった。

そういう時に、慰めてくれる母親や励ましてくれる父親がいれば良かったが、母親は詩音を産んだ後、他の男とどこかへ去ってしまい、妻に逃げられた父親は、引き取らざるを得なかった母親似の自分を、いまだに心のどこかで疎んでいる。

一度、詩音は父親に学校での悩みを打ち明けた事があったが、父親から返ってきた言葉は「人の性格は直らないから諦めろ」という冷たいものだった。

そんな寂しさがとうとう溢れ出し、詩音はある日、夢を見た。家の蔵に仕舞ってある刀で、悪い奴をカッコよく斬り伏せる夢だった。

その刀とは、今は亡き祖父が大昔に買ったという真剣で、蔵の片隅でずっと埃を被ったままになっている代物である。

もっとも、蔵といっても本物の土蔵ではなく、外見だけを「土蔵風」にした物置で、詩音の家は、どこにでもあるような小さな町家。蔵と呼んでいるその中の大半は生活廃品で、骨董品といえるようなものは、それくらいしかない。

古美術商を口説き落として入手したというその刀を、生前の祖父はいたく気に入っていた。死期の近い病の床にあっても、あれだけは売ってくれるなと懇願していた。父親がその気持ちを汲んで今に至るのだが、刀剣を気味悪がっていた彼は、蔵に仕舞い込んで持ち出そうとはしなかった。

一方の詩音は、刀は危ないものという認識こそあったが、父ほどの嫌悪感は持っていなかった。蔵の刀は鍔や鞘が大変綺麗で、眺めると美術品のように思えたし、何より、錆びついているのか、大人でも鞘から抜けないから安全なのである。

　というよりは、元から抜けないその刀を、祖父は何故か気に入って購入した、というのが本当らしい。

「鞘から抜けへんでもな、わしには分かる。これはええ刀や。ええ女がどんな服を着ててもその美しさが滲み出るようにな、これも名刀の良さが出とるんや。あと、誰にも信じてもらえへんけどな、兵のオーラも出とる気がする。せやし、買うたんや。――いつか抜いて、その姿を見てみたいもんやなぁ」

　祖父は詩音の頭を撫でながらこう語った事があり、それを見た父が、「いらんもんを見せるな！」とすっ飛んできた記憶は、今も脳裏に鮮やかである。

　結局、祖父の願いは叶わなかった。

　その刀で勇敢に戦い、悪い奴に勝つ。そんな詩音を見て、クラスメイトも父親も皆、自分を見直してくれて、きちんと受け入れてくれる。今の詩音には、あまりにも魅力的な夢だった。

　学校から帰った後、詩音はランドセルを置いて中庭の奥にある蔵を開けた。鍵はかかっておらず、必死になって引けば九歳の力でも何とか開けられた。

（あった。あれや）

明かり取りの窓から光が射し、薄らと塵が舞う向こう側。蔵の右端の一番下に、細長い袋の端が見える。隠すように置いてあったそれを、詩音は迷わず引っ張り出した。花柄のスカートやベージュの長袖ブラウス、ポニーテールの毛先が埃で汚れたが、構わなかった。

古びた紐を解き、袋から出してみる。やはり、格好いい刀だった。

黒い鮫皮に、金茶の正絹が巻かれた柄。鞘の色も黒で艶がある。眺めれば眺めるほど、漫画やアニメに出てくる刀のようで、今それを手にしている自分は、まさに主人公だった。

(これを振るえるようになるために、何か武道を始めよう。美波ちゃんは剣道をやってはるから、私も同じように習い事をしたら、強い子になれるかもしれへん。美波ちゃんみたいに……)

詩音は、祈るように刀を握った。本当の事を言えば、剣道や空手みたいに誰かと戦うのは怖かったが、この刀があればいつかは強くなれるはず、と未来の自分をしばし夢見た。

淡い空想から覚め、とりあえず刀を仕舞おうとした詩音は、閃いたように、抜いてみたいという衝動に駆られた。生前の祖父や父が歯を食いしばっても絶対に抜けなかったが、何故か、今なら抜けそうな気がしたのである。

（前に見たアニメやったら、主人公の子がこうやって、柄に手にかけて……）

アニメの一場面を真似しながら鍔を押してみると、刀が動いた。かちりという小さな音がして、あとはするすると抜けていく。

最後まで抜き切ったその本身は、白銀に光る名刀だった。真っすぐな刃文は、よく見れば微妙に揺れており、その三ヶ所ほどに、紅葉のような形があった。

詩音は驚いたが、それ以上に喜びと興味が勝っていた。

これは、果たして切れるのだろうか。だとすればどれほどの切れ味か、と詩音が両手で柄を握った時、突然、刀が自ら震え出した。やがて、何かを引き千切るような音を出す。詩音は反射的に刀を投げ出して、頭を抱えてしゃがみ込んだ。金属音を出して床に転がったそれは、猛烈な白煙を出して破裂した。

（何⁉　嫌や、何……？）

涙目になって詩音が顔を上げると、刀は無傷で転がっていた。そしてその傍らに、蔵の天井に頭がつかんとするほどの巨漢の男が、こちらを見下ろしていた。父親よりは若い。僧兵の姿で、頭には白い布がすっぽり巻かれている。まさしく、授業で習った弁慶そのものだった。

男は何も言わず、周りを警戒するようにぐるりと睨むと、やがて大口を開けて笑い出した。

「誰もいないな……？　ああ、外だ……外に出たぞぉ！　見ろ！　体が動く！　喋(しゃべ)れば喉(のど)が震える！　何と気持ちの良い事かぁ！」

大太鼓(おおだいこ)を打ち鳴らしたような、凄(すご)みのある声だった。男はしばらく両手を広げて一人で喜び続けていたが、ふと、足元で震えている詩音に気がついた。

「お前が、俺(おれ)を出したのか」

既に腰を抜かし、怯(おび)え切っている詩音には答えられない。返事がない事に苛立(いらだ)ったのか、男が迫った。

「おい、その耳は土くれか。ええ？　俺を出したのか、どうなんだ」

圧(お)し掛かるような迫力に、詩音は全身が萎縮(いしゅく)した。涙が溢れ、訳も分からず「ごめんなさい、ごめんなさい」と繰り返すだけで精一杯だった。

男はしばらく詩音を眺めていたが、そのうち、不愉快そうにふんと鼻を鳴らす。

「まぁ、いい。お前なんぞ、特に気に留(と)める必要はない。——まずは必要な物を揃(そろ)えよう。発(た)つのはその後だ」

言うが早いか、男は戸に手をかけると破壊した。おそらく戸を開けたつもりだったのだろうが、如何(いかん)せん力が強すぎたのである。

戸が倒れると、彼は中庭の雑草を踏みつけ、土足で家の中へと上がり込んだ。押し入れを開け、布団(ふとん)を物色(ぶっしょく)する様を見て、詩音はようやく男を追いかけた。

「これは、柔らかくて寝るのに良さそうだ。持っていこう」

「やめて！　うちの中を荒らさんといて！」

我を忘れて男に飛びついたが、丸太のような太い腕に簡単に払われる。詩音の体は玩具(おもちゃ)のように転がって居間の柱に当たり、その痛みと恐怖で動けなくなった。

「弁慶さん、やめて！」

それでも詩音は、息も絶え絶えに訴える。すると、男が手を止めた。

「お前、今何と言った。俺は弁慶じゃない。二度とその名を呼ぶな」

「ほ、ほな、誰なん……」

「……鬼、いや、あるいは亡霊……そう呼ぶのが正しいんだろうな」

吐き捨てるように言うと、男が急に黙り込んだ。悲しみに襲われ、ともすれば泣き出しそうな彼を見て、詩音は呆気(あっけ)に取られた。

「……どうしたん……？」

勇気を振り絞って訊(き)いてみたが、答えはない。男は詩音の顔を窺(うかが)うように見つめた後、先ほどまでとは全く違う話題をぶつけてきた。

「お前、今いくつだ」

「え。……九……」

「やはりそれぐらいか。体が大きい割には、幼い感じがした。だが、体が大きければ力もあるはず。なのに何故、武器を取って向かってこない。お前、弱いな？」

眼前まで迫られ、頬の涙の跡を見られると、男に薄らと笑われた。詩音はショックを受けたまま、何も言えなかった。

この男と出遭う数分前までは強くなる気でいたし、刀を手にしてそのような夢も抱いていた。しかし、熊のように恐ろしい男を目の当たりにした今、体は震え、強張り、上手く動けない。とても武器など持てず、つまりは男の言う通りだとうなだれる。やはり詩音には、勇敢な女の子の要素などないのだった。

再び詩音が顔を上げた時にはもう、男は元の怖い顔つきに戻っていた。

「否定しないという事は、図星だな。昔の俺を見ているようで腹が立つ。――来い。お前を強くしてやる。鬼にも勝る女にしてやろう」

体に男の片腕が回されて、ひと息で肩に担がれる。詩音が泣き叫んで抵抗すると、

「その狼藉、待った」

という別の男の声がした。

雅に靴を脱ぎ、上品な歩き方で割り入ってきたその男は、お洒落なスーツ姿である。長い髪を後ろでひと括りにし、顔の輪郭は細長い。何よりも、鋭い切れ長の目が印象的だった。

「何だ、お前は」

「成瀬と申します。すんまへん。その子を放してもらえますか。私にとって、大事な大事な観音様なんですわ」

まるで、祇園にでも住んでいそうな人である。詩音の周りでは滅多に聞かなくなった、綺麗な京都弁だった。

十一月に入ると、京都は観光シーズン真っ盛りである。厳冬の手前でまだ暖かく、紅葉が映える。「喫茶ちとせ」の近くにある神泉苑で行われる「神泉苑狂言」をはじめ、各所で魅力的な行事を見る事も出来る。自然が織り成す絶景を、最高の気候でひと目見たいと皆が集まるため、この時期の京都はどこもかしこも大混雑だった。

そんな折、「伏見稲荷大社氏子区域事務所」の表の姿である「変化庵」から、ちとせに連絡があり、大と塔太郎は、栗山に指定された場所まで赴いた。

その場所とは、松原通りと西洞院通りの交差点から少し南。鎮魂会でお世話になった少彦名命が主祭神の、五條天神社だった。

五條天神社は、今でこそ四方をマンション等に囲まれて境内もさほど広くはないが、創建は平安遷都と同じ延暦十三年（七九四年）と古く、創建以来今も厚い信仰を得ている神社である。八坂神社の氏子区域と伏見稲荷大社の氏子区域は南北で隣り合っており、その境界線が、東西に走る松原通り。松原から北が八坂神社、南が伏見稲荷大社の氏子だった。

西洞院松原でバスを降りて歩いていくと、栗山と総代が神社の前に立っていて、大達を手招きしている。よく見ると、総代の頭には少彦名命が乗っていた。少彦名命はとても小さい神様で、その身長は、スマートフォンくらいである。

「皆さん、お久し振りです！　この前の窃盗事件ではお世話になりまし……た……」

「……栗山。その後ろの人、誰やねん？」

大と塔太郎の言葉が、それぞれ途切れてしまう。栗山達の背後、神社の石の鳥居に隠れるようにして、目を見張るほどの大男が立っていたからである。坊主頭の大男は、ひと目で修行僧と分かる黒衣を身にまとっていたが、草鞋の足元をよく見ると、影が明らかに薄かった。

身長は「まさる」よりも高い、身の丈七尺（約二一〇センチメートル）。肩幅も広くて体は逞しく、それは黒衣の上からでも分かるほどだった。喧嘩でもしたのか黒衣はボロボロで、そこからのぞく手と足には、切り傷や打撲の痕があった。

大と塔太郎は少し身構えたが、男に敵意は感じられず、どこか申し訳なさそうに大達を見ている。それを見た栗山が、

「お前らの気持ちは分かる。呼び出したんは、この人に関してやねん。昨日、ここの五條天神社さんに駆け込んで保護された人なんやけど、聞いて驚くなよ。何と、この人はなぁ――」

と言いかける。そこで少彦名命が遮り（さえぎ）、

「弁慶君やで！」

と、高らかに紹介した。突然聞かされた有名な名前に、大と塔太郎は二人揃ってぽかんとした。

「はぁ？　誰やって？」

塔太郎は栗山に訊き直し、大も確認する。

「弁慶って、あの、源義経（みなもとのよしつね）の家臣のですか？」

「そやで。京の五条の橋の上、大のおとこの弁慶君やで！」

少彦名命が胸をぱーんと叩き（たた）、その身元を保証した。

「彼が生前、人として生きてた頃にな。僕の、この神社にお参りしてくれたんや。まぁ、その時は、とんでもないお願いをしたはったけどな」

男が恥ずかしそうに頭を掻く（か）。栗山も総代も否定しない事から、彼は弁慶その人であるらしかった。事情を聞こうとする大達に、総代が提案する。

「人も揃いましたし、とりあえずは移動しましょう？　実はこれから、弁慶さんの

服を買いに行く予定だったんですよ。五条大橋の東側に、大きいサイズの専門店があるじゃないですか。あそこで、服を調達しようと思ってて……。詳しい事は、その道中でお話しします」

「という訳で。弁慶君を守る隊、しゅっぱーっつ！」

少彦名命が、総代の頭から元気よく西洞院通りの南を指差す。その先は五条通りである。栗山達に続いて弁慶も歩き出し、彼はこちらに振り向いたかと思えば、丁寧に謝意を述べた。

「申し遅れました。武蔵坊弁慶でございます。昨日、少彦名命様と栗山さん達に保護して頂きまして……。何かと、ご迷惑をおかけ致します。どうぞ気兼ねなく弁慶とお呼び下さい」

その言葉遣いは、かなり現代的である。ビルの多い西洞院通りにも動じていない様子から、今の世に慣れているらしかった。

大と塔太郎は、戸惑いつつも、栗山達を信じて後を追うしかない。

「……何か、のっけから凄い事になってるな」

「私、今更ながら、京都って何でもありの町やなって思いました」

五条通りに出ると、色鮮やかな観光バスがいつもより多く、ひっきりなしに車が行き交っていた。

現在の五条通りは、堀川(ほりかわ)通りや御池(おいけ)通りに劣らぬ道幅があり、東は山科(やましな)、西は桂(かつら)に至る主要道路の一つである。

この道の先、鴨川(かもがわ)にかかる五条大橋は、かの牛若丸と弁慶が出会い、戦った場所とされている。橋の西詰付近には、彼らの銅像が建てられているが、牛若丸の像も、弁慶の像も、丸っこい童子の姿である。勇ましいというよりは愛らしい。

栗山と総代、総代の頭に少彦名命、塔太郎に大、そして弁慶は、徒歩で五条河原町の交差点を渡る。歩道から銅像を眺めた弁慶が、

「ほぉー。いつ見ても、殿(との)の方は勇ましいですなぁ。反面、私の方は小憎(こにく)たらしいですなぁ」

と笑っている。大は興味本位で、二人の出会いの伝説について訊いてみた。

「そこの五条大橋で、弁慶さんと義経様が出会わはったんですよね。橋の上で、弁慶さんが待ってると……」

「実はそれ、後世(こうせい)でそういう話になりましてなぁ。私と殿が出会ったのは、先ほどの、五條天神社の近くにあった土塀(どべい)ですよ」

「という事は、そこで太刀(たち)を奪おうとして、戦わはったんですか」

「はい。五條の天神にお参りして立派な太刀をお願いし、殿と、そのお腰にある黄金の太刀を見かけて、『これこそ千本目』と勇みました。結果は、こてんぱんでした。ただ、一度の負けでは諦めきれなくて、翌日、清水の観音にまで殿を追いかけたんですよ。清水の観音とは、今の清水寺の事です。結果は……お察しの通りです。そこでようやく私は殿にひれ伏し、家来となりました」

恥ずかしそうに語る弁慶を見て、少彦名命がくすくすと笑っている。弁慶もやはり半透明になる事が出来、今は、大達以外の人には見えていない。

弁慶は、今は人間ではない。極端な言い方をすれば、神仏と同じだった。晴れて青々とした空の下、鴨川にかかる五条大橋を渡り、専門店に辿り着くまでに、弁慶は自分のことを説明してくれた。

弁慶は、言わずと知れた日本の豪傑の一人である。彼よりもさらに著名な源氏の武将で、日本の英雄の十指に入ろうかと謳われる源義経の忠臣だった。牛若丸とは、義経の幼名である。

大薙刀を振るい、怪力と武芸、そして機知を以て義経を助けた弁慶の生涯は、『義経記』に始まり、能楽、歌舞伎、小説、漫画やゲーム等にも取り上げられ、今なお人々を魅了している。

その弁慶を従え、苛烈な人生を終えた主君の義経は、後世になるにつれて人々の崇拝を受けてその存在自体が伝説と化し、神奈川県藤沢市の白旗神社に祀られた。義経は、日本の英雄であると同時に、日本の神となったのである。

　この白旗神社の傍に、忠臣だった弁慶も八王子社として祀られた。弁慶もまた、日本の神仏の一つとなって、義経を守る眷属のような立ち位置になったという。

　義経は、生前、そして神となる際、源氏の氏神である八幡神をはじめ、日本の神仏にお世話になった事を深く感謝していた。その恩義を忘れず、祭神として神社から離れにくい自身に代わって、弁慶を遣いに出しているという。

　命を受けた弁慶は日本各地を回り、大きな神様から小さな仏様に至るまで、お礼と挨拶の訪問をし続けている……ということだった。全国の神仏を余すことなく訪ね、その土地の名産品を携えては義経のもとに帰って彼の世話をし、また挨拶へと旅立つという日々を繰り返し、気づけば何百年という年月が経っているという。それだけの行脚を続ければ、弁慶が今の世に明るくなるのは道理である。

　五条大橋の向こうには、赤や黄色に身を染めた東山三十六峰が見えている。

　広々とした専門店に着くと、弁慶が携帯電話を取り出していた。彼は自分の電子機器を所有しているだけでなく、会員になれば割引になるという買い物の仕組みまで熟知しているらしい。武器を取れば豪胆でも、普段は案外まめな性格であるというのは、少彦名命の耳打ちだった。

そんな彼を遠巻きに眺めていた大は、一番気になっていた事を訊いてみた。

「弁慶さん」

「ん？　どうされましたかな」

「先ほど、五条大橋の話でも思ったんですけど……、生前のご記憶って、あるんですか？　義経様の謎に迫る歴史番組の特集とか、大河ドラマなんかもやってますけど……」

弁慶ならば、当然、他の偉人の記憶もあるかもしれない。特に、源平時代ともなれば史実と虚構が入り乱れ、いまだに続いている議論も多い。

大は歴史に精しい訳ではなく、またその真実を知りたいと思っている訳でもない。それでも本物の弁慶に会えば、やはり、こんな質問をしたくなるのだった。

これを聞いていた栗山が、「それ、俺も初対面で同じ事訊いたー」と別の商品棚から顔を出す。当の弁慶は、大が歴史の真実を知りたがっている事を理解して、手にしていた服を丁寧に棚に戻してから答えた。

「旅先で出会って弁慶だと気づかれた方から、そう訊かれる事があります。当時の合戦の様子はどんな風だったか、教科書に載っている源頼朝や殿をはじめ、誰それはどんな顔立ちだったか……。確かに、皆さんには知りたい事が山ほどありましょう。しかしこれが、何とも面白い話でしてなぁ。

今の殿や私は、ちょっと変わった存在なんです。人間から神仏となったものは、ある意味、人々の崇敬の結晶。つまり、生前の姿と崇敬とが合わさって形作られ、自身の風貌や記憶も、それに従って変化するんです。

分かりやすく言うと、今の殿や私の場合、『義経記』や他の物語の筋書きが、自身の風貌や記憶を形作っている。この点は、少彦名命様のような元から神仏である存在と、私どものように後から神仏となった存在の、大きな違いといえるでしょうな。

殿や、かの菅原道真公、または、山科の大石神社の大石内蔵助なんかの場合は、史実といえる本当の生前のご記憶と、作られた逸話とが混淆して、今のお姿になられたようです。しかし……私などは、ほぼ人々の崇敬で出来上がった存在ですからなぁ。思い出話なんかをすれば、大抵、『義経記』になりますなぁ。それで良ければ――。殿はチンギス・ハンにはならず平泉でご自害なされましたし、そのお顔は、大変お美しいものでございました」

つまり、彼らが語る思い出話は、史実としては信憑性が薄いという事らしかった。まさしく、この世の不思議な仕組みで、歴史の真相は千年の時の中らしい。

店員には見えない弁慶に代わって栗山達が購入した衣服は、一枚や二枚ではなかった。しばらくは滞在可能な枚数である。弁慶はその中から動きやすい黒のパーカーとズボンを選び、店内で着替えてから外に出た。こうすれば、大男で目立つにしても、無理に半透明になる必要もなかった。

再び五条大橋を渡ると冷たい風が吹き、どこから飛んできたのか、赤い紅葉が乾いた音を立てて足元を滑っていく。鴨川の水面も小さく揺れており、皆が寒さに身を縮こませると、少彦名命が総代の頭から弁慶へと飛び移った。小さい体には寒風がよほど堪えたのか、フードの中へと潜り込んでしまう。

「わ、温い。こっちに移って正解やわ。――この背丈はどうにもならへんから結局は目立つけど、まぁ、現代の服装やし。敵も弁慶君とは気づかへんのとちゃう？　無理かな？　いずれにせよ、元の黒衣よりはマシやわな」

少彦名命のこの言葉で、大達は和んだ空気を徐々に引き締める。弁慶をかくまう先と、今後のことを話し合う必要があったからだ。

実は弁慶は、謎の僧兵達に追われていたのである。

事の発端は、昨日の夜まで遡る。先日、久し振りに京都を訪れた弁慶が、明日は何処の神仏へ赴こうかと、一人松原通りを歩いていたのが始まりである。不穏な気配を感じた弁慶が立ち止まると、暗く人気のない路地から、突然数人の僧兵が飛び出してきた。薙刀を持って野獣のように吠え、弁慶に襲いかかってきたのである。対する弁慶は最低限の荷物を持っていただけで、ほぼ丸腰だった。

それでも弁慶は自らの腕を頼りに彼らを返り討ちにしたが、松原通りの西向こう、東向こうからも、僧兵が次々と現れて弁慶を狙ってくる。彼らは武器を持ってはいたが、どうやら弁慶を生け捕りにしたいようだった。

こんな大事なのに、松原通りは静かである。しかも、こちらが討ち倒せば僧兵は武器ごと砂のように散って消えてしまう。弁慶は、僧兵達が悪しきあやかし、あるいは怨霊の類だと気がついた。

祀られている存在になったとはいえ、弁慶は他の神仏のようにお祓いの力は強くない。一人二人の悪霊ならまだしも、次々と湧き出す集団を丸腰で相手にするのでは勝ち目はなかった。しかも敵である僧兵達は、武芸の腕もそこそこであるらしい。薙刀、大槌、刺股、熊手、と武器はさまざまで、いくら倒しても出てくるので、弁慶の体力は消耗する一方だった。

一旦退いて、態勢を立て直すべきと考えた弁慶は、最早この場を逃れるのが最善と判断した。

「どこへ行った！」

「捜せ、あの体では目立ちもしよう」

と、喚く僧兵達を振り切って弁慶が辿り着いたのは、生前にお参りした事のある五條天神社。僧兵達が迫りくるのを感じて迷う暇もなく鳥居をくぐると、豆粒のような提灯を持った少彦名命が境内にいた。

「あれま。……弁慶君やないか！　どうしたんや一体。何か周りが騒がしいなと思っとったけど、あれはひょっとして、君が関係してんのか」

絹色のような淡い灯りに、顎や頬を照らされた少彦名命が見上げている。弁慶は五條天神社にまで火の粉を飛ばしてしまった事をその場で伏して謝罪し、

「お久しゅうございます、少彦名命様。お休みのところをお騒がせして大変申し訳ございません。犬のように駆け込んでしまいましたが、すぐに退出致します」

と神社を出ようとした。が、少彦名命は優しくそれを留めて、本殿へと手招きする。

「こうして来てくれたんも、何かの縁や。君の生前から知ってる仲やし、事情くらい聞かしてえな」

こうして、弁慶は少彦名命にかくまわれ、僧兵達は一時間ほど辺りを捜し回っていたようだったが、ついに諦めて去っていった。

少彦名命はただちに京都府警本部へと通報し、五條天神社を管轄内とする栗山達が到着した。事情を聞いた栗山が喫茶ちとせにも協力を要請して、塔太郎と大が合

流し、今に至るのだった。

弁慶が何者かに追われている以上、追っ手を捕まえるまでは、彼をどこかにかくまわなければならない。二次被害が出ないように、一般のホテルなどは避けるべきである。最適なのは事情を知っている五條天神社、変化庵、そして喫茶ちとせの三つになるが、少彦名命に迷惑はかけられないという意見は、あやかし課の四人で一致していた。となると、変化庵と喫茶ちとせ、このいずれかである。

五條天神社の前まで帰ってきた大達は、鳥居の傍に弁慶の荷物を置き、さて、これからどうするかを話し合うために輪となった。すると、栗山が一同の輪を抜け、弁慶を呼んで松原通りの北側に立たせた。

「何してんねん？」

塔太郎が尋ねると、栗山は適当に手を振って、

「俺らが、何で坂本らを呼んだと思ってんねん。――弁慶さん。そこで立ったま、ちょっとこれを読んでもらえますか」

と弁慶に小さな紙を渡している。

「はあ。別に構いませんが」

弁慶はその紙を手に取り、朗々(ろうろう)たる声で読み上げた。

「すみませんが、こちらで私を保護して下さいませんか。私は是非とも坂本さんに盾(たて)となって頂きたく……」

紙は、いつの間にやら栗山が書いたものらしい。この途中で栗山が「ハイ承知しました！」と叫び、

「弁慶さんが立っているそこ！　松原から北は、八坂神社さんの氏子でーす！　従ってその依頼はちとせの管轄！　という訳で坂本くん、古賀(こが)さん。弁慶さんをよろしくお願いしまーす！」

「ちょっと待て栗山、おい！」

塔太郎が風のように栗山の背後へと回り、二の腕を首に回して締め上げる。「ちょちょちょ坂本っ、これ殺人未遂！　殺人未遂やからぁ！」と叫ぶ栗山は目を白黒させて塔太郎の腕を叩き、やっとの思いで抜け出した。

「あー、死ぬかと思ったぁー。そんなに怒らんでもええやん」

「いや怒るやろ。あと、しれっと俺を盾扱いすんな！　どうみてもお前んとこの管轄やのに、何を丸投げしとんねん」

「いや、確かにそうなんやけどな。俺らの仕事なんやけどな。――伏見稲荷大社の氏子区域、どこやと思う？　お前も知ってるやろ。京都駅周辺ですけど⁉　今の時

期から来年二月の初午大祭まで、俺ら毎年全員もれなく過労死寸前ですけど⁉　この上に弁慶さんの保護とか、無理に決まってるやろ⁉　弁慶さんを追う集団の調査はやるから、せめて保護くらいは頼ましてえな。そのために自分らを呼んだんやん」

「個人的には『ええよ』って言いたいけど……俺の独断で、そんなん決められる訳ないやんけ。そっちの絹川さんに許可もらって、深津さんにも話を通さなあかんやろ。絹川さんは知ってんのか？」

「そもそも、これ、あの人の厳命やもん。坂本の様子を見て、いけそうやったら頼んでこいって」

「あぁー……なるほどな。とりあえず、深津さんに連絡するわ」

弁慶が大に「絹川さんとは？」と訊き、大も、隣にいた総代に「絹川さんって？」と訊いた。

「うちの事務所の所長だよ。ちとせの深津さんと同じ立場で、女性なんだけど鬼警部って感じかな。確か、もうすぐ定年だと思う。……栗山さんのやり方はアレだけど、うちが死ぬほど忙しいってのは本当なんだよね。だから最近の絹川さん、すっごく機嫌悪いんだ」

と言う総代の説明に少彦名命が横やりを入れて、

「絹川さん、顔はお饅頭を踏んだみたいやけど、話すと楽しい人やで。心は別嬪さんやで！」

と、本人が聞いたら怒りそうな説明を付け加えた。栗山は塔太郎が深津に電話するのを心配そうに見つめており、総代も手を合わせて大に頼んできた。

「古賀さん、僕からもお願い！　うち、これ以上事件が増えたら、本当に絹川さんの血管が切れて化け物になっちゃうから！　人助けだと思って！」

「あ、うん。大丈夫やと思うけど……」

事情を聞いた深津は絹川と調整してくれた。そして、僧兵達の調査は変化庵が、弁慶の保護はちとせが請け合うという事で話がまとまり、少彦名命や栗山達と別れた塔太郎と大は、弁慶を連れてちとせへと帰還した。店では深津から事情を聞いた竹男達が待っていたが、七尺あまりの弁慶を実際に目にすると、やはり驚きを隠せないようだった。

薙刀を武器としている琴子は、以前から弁慶を尊敬していたらしく、驚きを超えて感激の域に達していた。自己紹介をした後、目をきらきらさせて言った。

「弁慶様。あの……実は私も、薙刀が武器でして。いつかお稽古をつけて頂ければと思うんですけど……いかがでしょうか？　いえっ、弁慶様にこんな事をお願いするのは畏れ多いことなんですけど！」

と、大が知らない一面を見せている。彼女は恋する乙女のように頰を赤らめこそしなかったが、竹男に「何やコイツ気色悪っ！　猫かぶっとるやんけ！　いつもの威勢はどうした」と言われて違う意味で顔を真っ赤にし、「ちょっと、要らん事言わんといて下さい！　憧れの人に会うたら、誰かってこうなるでしょ⁉」と早口で言い返していた。

「山上さんも、薙刀をお使いになるんですか。きっと、かの巴御前のように勇ましいことでしょうなぁ。もちろん、いつか共に稽古しましょうぞ。――深津さんに天堂さん。ご迷惑をおかけしますが、よろしくお願いします」

彼の滞在は、以前、鬼笛の事件で陸奥聡志を保護した時と同じく、ちとせで寝泊まりしてもらう事になった。

皆に温かく迎えられた弁慶は、こうして喫茶ちとせの一員となったのだった。

弁慶がちとせに滞在して四日が過ぎ、彼はすっかり、大達に馴染んでいた。外見は怖ろしいが、実際の弁慶はとても庶民的で親しみやすい。

彼は、初日の数時間は大人しく二階の事務所でじっとしていたが、それが退屈だったのと、働いている大達を見てどこか申し訳なく思ったらしい。一階に下りてきて、「何か手伝わせてほしい」と竹男に頼んできた。

弁慶はあやかし課隊員ではないし、祀られている存在なので、当然、あやかし課の任務や喫茶店の仕事を表立ってはさせられない。しかし、重ねて願い出る弁慶の熱意を感じ取った竹男と深津が申し訳程度の雑務を頼むと、嫌な顔一つせず、慣れた手つきですいすいと仕事に励んでくれたのである。

大達全員が感謝したのは言うまでもなく、賄いの輪に弁慶を招くと、彼もまたそれに感謝して手伝いをしてくれる……。という流れが出来上がり、今に至っていた。

丹田から出る低い声は心地がよく、快活で朗らか、聞き上手という三拍子揃った弁慶は、非の打ちどころがない偉丈夫である。深津は「うちに弁慶さんがずっといれるよう、本部と白旗神社に掛け合おっかな」と呟いたが、その言葉は、あながち冗談でもなさそうだった。

今日も、ちょうど弁慶が紅茶を淹れていた頃に、任務で出ていた玉木と琴子、そして深津が帰ってくる。弁慶は、お盆の上にポットと人数分のカップを載せ、琴子が最近お気に入りだというちとせ近くのケーキ屋「オ・プチフォロ・パティシエール」の木苺とホワイトショコラのロールケーキを冷蔵庫から出していた。

大は、この日は自分もお菓子を用意していた事を思い出し、自分の鞄から袋を出して弁慶に渡した。

「弁慶さん。良かったら、これもお茶菓子に入れて下さい」

「ほう、酒かすの飴ですか。京都の酒蔵の？」

「はい。キンシ正宗っていうんですけど、そこの記念館が、家の近くにあるんです。美味しいお水が出てて、お酒の他に、この酒かす飴も売ってるんです。前に買ったら美味しかったので、ちとせでもと思いまして」

　大の口からキンシ正宗の名前が出ると、弁慶が手をぽんと叩いた。聞けばたまたま、僧兵達に襲われる前日、彼はそのお酒を飲んでいたらしい。

「不思議なご縁もあるもんですなぁ。市内の小料理屋で、仲良くなった方のすすめで頂きました。何でも、昔から京都で飲まれているのだとか……。香り高く、一杯に宿る優しい甘味や旨味は、今も記憶に残っております。社名は片仮名ですが、銘柄としては確か、漢字の『金鵄正宗』でしたな。金鵄とは、神武天皇に勝利をもたらした金色の鵄。あるいは、賀茂社のご祭神の化身です。その名を持った酒かす飴となれば、さぞかしご利益もあるでしょう。古賀さん、ありがとうございます」

　酒かす飴とロールケーキが、紅茶と一緒にテーブルに並べられる。ロールケーキは琴子がひいきするだけあって、弾力ある食感にホワイトチョコの甘さ、豆乳クリームの風味と木苺の酸味が抜群の比率だった。酒かす飴も、独特の甘さが予想以上に好評だった。特に、塔太郎は好んで二個目を食べただけでなく、大の快諾を得たうえでいくつかを懐に入れていたほどである。

「そう言えば……僧兵どもの正体は、分かりましたでしょうか」

息抜きの紅茶と団欒がひとしきり終わったところで、弁慶が深津に尋ねた。しかし、今のところ核心に迫る情報は摑めないらしい。深津は珍しく難しい表情でカップを置いた。

「絹川さん達と一緒に捜してるんですけど、どうも、向こうも弁慶さんを捜しつつ隠れてるみたいなんですよね。京都駅で一人だけ見たっていう情報はありましたけど、絹川さんが行った時にはもういなかったようです。京都にはお坊さんの幽霊もたくさんいますから、武装を解かれると、善良なのと見分けがつかないんですよ。僧兵達が他で悪事を働いたという通報はないんで、それだけは幸いですけどね」

「そうですか……」

敵の正体や勢力、動向が不明だと、弁慶が事務所に留まる期間も長くなる。これでは、ずっと室内に詰めている彼の精神にもよくなかった。それを気遣ってか、深津がささやかな提案をした。

「こちらの目が届く範囲で、多少でしたら、お出かけ頂いても大丈夫ですよ。どうですかね」

「ありがとうございます。しかし、いざそう言われても、さて何処へ……そうだ。

山上さん、確かお約束した稽古がまだでしたな。どこか、この近くで薙刀を振れる広い場所はありますかな」

「いやーっ、ほんまですか？　ありがとうございます！　ちょっと待って下さいね！」

琴子が自分のスマートフォンを開き、すぐに予約できる体育館を探している。大は、それ以上に理想的な場所を知っていた。

「――もし良かったら、今日の『まさる部』にいらっしゃいませんか？　お二人でしたら、きっと猿ヶ辻さんも喜びますよ！」

十一月の日没は早く、十七時を回ればもう辺りは真っ暗である。「まさる部」は喫茶店業務の後に行うため、この季節に京都御苑の芝生に立てば、松の木の黒い輪郭ぐらいしか見えなかった。

しかし、猿ヶ辻が自身の術で作ったという篝火を四方に置くと、大、塔太郎、そして琴子と弁慶は、夜目を凝らして稽古に励む事が出来ていた。

じっとしていれば、鳥肌が立つほどの気温である。しかし、仁王立ちとなった指南役の弁慶に交代で打ち込むうちに、そんな寒さは忘れてしまった。

　琴子と弁慶の「まさる部」への参加を、事情を聞いた猿ヶ辻は快諾してくれた。

「いずれ僧兵達と戦うんやったら、今のうちに弁慶さんとやっとくのが一番や」

と、彼は用意していた修行内容を変更し、念入りな柔軟体操を行った後、棒を持った弁慶に交代で立ち向かっていくというものにした。相手は弁慶である。薙刀の琴子はもちろん、大も塔太郎も、任務時に劣らぬ気の引き締め方でかかっていった。

　琴子の振るう薙刀に、篝火の揺らめく灯りが反射する。

　薪が小さく爆ぜて火の粉が舞う中で、大の刀の刃音がひゅんと鳴る。

　夜の御苑は、塔太郎の繰り出す雷に刹那的に照らされていた。

　胸を貸してくれた弁慶は、普段の穏やかさを一変させて、口調も「私」から「俺」に変え、鬼神を思わせる激しさで指導にあたってくれた。

　琴子へは、数回打ち返してのち、その脛に鋭く寸止めし、

「さぁさぁ、どうだ！　お前みたいな甘い打ち方ではないぞ！　俺は、常に半身の姿勢を保っている。しかし、お前はいち早く打とうとするあまり、体がわずかに前を向いたな？　無駄な動きが増えるだけだ！」

　と欠点を指摘する。次に、交代した大が颯爽と斬り込むが、弁慶はこれも難なくかわして後ろに下がった。かと思えば、芝生を凹まさんばかりに踏み込んで、棒を大の喉にぴたりと当てた。

「下半身をもっと据えろ！　足腰が至らず、冴えぬ太刀など怖くない！　本当に斬れる刃というのは、どんな武人であろうと逃げられぬ。体で敵を捉えるからだ。反対に、それが足りぬと逃がしてしまう。『神猿の剣』とは、そんな甘いものではないはずだ！」

その後、大が簪を抜いて変身したのにはさすがの弁慶も驚いていたが、まさるとなっても欠点は同じだったようで、「足腰が肝要だと言っただろう！」と頭をこんと打たれてしまった。

三人の中で、最も善戦したのは塔太郎だった。彼は、真正面からは到底勝てぬと判断して小回りの良さと突き蹴りの連続技で弁慶に迫り、とうとう、雷の蹴りで棒を折る事に成功した。これには審判役の猿ヶ辻も思わず拍手し、弁慶も「ほう」と世辞でなく唸っていたが、

「それだけで勝ったと思うな！　武器を失ったのなら、こうすればよいだけだ！」

と、巨体で塔太郎へと突っ込んで彼の右腕、左腕を連続で外に弾いた後、空いた腹に張り手を喰らわせた。そのまま胸倉を摑まれた塔太郎が芝生へと落とされたところで、猿ヶ辻が終了のホイッスルを鳴らした。

「はーい、試合終了！　三対〇で、弁慶さんの勝ちぃー！」

さすがは、歴史にその名を残す豪傑である。三人の完敗だった。しかし、大達か

らすれば、悔しさ以上の充実感があり、

「ありがとうございました！」

と三人一斉に挨拶すると、弁慶は元の親しみやすい雰囲気に戻ってくれた。

「皆、よく頑張りましたな。何かと口うるさく言いましたが、気に病む事はありません。忘れなければ、きっと身になるでしょう。先は明るいというものです」

さながら、新しく着任した熱血コーチのようである。そのまま和気藹々とフィードバックを受けていると、猿ヶ辻が、梨木神社の染井の水を持ってきてくれた。

「お疲れさーん。こんなに激しい修行は初めてやなぁ。さすがは武蔵坊弁慶。都に轟く勇猛さは、ほんまもんやなぁ」

篝火から取った火で温めて、インスタントのココアが出来上がる。人数分の紙コップが大達に配られ、ゆっくり飲んで体を温めていると、小学生の息子が家で待っている琴子は名残を惜しみつつも先に帰宅となった。

「弁慶様、猿ヶ辻様。ありがとうございました！　またぜひ、お稽古さして下さいね」

「うむ。またやりましょうな、琴御前」

巴御前に劣らぬ腕と見込んだ琴子に、弁慶がつけた呼び名である。感激のあまり両手を取って握手した琴子を見送って、大と塔太郎は後片付けを始めた。

その時、琴子と入れ違いに誰かがやってくる。篝火の向こうから現れたのは栗山と総代で、よく見ると、総代の頭にはこの前と同じく少彦名命が乗っていた。大達が修行していると深津から聞いて、差し入れを持って見にきたらしかった。

「すまん、栗山。今ちょうど終わったとこやねん」

「さよかー。まぁ、持ってきたお菓子ぐらいは食べてぇな」

間に合わなかった事を栗山は残念がったが、早々に気を取り直して塔太郎に差し入れを渡し、この後飲みに行こうと誘っている。

塔太郎も大も夜勤ではなく、ではここで解散という空気になった時、栗山のスマートフォンが小さく鳴った。

「はい。――お疲れ様です。はい……はい。こっちは大丈夫です。弁慶さんもここにいます」

相手は絹川らしい。大達は片付けの手を止め、弁慶は口を真一文字に結んだ。その予想通り、通話を終えた栗山は、七条周辺で僧兵が出たと教えてくれた。

「今も、奴らはそこにいんのか」

塔太郎が訊くと、栗山は首を横に振る。

「絹川さんらが現場へ急行しはったけど、やっぱ駄目やったらしい。今度は、三人でおったんやと。三人も僧兵がいたら、嫌でも目立つのになぁ」

つまり、一刻も早く弁慶を捕まえたいのか、あるいは別の作戦なのか。いずれにせよ、向こうも本腰を入れて弁慶を捜しているのだけは確かだった。

これを聞いた弁慶は、一瞬殴り込みに行くと言わんばかりの不機嫌な顔をしたが、祀られている自分から事を起こすのは良くないと判断したようだ。

「私が外に出ると、皆さまのご迷惑となります。早々に引き上げましょう」

と言って、御苑を去ろうとする。すると、それまで総代の頭に座り込んでいた少彦名命が、突然立ち上がった。

「なぁなぁ、聞いて！　僕、ナイスな考えが浮かんだんやけど！　先に、深津さんと絹川さんに連絡するから下りるわ！　総代くん、手ぇ貸してー」

「あ、はい！　どうぞ」

総代が掌を出すと、それを踏み台にして少彦名命が芝生の上へと飛び降りた。そのままじっと動かなくなったが、どうやら、絹川や深津と霊力で通話をしているらしい。

数分の間、大達は何を話しているのかと見守るしかなかったが、やがて通話を終えた少彦名命が突然、「交戦退治許可状」を書き始めた。それを栗山に渡して発行という形を取り、直後に彼が口にしたのは、

「さぁ、皆で木屋町へ飲みに行こう！　猿ヶ辻さんもおいでえや！」

というものだった。

夜の木屋町というのは、楽しさと風情がしゃなりと合わさっている場所である。宵闇に柳の枝がしなやかに揺れる下を高瀬川がゆったりと流れており、先斗町よりは気軽で大衆的な飲み屋が並んでいる。

少彦名命の作戦は、至って単純なものだった。敵が捜しているのなら、こちらからおびき寄せようというものである。それも、こちらが油断していると見せかけるために、いっそ楽しく飲み会をしよう、という突拍子もないものだった。

これを聞いた時、大は、

（そんな遊びみたいな事して、大丈夫なんやろか）

と心配になったが、少彦名命が深津と絹川から承認を取り付けた時点で、これが今回の作戦となった。もちろん、飲食代は全て経費で落とせる。最近の忙しさに遊ぶ暇もなかったらしい栗山が、この作戦に最初に飛びついた。

「少彦名命様！　飲み会あざっす！　やりましょう！」

何としてでも遊びたいんだ、と全身で訴える彼を皮切りに、その場にいた七人全員が参加することになった。先輩や神様達が嬉々としていれば、後輩も自ずと楽し

い気分になり、

「大ちゃんも、もちろん行くやろ？」

という塔太郎の誘いに、大は笑顔で頷いていた。

御所から一旦家に帰って私服に着替え、木屋町の食べ放題の店に入ると、人間に化けた少彦名命と猿ヶ辻が早々に日本酒を飲み干していた。大達が、鞄に腕章と動きやすい和装を忍ばせ、武器も持参しているのを忘れたかのように、

「全力で遊んでたら、敵も油断してると思って寄ってくるはず！　令状も発行したから準備万端や！　お酒は飲めへんけども、力一杯楽しみまひょーう！　かんぱーい！」

と声高に宣言した。

少彦名命と猿ヶ辻以外は誰もアルコール類を飲まなかったが、仕事の憂さから解放された栗山は上機嫌で、そのはしゃぎぶりは他の追随を許さなかった。それに少彦名命と猿ヶ辻が加わり、塔太郎に大、総代、弁慶をも巻き込んで、面白い話あり、落ちのあるクスッとした愚痴ありの、笑いの絶えない一次会となった。

そして、二次会は河原町三条にあるカラオケ店なのだが――思い切り歌えるこの場所は、日頃の疲れがたまっていた男達のストレス発散の場となった。

栗山がマイクを手にして華麗な一番手に立つと、それに続いたのは何と弁慶。旅

をするうちに覚えたという映画の劇中歌を堂々と披露して、本家本元とはまた違った魅力で歌い上げた。

三番手は猿ヶ辻で、四番手が塔太郎。高校野球のテーマソングに使われたという爽やかなその曲を、塔太郎は一生懸命に歌っていた。音程こそ外さないが、カラオケ自体は不得手な方らしく、全体的に拙い。しかし、声の質だけは、相変わらず清涼感があって心地よかった。

腕章を外し、籠手を解いたら人並みなのが彼らしい。その純朴さに大の胸は温かくなり、塔太郎の歌った曲名はもちろん、歌詞さえもすぐに覚えてしまう。その後、塔太郎からマイクを渡された大は、緊張のあまり自分が何を歌ったかさえも朧気にしか覚えていなかった。

二回目となった栗山が感情たっぷり歌った後、総代がマイクを握る。彼は女性の歌を選んで大達を驚かせたが、彼も歌唱力抜群で、大も思わず聞き惚れていた。

全員が一巡してようやく落ち着いたところで、総代が大にクランベリージュースを渡してくれた。

「隣、座ってもいいよね。はい、これ」

「ありがとう。ちょうど、喉渇いててん！」

彼は、大のグラスが空だったのに気づいて、自分のものと一緒に持ってきてくれたらしい。ジュースを飲んでひと息つく大に、総代が感心したように言った。

「古賀さん、歌上手いんだねー。まぁ、そうだとは思ってたけど。でも、微妙に声が震えてたでしょ。緊張してた？」

「だって、こんなに人がいるんやもん。私、見られてると、あかんくなるタイプやから」

　大はそう言って謙遜（けんそん）したが、本当の理由は、もちろん塔太郎がいるからである。

「ふうん」と頷く総代に気づかれてしまいそうな気がして、大は話題を変えた。

「総代くんかって、めっちゃ上手かったやん。女性の歌やったし、『これ⁉』って、私も塔太郎さんもびっくりしてた」

「中学の頃から得意な曲でね。キーを変えて歌うと、ギャップで上手く聞こえるし喜ばれるんだ。そういうのを一つ持ってると、割と得するんだよねー」

「得って？」

「得は得だよ。分かってるくせに」

　何となく察しがつき、大が「モテるんやねぇ」と悪戯（いたずら）っぽく言ってみると、「努力してると言ってほしいね」と返される。

　以前、京都駅近くの肉バルに食事に出かけた時もそうだったが、彼と話していると、どうしてか互いに挑発めいた事を言ってしまう。そしてそれが、何だか普通になりつつあった。

もちろん仲が悪いわけではなく、同期という気軽さ故であるのは大も総代も承知しており、それは、塔太郎と栗山の関係に似ているのかもしれなかった。

ちょうどその時、塔太郎と目が合った気がした。しかし、室内が暗くて彼の表情は読み取れない。大が声をかけようか迷っていると、栗山が総代にマイクを突き出した。

「総代、お前何しとんねん！　歌えやぁ！」

彼の隣で、塔太郎が「お前やめとけやー。それパワハラやぞ」と苦笑している。

「あーあ。僕も、坂本さんが先輩だったら良かったなー」

指名された総代は、満更（まんざら）でもなさそうな顔でマイクを受け取り、栗山の無茶なリクエストに見事応（こた）えていた。

その後、大も自分なりに曲を入れてカラオケを楽しんではいたが、それ以上に、栗山達があれもこれもと歌い出して収拾がつかなくなっていた。

栗山に加え、少彦名命と猿ヶ辻、元来こういう事が好きだとみえる弁慶の影響を受けたのか、栗山にせっつかれ続けた塔太郎も、ヤケクソになっていたらしい。

「おらぁ、次！　坂本ぉ！」

「えっ、俺⁉　しゃあないなぁ……ついてこい栗山ぁ！」

と意気込んだかと思えば、深夜アニメの主題歌を栗山と交代で歌い出す。塔太郎も楽しそうに歌い上げ、栗山に至っては振り付けまで完璧だった。そんな彼らに引っ張られ、大も含めた部屋の盛り上がりは絶頂だった。

その時、大は突然、全身の毛が逆立つのを感じ、身構えた。殺気である。先ほどまでと打って変わって、部屋に緊張が走る。思わず塔太郎を見ると、彼の顔はすでに〝エース〟のものに変わっていた。


こちらが油断しているように見せかければ敵も寄ってくる、という少彦名命のアイディアは、結論から言えば正しかった。

カラオケを切り上げた大達は、個室を借りて戦える和装に着替えて腕章をつけ、半透明になって店を出た。

その途端、外の冷気に混じって、大でも分かるほどの殺気が夜の河原町三条にみなぎっているのを感じる。目を凝らせば、数ヶ所の物陰に僧兵がいる。暗くて彼らの顔は分からないが、こちらの動きを窺っているようだった。弁慶の言った通り、彼らは薙刀に打刀、熊手や大槌など、多彩な得物を手にしていた。

「坂本、古賀さん、大丈夫やな？」

「心配ない」

「いけます」

栗山の問いに、大と塔太郎は短く答えた。大達はすぐさま互いに背を向けて輪となり、いつ向こうが襲ってくるかと警戒した。元の姿に戻った少彦名命と猿ヶ辻は、足早に河原町三条の中央に立って、掌を叩いたり御幣を振ったりした。

「念には念を入れてな。これで、僕と猿ヶ辻さんの加護が直接染み込んだ。令状もあるし、五条から二条までは大丈夫や。何の心配もせんと、存分にやりや」

少彦名命の言葉が終わると同時に、僧兵の一人が駆け足で飛び込んできた。総代を狙った薙刀は力強かったが、総代は左に避けて素早く片肌脱ぎとなった。

総代の背中には、鮮やかな千本鳥居と白狐の刺青が描かれている。彼の短い呪文によって白狐が一匹飛び出し、僧兵の顔面へと噛み付いた。僧兵が怯んだ時には、栗山が弓を引いている。放たれた矢は鏑矢に変形し、僧兵の喉に命中した。射られた僧兵は仰向けにひっくり返って動かなくなり、やがて砂が崩れるように散ってしまった。三条名店街の灯りで僧兵の顔立ちが判明したが、弁慶とは似ても似つかない赤鼻だった。

この時、塔太郎も弁慶も、そして大も、襲い掛かろうとする僧兵に対峙していた。弁慶は筋骨隆々とした体を活かして僧兵達に突進して投げ飛ばし、そのうちの一人から薙刀を奪って、三人まとめて相手にしている。仲間が砂になるのを見た細身の僧兵が、刀を投げ出して河原町通りを南に逃げた。それを栗山が追う。

「そいつは捕まえろ！　俺が直接、話を聞いてやる！」

交戦しつつ叫ぶ弁慶に、栗山が「了解、あとは頼んます！　総代、来い！」と応えて走っていく。少彦名命が総代の肩に飛び乗ると、

「皆さん、野次馬を遠ざけるのに使って下さい！」

と、総代が巻物を広げてこちらへと投げた。中には、警察犬でお馴染みのシェパードが四匹描かれており、実物となって現れた。

この犬たちは戦いを援護するのではなく、霊感のある一般人が近づかないようにするための番犬だった。「京都府警察　人外特別警戒隊」と書かれた犬用のベストを着た四匹が吠えながら走り回って、戦いの妨げになる野次馬や烏達を追い払ってくれた。

栗山達が河原町の南に消えた後も、残された大達の戦いは続いていた。

僧兵達は、実力の差はあれど武器を振り回すぐらいの技量は持っており、中でも厄介だったのは、塔太郎と大がそれぞれ相手をした薙刀の僧兵と、刀を持った僧兵だった。彼らは他の者たちとは違い、その実力も背丈も、明らかに頭一つ抜けていた。その二人は顔立ちが弁慶に似ており、ニヤニヤ笑ったり、目を剥いたりと柄も

悪かった。

岩をも砕く勢いで縦横無尽に暴れる薙刀の僧兵を、塔太郎がきっちりとかわしていく。植え込みの縁を足場にして、横に捻るように宙返りする。着地した瞬間、塔太郎はぱっと走り出して雷の拳を繰り出した。僧兵は、咄嗟に薙刀の柄で受けようとする。

が、雷の威力には勝てず、柄が大きく弾かれて空いた顔面に、塔太郎の飛び蹴りが真正面から入った。

大が相手をした僧兵は、刀を構えて振り出す間が一秒に満たぬほど素早かった。早く片付けてしまおうと言わんばかりに、何十回と斬り込んでくる。それを避けたり、受け流したりしているせいで手が使えず、簪を抜けなかった。

しかし、大は焦らなかった。「まさる部」で弁慶と戦った時の方がずっと脅威だったし、避け辛かったからだ。今の僧兵は、それよりも劣る。体全体でそう判断し、機会さえあれば必ず勝てると直感していた。

弁慶と僧兵との違い。それは、刃筋と体の使い方だった。まさる部での弁慶は、足腰もしっかりして振り下ろす刃筋が真っすぐで怖かったのに対し、今の僧兵は、腕の力だけで大を斬ろうとしていた。そのため、変な力みがあって刃筋が揺れ、威力がないのである。

（足腰が至らず、冴えぬ太刀など怖くない。本当に斬れる刃というのは、どんな武人であろうと逃げられぬ）

弁慶の言葉が思い出される。もう一度、僧兵が頭上から斬り下ろしてくる。しかし、大にはそれを見極めるだけの余裕があり、柄を握っている右拳を敵に向かって突き出し、切っ先を斜め下にして身を守った。その鎬とぶつかった僧兵の刃が一瞬、火花を散らして斜め下へと滑る。僧兵は、体勢を崩して大の左側へとぐらついた。

大はその機を逃さず、左足を風のように引いて体を半回転させ、僧兵に向いて体全体で彼を捉えた。

左手も柄を握って諸手となり、足を起点にして腰と下腹部に重心を据えた大の魔除けの刀が、僧兵の右肩口から袈裟斬りした。僧兵は倒れかけていたのと大の刀の鋭さに反応し切れず、なすすべもなくその刃を浴びた。

後で、この技が「粟田烈火」の応用、「神猿の剣　第二十一番　流れ華頂」だったと知るのだが、この時の大は僧兵を倒すのに精一杯だった。

敵を倒したのは、三人ともほぼ同時だった。戦い終えた大が息を切らして塔太郎の方を見ると、ちょうど彼も、相手が砂となって消えるのを見届けていた。

弁慶は、逃げた僧兵の刀を拾うところだった。彼は手に取ったその刀をじっと見つめており、眉間に皺を寄せている。

「大ちゃん、怪我ないか。いや……大丈夫そうやな」

はっとして顔の向きを変えると、塔太郎が控えめに右拳を出している。彼の意図に気づいた大は即座に左手で拳を作り、彼のそれにちょんと合わせた。

「まさるにならへんかったんやな。凄いやんけ」

「相手が速かったんで、簪を抜く暇がなかったんです。でも、私だけで勝てて良かったです」

達成感に顔を赤らめていると、塔太郎の後ろから弁慶が顔を出した。拾った刀を持っていたが、表情はもう普通だった。

「古賀さん。目の端でだが、勝つところを見ていましたぞ。十分な受け流しと斬り下ろしだった。それが常に出来るなら、怖いものなどないと吹聴しても、私が許しましょう」

「ありがとうございます。もう一度やるのは、自信ないですけど……」

大は謙遜したが、弁慶は満足げに頷いている。猿ヶ辻も道路から走ってきて大の肩に飛び乗り、技の説明をしつつ褒めてくれた。

「さっき、君がやった技は『流れ華頂』やな。将軍塚のある華頂山や。その下の、蹴上から山科への道に見立てた難しい技やで。偶然でもそれが出来たんは、実力がついてる証拠や。あとは、『音羽の清め太刀』が出来たら最高やな」

清水寺の背後にある山は清水山というが、寺の山号と同じ「音羽山」とも呼ばれている。音羽山は、東山三十六峰の二十九番目にあたる。「神猿の剣　第二十九番」もこの音羽山から付けられており、以前、猿ヶ辻に見せてもらった巻物の概要には、「魔除けの力を込めて敵を照らし、払って勝つ」という分かり辛い一文しかなかった。

魔除け、とあるからにはぜひとも習得したい技だったが、猿ヶ辻は三十六全ての技を熟知している訳ではなく、詳しく教えてはくれなかった。この第二十九番は、諦めざるを得なかった技の一つである。これを聞いた弁慶は興味深そうに唸り、塔太郎は大の背中をぽんと叩いた。

「流れ華頂が出来たんやし、きっと出来るよ。俺、楽しみにしてるわ」

「はい。待ってて下さいね」

和やかな雰囲気はそこまでで、栗山と総代が逃げた僧兵を捕まえて戻ってきた。

栗山と塔太郎はそれぞれの上司に連絡し、今しがた起きた事件を簡単に報告する。縛られた僧兵は不機嫌そうに顔を伏せていたが、弁慶が刀を持ったまま大股で近づいて顎を摑み、顔を上げさせた。僧兵は、顔の輪郭だけは弁慶に似ていたが、目鼻立ちは違っていた。僧兵は弁慶の凄みに怯えつつも、まだ虚勢を張っている。

「お前らは、何の目的で俺を襲うのだ。一度ならず二度までも！　黙っていると為にならんぞ！」

「う、うるせえ！　悪事をばらす馬鹿がいるもんか！　離しやがれ！」

「それこそ、離す馬鹿などいない。あと、一つ訊きたい事がある。これは、お前が使っていた刀だ。俺はこれを知っている。お前はこれを偶然手にしたのか？　これには――」

そこで、弁慶の言葉が途切れた。三条名店街の方から、妙な気配がしたからである。

全員が、一斉にその方向を見た。小学生らしきポニーテールの女の子が、足元をふらつかせながら後じさりしているところだった。大達は初めて見る子だったが、僧兵は彼女を見た瞬間、

「あ……詩音様！　どうか、鬼若様と成瀬様にこの状況を……」

と叫んだ。詩音と呼ばれた女の子は、明らかに僧兵に向けて首を横に振り、背を向けて逃げ出した。弁慶が「待て！」と咄嗟に呼び掛けて塔太郎が追いかけ、大もそれに続いた。

「待ってくれ！　ちょっと話を聞きたいだけやから！」

塔太郎が声を掛けても、当然、詩音は止まらない。明るいアーケードの中を、彼女は死に物狂いで逃げた。しかし、子供の足が塔太郎に敵うはずはなく、あっという間に距離が縮まる。そうして彼の手がもう少しで届きそうになった時、詩音の片足に全体重がかかって、体が横倒しになった。塔太郎が反射的にその華奢な体を抱き留めたが、既に遅かった。彼女は足首を押さえて背中を丸め、痛みのあまり涙を流していた。

「ご、ごめんな⁉　大丈夫か？」

よほど痛いのか、脂汗を滲ませて身を捩っている。塔太郎が腕を緩めると、詩音はその場にうずくまった。骨折ではなく、どうやら捻挫のようだった。それでも足を引きずり、塔太郎から逃げようとする。

追いついた大は、塔太郎に代わって彼女の傍らに両膝をつき、話し掛けた。

「待って。せめて私の腕に摑まって。絶対に何もしいひんから。そんな足で歩いたら、もっと悪化するやん……」

女の声にわずかな安堵を抱いたのか、彼女は一瞬だけ振り向いた。それを見た塔太郎が、自分も危険な存在ではないと知らせるために、そっと傍を離れる。大はもう一度、努めて優しい声で話しかけた。

「詩音ちゃん……って、呼んでもいい？　私らが見えてるって事は、あやかしが分かるんやんね？　私とこの人は、あやかし専門の警察やねん。ちょうど、あの悪いあやかしを捕まえたばっかりで……。そのあやかしが詩音様って呼んだから、びっくりして追いかけてしもてん。怖がらして、ほんまにごめんな。でも、詩音ちゃんを捕まえたい訳とちゃうくて、お話を聞かしてほしいんやけど……。その前に、手当てさして。お家にも絶対に帰してあげるから」

出来るだけ刺激しないように、腕章を見せて、事情を説明する。大の真摯な気持ちが通じたのか、詩音は顔を上げて大の手を握った。その指先は小刻みに震えており、呼吸も荒い。大は詩音の手を両手で軽く包んだ後、彼女が泣いてしまわないように背中を撫でた。

「すみません、塔太郎さん。この子を一旦、どこかで休ませてもいいでしょうか。怪我の治療は、少彦名命様にお願い出来ればと思うんですけど、お話は、安心出来る場所でしたいんです」

「もちろんや。向こうの皆にも伝えてくる。とはいえ、弁慶さんや僧兵もおるから、普通のとこではあかんなぁ。河原町三条やと、ちとせや、寿先生のとこも遠いし……」

しばらく思案していた塔太郎だったが、やがて、ある場所を思い出したらしい。

塔太郎は弁慶達と合流して、そこへ連絡する。一行は、詩音と僧兵を連れて先斗町の命盛寺へ向かうことになった。

その道中、女の子に名前を聞くと、彼女は武田詩音と名乗った。詩音は、大の手が頼りとばかりにずっと握りしめていて、大も、そんな詩音を慮って、優しく握り返していた。

「俊光さん、こんな夜遅くに申し訳ないです。ご迷惑をおかけします」

「ああ、全くもってその通りだな坂本。いきなり電話をしてきて何かと思えば……。どういう事か、ちゃんと説明出来るんだろうな？」

「もちろんです。それに、彼女の手当てが終われば、すぐに引き上げますので……」

「馬鹿野郎！　お前らは戦った直後で、子供は怪我をしてるんだぞ。落ち着くまで寺にいろ！」

「あ、ありがとうございます」

「全く……。今夜は、一人静かな夜だと思ってたんだがな」

俊光はそう愚痴るが、既に塔太郎を含む人数分の座布団が居間に置いてあった。さらにお茶の用意をし、夜食のおにぎりまで出してくれる。しかし、特に塔太郎に対しては、言葉がぶっきらぼうになってしまうのは相変わらずだった。

五花街の一つ、先斗町の中ほどに建っているというのに、命盛寺は静かである。今は十一月で納涼床の時期はとうに終わっており、夏の間、鴨川へ張り出していた他の店の川床も片付けられている。窓を開けて耳を澄ませると、夜の虫の囁きや、ひっそりとした鴨川の水音が聞こえてきた。

光明宗の寺院、剣華山命盛寺は小さなお寺である。毎年五月に食べ物となった生き物を供養する「鎮魂会」という変わった行事を持つ寺で、あやかし課隊員が毎年その鎮魂会に参加していた。

大が初めて参加した今年の鎮魂会では、寺の僧侶である俊光が塔太郎のことを快く思っておらず、今すぐ帰れと強く迫るという一幕もあった。しかし、鎮魂会や祇園祭の宵山での騒動を経て、彼らの関係も、少しだけ改善しているらしい。

二階では、本尊の薬師如来が、少彦名命と一緒に詩音を介抱している。大を含む七人は一階で待機。縛った僧兵は、弁慶が睨みつけて見張っていた。

やがて、詩音が薬師如来や少彦名命と一緒に下りてくる。捻挫した足首には、白い包帯とテープが綺麗に巻かれていた。大は彼女の姿が見えた瞬間に立ち上がり、詩音を気遣った。

「大丈夫？　痛くない？」

「うん」

詩音は小さく頷き、薬師如来と少彦名命の二人に、「お薬と包帯、ありがとうございます」とお辞儀（じぎ）した。薬師如来は、そんな彼女に安堵したらしい。

「では、すみませんが、私はこの辺でお休みしますね。少彦名命様や猿ヶ辻様、他の皆さん、何かあったら遠慮なく呼んで下さい。詩音さんは、無理をしてはいけませんよ」

少彦名命が「お休みなさーい」と手を振り、大達が手をついてお礼を言うと、薬師如来は音も立てずに二階へと戻っていった。

詩音は大達の事を信用したのか、もう逃げようとはしない。ただ緊張しているらしく、足の負担とならぬように座った後は、大の着物を掴むように寄り添った。

ここでようやく俊光に、塔太郎と栗山が今までの経緯を話すと、

「何とも物騒な事件だな。で……そこの僧兵や、他の奴らは何者なんだ」

と俊光は腕を組み、全員の視線が僧兵へと向けられた。僧兵は詩音に助けを求めようとしたが、彼女は大の後ろに隠れる。僧兵が盾（たて）つくように目を逸（そ）らした途端（とたん）、弁慶がその胸倉を掴んだ。

「お前の正体は気になるが……まずは、この刀の事から聞かせてもらおう」

弁慶は手を離し、古びた黒い鞘に納まっている僧兵の刀をちゃぶ台に置く。

弁慶は僧兵を睨みつつ刀を取り、刃を上向きにして鞘から抜いた。電灯に照らされた抜き身は一点の曇りもなく、覗き込む大達を映し出している。薄ら、小波のような刃文も見える。弁慶は改めて、それを仔細に観察した。

「やはり間違いない。拵えが変わり、太刀から打刀となっても、刃文だけは八百年経っても変わらない。これは、俺が生前に奪ったものだ。九百九十九本のうちの一本だ。もう一度訊くが……お前は、これをどこで手に入れた？　しかもこの刀からは何も感じない。中身の――俺が封印したものはどうした？」

獅子にも勝る顔で、弁慶が僧兵に詰め寄った。

「九百九十九本？」

大や塔太郎をはじめとした一同は、思わず顔を見合わせた。弁慶と義経の出会いの契機となった、九百九十九本の太刀。それに、弁慶は何かを封じ込めたという。

僧兵はとうとう観念したのか、弁慶の問いに答えた。

「な……中身はこの俺だよ！　そう言えば分かるよな弁慶⁉　俺は、お前が太刀に封印した、お前自身の悪しき心の一つだ。手に入れたも何も、詩音様に封印を解いてもらった後、自ら刀を取ってお前を襲ったんだ！　鬼若様の命でな！」

「俺の……！　そして今、鬼若と言ったか」

「ああそうさ。鬼若様と成瀬様、そして詩音様が、俺らの頭領だ」

名指しされた詩音の顔色が変わった。金切り声を上げて否定し、首が取れんばかりに横に振った。

「ちゃう！　うち、皆がこんなんしてるって知らんかった！　分かってたら、封印も解かへんかった！」

「詩音様、何をおっしゃるのです⁉　我々を救っておいて、今さら裏切るおつもりですか⁉」

「ほんまに、知らんかったんやもん！　うちは成瀬さ……成瀬に、可哀想な幽霊やからって頼まれただけで……！　お姉さん、信じて⁉　うち、あのお坊さん達の後を追いかけて、さっきの戦いを見て、初めて気づいてん！」

「この、くそガキがぁ！」

僧兵が火を噴くように叫び、詩音も興奮状態だった。彼女はあらん限りの力で大に縋りつき、無実を訴える。大は詩音の両肩を抱いて座らせ、弁慶達は、詩音に這い寄ろうとする僧兵を引っ張って離した。

弁慶と僧兵と詩音。三人が、何かで繋がっているのは明らかである。そこには、鬼若と成瀬という謎の人物も絡んでいるようだ。

どうにか場が収まり、数秒だけ沈黙が続いた後、塔太郎が懐を探る。「あ、良かった。割れてへんわ」と呟いて、詩音にそっと何かを差し出した。

「詩音ちゃん。これ、食べてもらっていいかな。その間だけ、じっとしてくれると助かる」

「……飴？」

「そう。甘くて美味しい、酒かすの飴ちゃんや」

大がお茶菓子にと持ってきた、キンシ正宗の酒かす飴である。ころんとした一粒が透明な袋に入っていた。

「お願い出来るかな。この飴やったら、詩音ちゃんもきっと気に入る。その間に、俺らは弁慶さんと僧兵から話を聞いて、事情を把握する。飴を食べ終わった頃に、詩音ちゃんからも話を聞く。それまでは、大人しくしといてくれるかな。……出来るか？」

「……うん。お兄さん、ありがとう」

詩音は塔太郎の掌から飴を取り、袋を破る。飴を口に入れると、塔太郎の言う事をきちんと聞き、元の座布団へと戻っていった。

「詩音ちゃん、美味しい？」

大が優しく訊くと、彼女はゆっくり頷く。大人数が詰めた狭い居間は再び静かになり、弁慶が口を開いた。

「僧兵が自らの正体を白状したので、私には大まかな事情が分かりました。私、そこの僧兵、詩音さんの話を合わせれば、今回の全容が見えましょう。しかしそのためにはまず、私の生い立ちから話さねばなりません。まるで『義経記』を諳んじるようになりますが、どうぞお付き合い下さい。……私は、年端もゆかぬ子供の頃、比叡山に預けられました」

弁慶の話は、おおよそ以下のような内容だった。

弁慶は、実父に疎まれて幼少期を叔母のもとで育ち、「鬼若」と名付けられて比叡山に預けられた。彼ははじめ、寺の衆徒からも絶賛されるほど学問に身を入れたが、いかんせん体が大きくて力も強く、顔つきも厳しかったので、やがて乱暴者へと変わってしまった。師からも呆れられた鬼若は自ら山を下り、名前も「武蔵坊弁慶」と改めて西国を渡り歩いた。そのまま旅法師にでもなれば良かったが、諍いが高じて書寫山圓教寺を燃やしてしまった。

京へと戻った弁慶はすっかり悪しき心に染まっており、太刀を千本集めてやろうと考えた。そして、誰のものであろうと自分の眼鏡にかなった太刀を奪い、町のお堂の天井裏にこっそり隠し続けた。その数は、何と九百九十九本にまで達した。

残り一本という日の夜更け、弁慶は五條天神社にお参りして、大胆にも「よい千本目が奪えますように」と祈願した。その帰り道で見つけたのが、源義経と、彼の腰にあった黄金づくりの太刀だった。

弁慶は勇んで義経を襲撃したが簡単にあしらわれ、翌日、清水寺の舞台の上で再び彼と戦ったが、とうとう打ち負かされて降参した。この縁で、弁慶は義経と主従の契りを結び、ここに、後に日本一といわれる主君と家臣とが誕生したのだった。

「ここからは、『義経記』にもなく、誰にも知られていない事です。恥ずかしい私事ですので、今まで黙っておりました」

さて、ならず者から源氏の家臣へと生まれ変わるために、弁慶は、今までの自分を悔い改めようとお堂に籠もった。かつて、天井裏に奪った太刀を隠していたお堂である。

自分の悪事の証であるそれを天井裏から下ろし、山のように積まれた太刀を前にして経を読んでいると、やがて、弁慶の体からもう一人の自分が現れた。これこそ、彼の悪しき心の具現化である。

弁慶はそれを「鬼若」と名付けて戦い、とうとう、九百九十九本の太刀の中へと押し込めた。こうして、弁慶の悪しき心は分裂して封印され、彼はそれをまた天井裏の奥へと隠してお堂を後にし、義経の元に馳せ参じたのだった。

「私がお話し出来るのは、以上です。後の事は、僧兵に聞けばいいでしょう。……しかし今にして思えば、封印した太刀は全て業火の中に放り込んで、土に還すべきでした。そうすれば、今回のような事にはならなかった。何せ、あの時は殿の家臣となれた事が嬉しくて、一日でも早く発ちたいと焦っておりましたからなぁ……」

その言葉に、僧兵が身を震わせる。弁慶に促されて、今度は僧兵が話し始めた。

「……弁慶が鬼若に勝った時、鬼若は、俺を含む九百九十九人の僧兵に分裂して、一本一本の刀に封じ込められた。ただ、分裂したといっても大木を削いだ感じで、末端になればなるほど弁慶には似ないし、強さも劣るんだ。俺みたいにな……。弁慶が特に気に入っていた太刀には、鬼若本人ともいえるような奴が入った。俺達と違って悪しき心は一番強いし、武芸の腕も弁慶そのものだ。だから、そいつが俺達の頭領になった『鬼若様』だ」

鬼若は、自分を倒して分裂させ、狭い太刀に封じ込めた弁慶を大いに恨んだ。他の僧兵達が諦める中、無人となったお堂いっぱいに響き渡るほど、太刀の中から叫び続けたという。しかし、時代は武士の世で乱れており、自分達を救ってくれる力のある人は現れない。やがては鬼若も諦めて、太刀と同化するように大人しくなったという。

その後、京の都はさらに荒れ、小さなお堂にはたちまち野盗(やとう)が押し入った。天井裏に隠された太刀は、一本残らず盗まれて、散逸してしまった。

九百九十九本にまとまっていた鬼若と僧兵達は、こうして散り散りとなったのである。長い年月の間に、ある太刀は刃傷沙汰(にんじようざた)に使われて駄目になり、ある太刀はGHQに回収されて持ち去られ、幸運にも生き残った太刀は、そのほとんどが古美術商から愛好家に売られて、その蔵に納まり、今日に至った、という事だった。

「俺の太刀もその一つだった。その時は、長さも拵えも変えられて『打刀』になっていたよ。……でも、何百年もその中で過ごせば、種類なんざどうでもよかった。俺は刀の中で、誰かに見られたり使われたりすることもなく、永遠にこのままだと思っていたんだ」

しかし数年前、当時の持ち主から、高値で自分を買い取りたいという男が現れた。それが、成瀬だった。

成瀬は一体どこから聞きつけたのか、刀、つまり鬼若の話を知っていた。さらに、普通の刀と僧兵達の刀とを見分ける霊力も持っていた。それを決して人に話さず、全国を回って「僧兵の刀」を集めては、地下鉄東西線の東山駅に近い空き家に保管していたという。

ただ、成瀬には足りないものがあった。刀は集めたものの、肝心の、封印を解く力がなかったのである。どうするつもりなのだろうか、と僧兵達は数年間刀の中から眺めていた。

するとある日、成瀬は、その悪しき気配で明らかに「鬼若」とわかる男と、彼が入っていたと思われる刀、そして一人の娘を家に連れてきた。

やがて、娘が封印を解いて僧兵の数が増えると、鬼若と成瀬を頭領にして、娘を崇めるような一団が出来上がった――。

「娘というのが、そこのガキだ。俺らを救ってくれた、ありがたぁーい詩音様だよ」

詩音が、きゅっと目をつむって僧兵から顔を背ける。

「飴、食べ終わったか？」

塔太郎がゆっくり訊くと、詩音は小さく頷いた。彼女は皆が見つめる中、両拳を握って深呼吸し、勇気を振り絞るように成瀬や鬼若、僧兵達と出会った時のことを話し始めた

「……うち、強くなりたいって思ってて、そういう夢を見て、家の蔵にあった刀を抜いてん。そしたら、そこの弁慶さんにそっくりな、体の大きな鬼若が現れて……。家の中を荒らされて、自分も攫われそうになった時、成瀬が来はってん……」

詩音の家は、洛中を南北に走っている堺町通り沿い、東西を走る三条通りを少し南に下がった所にあるという。

家に侵入してきた成瀬は、まず、詩音を「自分にとって大事な観音様だから」と言って放すよう鬼若に頼んだ。鬼若は無視しようとしたが、成瀬が、

「残りの太刀が、私の家にあるんです」

と言うと何かを悟ったらしく、素直に詩音を解放した。とはいえ、鬼若に睨まれた詩音は、怖くてその場から動けなかった。

その後、相談があると言って成瀬は鬼若と二階へ上がり、下りてきた時には、彼らは手を組んでいた。成瀬は、呆然としている詩音の前に優雅に膝をつき、綺麗な京都弁でこう語った。

「実は私、幽霊が見える人間なんです。私は成瀬、さっきの人は鬼若はんといいます。私は今、可哀想な幽霊達が封じられた刀を集めておりまして……、鬼若はんも、幽霊のお一人やったんです。そんな話をしたら格好ええように聞こえますけ

ど、実は私、恥ずかしながら力不足で、封印は解かれへんのですわ。

どうしょうかなぁと歩いているうちに、あなたのお家から、強い幽霊の気配が出ているのに気づきました。慌てて入ってみると、鬼若はんがあなたを捕まえとる。ああ、こらあかんと思うと同時に、ぴーんと気づいた。あなたが、刀の中にいた鬼若はんを解き放ったのやと。――鬼若はんは、お仲間に会いたいと言うたはります。先ほどの乱暴は、そのお気持ちが強すぎた故で……。彼に代わって私が謝罪します。お仲間は、刀に封印されたまま、うっとこにいます。あなたには、彼らを救う力があるんです。衆生の願いを叶えるという清水の観音様になったおつもりで、どうかお力添えを……」

成瀬は情熱的に、かつ紳士的に頼み込んできた。詩音は降って湧いたようなこの状況に戸惑ったが、断り辛い雰囲気だった。

実際、詩音は抜けないはずの刀を抜き、その中から鬼若を出している。封印を解く力があると言われ、自分が無力ではないという一種の喜びが芽生えていた。可哀想な幽霊を助けてと頼まれ、九歳なりの妙な使命感も生まれていた。

しかも二人が結託した今、断れば鬼若に何をされるか分からない。詩音は同意するほかなく、成瀬の家にある刀の封印を解くと約束した。

そうと決まった途端、詩音は成瀬の家へと連れていかれ、促されるままに刀を抜いた。すると、確かに詩音にはその力があったようで、刀の中から、白い布を被った僧侶が次々と飛び出してくる。一本抜けば一人、一本抜けばまた一人と増え、小さな町家は、僧兵達でいっぱいになった。

刀から出た者は皆、「詩音様」と呼んで感謝してくれた。鬼若さえも詩音に礼を言った。成瀬は詩音の力を絶賛し、鬼若も成瀬も、詩音を大切に扱って、遅くなる前に自宅へ帰してくれた。仕事の遅い父親がまだ帰っていないと知った成瀬は、

「あぁ、寂しいもんですなぁ。お父上は、いつもこんなんですか？」

と訊き、それに対して詩音は、

「いつもこんなん。会社に泊まって、帰ってこうへん日もある……」

と切なげに答えた。意外にも、これに怒ったのが鬼若で、

「何という父親だ。腹が立つ！　おい、詩音。俺達の居場所は覚えたな？　気が向いたらいつでも来い！」

と言ってくれた。すると、この時にはすっかり親しくなった成瀬も、

「詩音ちゃんさえ良ければ、明日も送り迎えしますよって。学校が終わったら、うちで封印を解いて、お茶を飲んで時間潰して、お父上が帰ってくるまで、のんびりやりまひょ。何ぼ、うちにいてくれたかて構しまへん。どうぞ、よろしゅう頼んます。――ああそれから、詩音ちゃんの力は相当変わったもんやさかい、お父上や学

校の皆には言わん方がよろしな。内緒にしといて下さい。――お休みやす」

と、頼れる親戚のように詩音の背中を押してくれた。

思わぬ形で心の寂しさを埋められた詩音は、翌日も、学校が終わると成瀬について家へと赴き、封印を解く作業に没頭した。成瀬は自分を褒め、僧兵達も自分に感謝して仲良くしてくれる。鬼若はやはり怖かったが、短い会話を重ねるうちに、だんだんと距離が縮まっていった。

父親が帰ってくる前に家へ送ってもらい、次の日も、また成瀬と鬼若達のもとへ行く。誰も彼も、自分に優しい。そんな日々を過ごすうちに、詩音はいつの間にか彼らに安らぎさえ見出していた。

「けど……今日の夕方、僧兵がお詫びのお菓子を持ってきはってん。今日は、成瀬も鬼若も他の僧兵も、みんな用事があるからごめんなさいって。それで、しばらくは一人で家にいてたんやけど、お父さんが出張で明日の夜まで帰ってこうへんから……自分で成瀬のとこへ行こうと思って、家を出てん。でも、その途中で僧兵を見かけたから、何してんのやろって思って後をつけたら……」

大達を一斉に襲撃する彼らを見た、という訳だった。

僧兵達は、自分といる時とはまるで違う鬼の形相で、彼らと戦っている人達の袖には、「京都府警」と書かれた腕章がついている。つまり警察官である。

やがて、鬼若に似た大柄な男が捕まえた僧兵を問い詰めると、彼は、「悪事をばらす馬鹿がいるもんか！」と、自分達のやった事が悪事だとはっきり言うではないか。

僧兵達は、可哀想な幽霊ではなかったのか。何のために警察官を襲ったのか。襲撃は今回で二回目で、成瀬も鬼若も、この事を知っているらしい。こんな事実を、もちろん詩音は知らなかった。

詩音は衝撃を受け、僧兵達や鬼若、そして成瀬が、実は悪い奴らだったと気がついた。頭が混乱して思わず後ずさりした瞬間に皆がぱっと自分の方を向き、怖くなって逃げ出した……。

そうして、詩音は大達に保護された、というのが、これまでの経緯だった。

耳を澄ませば、格子の外から先斗町の賑わいが聞こえてくる。石畳を擦るような足音と陽気な笑い声が何度も通りすぎていくが、命盛寺の居間は静かだった。

最初に口を開いたのは、少彦名命だった。

「ふうん。八百年以上も昔の、厄介な事件やな。太刀に封印された弁慶君の亡霊……。それにしても、彼らの封印を解くなんて、詩音ちゃんは凄いなぁ。昔から、そんなん出来たんか？」

詩音は否定した。今回、自分の家にあった刀を抜くまで、そんな事は一度もなかったという。

「でも、死んじゃったお祖父ちゃんは、物にはオーラがあるってよう言うてた。鬼若が入っていた刀にも、兵のオーラが見えるからって気に入って、全然抜けへんのに買ってはったから」

少彦名命は大袈裟に頷いてみせ、ちゃぶ台の上を歩いて詩音の前に座った。

「それやったら、お祖父ちゃん譲りで潜在的な霊力はあったんや。強くなりたいって願ってて、夢を見たんやってな？　それが契機となって、力が目覚めたんちゃうかなぁ。まぁ知らんけど。――いずれにせよ、そんな詩音ちゃんに成瀬が目を付けて、鬼若を交渉で抱き込んだ。そして彼らは詩音ちゃんを利用した……。話を聞く限り、こう思って間違いないんちゃうかな」

大達は誰も異を唱えず、僧兵も否定しない。詩音はまだショックを受けているようだったが、最初に比べれば落ち着いていた。

弁慶は僧兵を睨み、自分を襲う理由を訊き出してみる。するとやはり、その命令を出していたのは鬼若だった。

「鬼若様は、お前に再び取り付く気だ。悪くて強い、完全な『鬼若』になろうと目論んでいる。都でもう一度暴れて、悪名を轟かせるんだと。その後、源義経にも挑んで、黄金の太刀を今度こそ奪うらしい」

投げやりに言う僧兵を見て、弁慶は大いに鼻で笑った。

「おめでたい頭だ。ついさっき、殿に勝てると思ってるのか。そもそも、この都で好き放題なぞ出来るものか。お前達が何に敗れたかを忘れた訳ではあるまいに」

弁慶が大達を横目で見る。俊光や猿ヶ辻は頷き、大は光栄に思う気持ちを隠せなかった。しかし、僧兵は弁慶に吐き捨てるように言う。

「そうやって笑えるのも今のうちだ。鬼若様が動けば、お前だって、そいつらだって負けるだろう」

「その鬼若を封印したのは、この俺だぞ」

「一回勝ったから、次も勝つってか。おめでたいのはどっちだ。こっちには成瀬様もいるんだぞ」

「その成瀬というのが曲者だ。そいつは、何が目的で太刀を集めて、鬼若と手を組んだ？」

「そこまでは知らねえ。あいつ、ならず者の一員か何かじゃないのかね。ああ、今ではそういうのを暴力団っていうんだろ？　武力強化のために俺らを集めて、鬼若様へ大将になってほしいと頼んだ。そんなところだろ。それなら、鬼若様の利害とも一致する」

成瀬が暴力団の一員というのは、かなり納得のいく話である。彼らの中には、人を騙したりするのが上手い者もいて、成瀬がそういう人種だとしたら、詩音など簡単に抱き込めるだろう。父親の話をして彼女の寂しさに寄り添ったのも、そのための演技に違いない。卑怯なやり方に、大は唇をきゅっと嚙む。同時に、栗山がゆっくり立ち上がった。

「んー、まぁ、とにかく。まずはそいつらを見つけて、うちんとこまで来てもらう、って感じやな」

成瀬を捕まえて、鬼若を退治すれば事件は解決するという事が分かったのは大きな収穫だった。総代が、詩音に成瀬の家の位置を聞いている。

「ふんふん、東山駅を出て南に。それで……。うん、ありがとう。だいたい分かったよ。あと、封印を解いた刀の数って覚えてる？　そもそも、成瀬は何本ぐらい持ってたのかな」

「七百本」

お茶を飲んでいた栗山が吹き出し、台所にいた俊光も振り向いた。さらに、

「多分、もっとあったと思う……」

という詩音の言葉に、総代や弁慶は頭を抱えた。

「やはり、土に還しておけばよかった……」

「じゃあ何。今、僧兵が七百人以上いるって事？　え、僕と栗山さんだけじゃ足りなくない？　っていうか、そんな大群を置ける家、京都にある？」

「成瀬と鬼若が、班分けして違う所に泊まらしてたから……いつも家にいるんは、うちを入れて五、六人やった」

　成瀬と鬼若の指揮のもとで、普段は分散して京の町に潜み、弁慶を狙う時に集まるという事だろう。栗山は迷っていたが、成瀬の家にいる僧兵が五人くらいならと決断し、総代を連れて命盛寺を後にした。

　栗山を心配しつつ、信頼して送り出す塔太郎に倣って、大も同期である総代に「気ぃ付けてな」と声をかける。こんな状況であるから、彼は特にふざけた言葉を返す訳でもなく、

「やばくなったら、救援要請するから。電話、出れるようにしといてね」

　と大に小さく左手を挙げて、栗山の後を追った。

　二人が東山駅近くの成瀬の家に向かっている間、大は詩音の横についていた。僧兵は引き続き弁慶が見張っており、塔太郎は少し離れた場所にいて、即座に動ける

よう集中している。俊光は台所にいて、棚の上の少彦名命や土間にいる猿ヶ辻に覗かれながら、追加のおにぎりを握っていた。

　やはり、静かな夜である。昔を思い出したらしい弁慶が、ぽつりと漏らした。

「俺の気に入っていた太刀に、鬼若が入った。詩音さんの家にあった刀から、鬼若が出た……。詩音さん、ご自宅にあったものは、どんな刃文でしたかな」

「綺麗やった。今は鬼若が持ってて見れへんけど、よう覚えてる。真っすぐな刃文やけど、たまに揺れてて、紅葉の形があんねん」

「数は？」

「三つ」

「そうか。やはり『紅葉丸』だ。巡り巡って、詩音さんの家にあったんですなぁ」

二人の会話を聞いていた猿ヶ辻が、足を拭いて土間から上がってくる。紅葉丸というのは、奪った太刀の中でも一番の愛蔵品だったらしい。

「紅葉丸って？」

「彼の名誉のために、持ち主は明かせませんが……さる高貴な、武芸に優れた方から奪ったものです。正確には、負けを認めた彼が自ら差し出しました。その潔さに相応しい名刀で、私はそれを、刃文の形から紅葉丸と名付けたのです。時折、お堂から出して眺める際にも、あれを一番にしておりました。鞘から抜いた姿を眺めては、いつかこれを持って戦いたいと……。まぁ、そんな太刀でしたから、鬼若の器と成り得たのでしょう」

弁慶が、一際大きくため息をつく。詩音はじっと耳を傾けつつ、その紅葉丸が自分の家にあった事に驚いていた。

その時、横から詩音の視線を感じて大が顔を向けると、じっとこちらを見つめている。何かを羨ましがるような、そんな目だった。

「詩音ちゃん、どうしたん？」

「お姉さんは、昔から剣道をやってたん？」

「剣道？」

「さっき皆で戦ってた時、刀で敵を倒してたやろ？　あれ、凄かった。美波ちゃんもそうやけど、やっぱり、剣道やる人は強いねんな」

「私はやってへんけど……美波ちゃんは、強いん？」

「うん。大会でも優勝したんやって。それで、凄くしっかりしてて、勉強も出来るし、クラスのリーダーやねん」

そう語る詩音は、美波ちゃんに憧れを感じているのだろう。確か彼女は、「強くなりたい」と願って紅葉丸を抜いたはずだった。

「うち、背は高いけど、気が弱いねん。誰かにきつく言われたら、怖くなる。それで、言い返せへんくって謝ったり、一輪車の順番も譲ったり、休み時間は、人数足りひんからってやりたくないドッジボールに入れられて、すぐ外野になったり……。皆、うちが言い返さへんから好きな事を言えて、うちが譲るから好きな事が出来るのに、こっちは我慢ばっかり。でもそれは、うちにやり返す強さがないからって、分かっててんねん。うちの方が悪いねん。

やから、うちは、気が強い子になりたかった。夢の中のうちは、紅葉丸を抜いて、気が強くて格好よかった。それで、ほんまに鬼若が出てきたけど……。実際は夢と違って、怖くて泣いてるだけやった。前から、お父さんやクラスの子にも弱いって言われてたし、鬼若にも弱いって言われて……」

「悲しかったん？」

大が訊くと、詩音は鼻をすすって頷いた。

「成瀬に『力がある』って言われた時、嬉しかった。うちも強くなれるって思えたのに、利用されるなんて。漫画でいうたら、やっぱり弱いキャラやん。何でうちはこんなに弱くて、駄目な人間なん……？」

この頃にはもう詩音は泣いていて、周りから隠れるように俯き、次々と溢れる涙を両手で交互に拭っている。大はそんな詩音の肩に手を置いて、

「大丈夫。詩音ちゃんは駄目でもないし、弱い子とちゃう。私かって、鬼若や成瀬

に会ったら、怖いなって思うもん」

　と慰めたが、泣き止むどころか、詩音は口を歪ませてしゃくり上げた。

「そんなん嘘や。お姉さんや美波ちゃんやったら、絶対、刀で倒してる。うちのお父さんが言うてた。強い奴が、何事も勝って得をするんやって。美波ちゃんもそうやねん。剣道をやってて、気が強くて、皆から凄いと思ってもらえて。やから皆、美波ちゃんの言う事を聞いて、美波ちゃんが一番いい思いをすんねん。美波ちゃんばっかり、ずるい。でも、うちもこれから変わる。強くなって、いい思いをする。やからお姉さん、うちに剣道を教えて！」

「ちょ、ちょっと待って、詩音ちゃん！」

　詩音は泣きながら懇願する。羨望と劣等感とが入り混じり、自棄になっている。

　その様子に大は戸惑った。

「一旦、泣き止んで？　それに、強い人がいつもいい思いをするとは限らへんやろ？」

「でも、美波ちゃんは……」

「詩音ちゃんは、詩音ちゃんやんか」

　大は励ましたつもりだった。しかし、はっとして地雷を踏んだことに気づいた時にはもう遅かった。詩音は、目に涙をいっぱい溜めて大を見ている。

「うちに、今のままでいろって事？　弱いから、強くなったらあかんって事？」

「ちゃうって。そのままでも十分って言いたくて……」

「うちは強くなりたいの。でも、出来ひんから悲しいねん。お姉さんは、うちの事を駄目じゃないし弱くないって言うてくれたけど、それも嘘や。強いお姉さんやったら、うちが弱いのも分かるはず。心では笑ってるんやろ。お姉さんは嘘ばっかりや。嘘つき。もう話なんかしいひん」

とうとう、身を捩って大と距離を取ってしまう。嘘つきと言われて拒絶された大は、心を抉られるような痛みに言葉を失ってしまった。詩音は、僧兵に勝った大が自分を助けてくれないことに失望し、最早大を見ようとはしなかった。

「詩音ちゃん。私、笑ってなんかないよ。ほんまに、弱いなんて思ってへん。優しい子やと思ってて……。ごめんな。私の言い方が悪かったねんな」

大はもう一度彼女に話し掛けたが、拒絶するように顔を背ける詩音に、伸ばしかけた手を引っ込めるしかなかった。弁慶も塔太郎も二人の間を取り持とうとしたが、触れたら壊れそうな詩音に声を掛けられず、困ったように見守っている。塔太郎は、大に小さい声で「気にすんな。子供やし、しゃあない」とこっそり言ってくれたが、今回ばかりは大も悲しくなる一方である。僧兵だけは何も気にせず、

「やれやれ。泣けばいいと思ってんのかね」

と嫌みを言ったので、弁慶と猿ヶ辻に頭をはたかれていた。

無言のましんみりした空気が続いていると、ちゃぶ台の上にすっと人影が差した。振り向くと、俊光が盆を持って立っている。盆にはラップに包まれたおにぎりがたくさん載っていた。出来たてを運んでくれたのである。

俊光は、台所で詩音の話を聞いていたらしい。膝立ちになって小皿を並べながら、詩音の背中に呼び掛けた。

「詩音君といったかな。おにぎりが出来たから食べなさい。そうしたら、少しは気分も晴れるだろう」

「……」

「ふむ、いらんのか。ならいい。お喋りする子がいないなら、俺が独り言を言うとしよう。……君は確か、学校で友達に譲ったり、謝ったりすると言ったな。相手が怖いから、自分が一歩引いてしまう。その弱さを実感するのは辛いだろう。強くなりたいのになれないと実感するのも、また辛い。

ならば詩音君。一度、見方を変えてみたらどうだ。君が譲ったから、他の誰かが一輪車に乗れた。君が謝ったから、それ以上の争いにならなかった。どんな心情であったにせよ、その行為自体は悪くないのだ。今の君は、誰かのためになる可能性を持っている。そんなふうに、弱さを優しさと捉えてみたらどうだ？　弱さが嫌だという気持ちは分かるし、今後、武道で強くなるのは構わん。しかし、君の行動が誰かのためになっている事だけは忘れるな。——さて、難しい話はこれぐらいにしよう。神仏の皆様方も、お好きなだけどうぞ」

　俊光がちゃぶ台に皆を呼び、仏頂面で塔太郎にも小さく手招きする。一人、また一人とおにぎりを取る中、塔太郎が笑顔で俊光に頭を下げて、おにぎりを食べた。

「これ、俊光さんが作らはったんですか」

「悪いか⁉」

「いや、美味しいって言いたかったんですって。ありがとうございます」

「俺の自信作だ。美味しいに決まってるだろう」

　やはり悪態をつきつつ俊光はまた立ち上がって、台所から追加のおにぎりを持ってくる。よく見ると、ラップには黒のペンで小さく「梅」「高菜」と書いてあった。食べ物というのは偉大なもので、しんみりしていた空気が和らいでいく。少彦名命や猿ヶ辻は、特別に作ってもらった小さいものを三個ほど食べて満足げである。弁慶は今の俊光の話に興味を持ったのか、光明宗の事を聞いている。大も、俊光に勧められて高菜のおにぎりを頬張った。

　ちゃぶ台から離れていた詩音は、ふさぎ込んではいても、俊光の言葉を自分なりに受け止めたらしい。やがて、少し納得したようで、ようやく顔を上げた。詩音が

まず大に言った言葉は、

「お姉さん。嘘つきって言うて、ごめんなさい」

だった。詩音のひと言で大は救われたような気持ちになり、

「ううん、私の方こそごめんな」

と即座に謝って仲直りすると、詩音は微笑んで頷いてくれた。一度は拒絶されたものの、再び心を開いてもらうとやはり嬉しく、

「詩音ちゃんは、やっぱり弱い子とちゃうよ。優しい子なんやと思う」

と、自分の正直な思いを伝えると、今度こそ、彼女に届いたらしい。詩音の表情がほんの少し明るくなった。

「うちは、そういうのなんかな」

「もちろん。刀の封印を解いたんも、可哀想な幽霊のためやったんやろ？　優しい人の方が、絶対に周りから愛されると思う。それは、強い人と同じくらい、凄い人なんちゃうかなぁ」

と言う大に弁慶も全面的に同意し、

「詩音さんは、静御前というお方を知っていますかな？　あの方は、戦は出来ませんが、大変に気立ての良い方です。殿の信頼も厚く、ご寵愛は一番の白拍子でして……」

と、静御前の素晴らしさを聞かせた。詩音は、徐々に立ち直っているらしい。劣等感が消えた訳ではないが、もう美波ちゃんや大を羨む気配はなく、一同をほっとさせた。

弁慶の話を聞きつつおにぎりに手を伸ばした詩音だったが、あと少しというところで急にその手を引っ込める。数秒、そのまま動かずにいた後、

「私、お手洗いに行ってくる」

と、席を立ってしまった。大達は何も考えずに見送り、そのままおにぎりを食べたり、他愛(たわい)ない話をしたりして待っていたが、詩音はなかなか戻らなかった。

「遅いなぁ」

と猿ヶ辻が言うと、弁慶が、

「女性のお手洗いは、男のようにはいきませんからなぁ。深く考えるのは失礼というものでしょう」

と笑っている。確かにそうだと大も思っていたのだが、それにしても長いと感じて隣の塔太郎を見ると、考え込んだまま、微動だにしない。

「塔太郎さん？　どうしはったんですか」

「……詩音ちゃんって、自分の事を『うち』って言うてたよな」

「え？　はい。小学生の女の子やったら、珍しくないと思いますけど……？」

一瞬何の事か分からなかったが、手洗いへ行く直前の事を言ってるのだと気づいた時、

「詩音ちゃん、さっき『私』って……」

「確か夕方、僧兵がお詫びのお菓子を詩音ちゃんに……まさかそれ、食べてたんちゃうけ⁉」

全てを理解した大は青ざめる。塔太郎が座布団を蹴って、手洗いへと駆け出した。ドアを叩いて大声で彼女を呼んだが、中から返事はなかった。弁慶や俊光も立ち上がっていた。

「俊光さん、いいですね⁉」

「構わん、やれ！」

俊光が叫ぶと同時に塔太郎が足に雷を巡らせ、一撃で手洗いのドアを破壊する。四方に砕け散ったドアの向こうには誰もおらず、子供ならば出られる大きさの窓が開いていた。

「そんな……詩音ちゃんが……」

血の気が引いてふらつきそうになる大の肩を、塔太郎がしっかりと掴んだ。

「一人称が変わってたって事は、誰かに操られてるんや。大ちゃんはここにいて、栗山と深津さんに連絡してくれ。俺は捜しにいく」

「は、はい！」

「すいません、皆さん！　あとはお願いします！」

塔太郎は振り返らず、先斗町に飛び出していく。詩音の失踪に、弁慶と俊光は「何という事だ」と呆然とし、猿ケ辻は首を捻っていた。

「いやぁ、僕らも気づかへんかった。えらいこっちゃ。操るにしても、そんな術がかかってたら分かるもんやのに」

これには少彦名命が真相に気づき、

「夕方のお菓子に術を仕込んでたんやな。詩音ちゃんが一個でも食べてたら、術者の合図で発動するやつや。食べた時間から考えると相当な遅効性――これでは、発動せえへん限り、僕らかて分からへん。坂本くんが上手く見つけてくれたらええけど……。十中八九、詩音ちゃんは敵の手に落ちたやろうな」

居間から、僧兵の笑い声が聞こえてきた。

先斗町の細い路地から木屋町に抜けた詩音は、通りの隅にひっそり停まっている車に目をやった。ドアを開けて手招きする僧兵を見て、真っすぐに歩み寄る。

命盛寺でおにぎりを食べようとした途端に目が眩み、頭がぼうっとして、今のように、体が勝手に動くのである。詩音の頭は状況を把握できず、その瞳は虚ろだった。

「詩音様！　お待ちしておりました！」

後ろの席にいる僧兵が、詩音の腕を取って奥の座席へと押し込める。成瀬は運転席にいて、助手席は鬼若だった。

「お帰りやす、詩音ちゃん。術の効力が残ってたようで何よりですわ」

成瀬がゆっくりと振り向き、元から細い目を、線のようにして微笑んでいる。その表情は、明らかに本心ではなかった。鬼若は何も言わず、後ろの詩音をちらりと見るだけだった。

「さ、面子も揃たことやし。『あやかし課』が来る前に動きまひょ。詩音ちゃんは逃げんといてや。もっとも、自分の意志では何にも出来ひんやろうけど」

成瀬が車を発進させると、電気自動車だったのか、音もなく動き出した。滑るように木屋町を抜ける車の中で、詩音はぼんやりするしかなかった。

「お前の術で、詩音が戻ってきた訳だが……。こいつは一生、今みたいに呆けたままか？」

鬼若が訊くと、「私が生きてる限りはねぇ」と、成瀬が軽く答えた。

「まぁ、それで構しまへん。刀の封印はほぼ解き終えましたし、人質いうもんは、生きてさえいれば価値があります。子供やったら尚更です。

という訳で鬼若はん。最初の計画では、弁慶はんを捕まえて、あんたが彼に取りついてから府警本部、白旗神社……と思てましたけど。このまま、先に本部へ行かしてもらいますよ。よろしな。この子を盾にすれば、奴らも渡会はんくらいは釈放するでしょう。それが私の目的やさかい」

渡会というのが誰なのかは、詩音には分からない。しかし、京都府警に捕まっているという事は、悪い奴なのは確かである。今の詩音には、それぐらいの理解力しかなかった。

成瀬はハンドルを切って北に向かおうとしたが、

「ちょっと待て。話が違う」

と、鬼若が異を唱えた。

「成瀬。お前は俺に約束したな？　お前を護衛する代わりに、僧兵の軍を提供し、弁慶や義経を相手に一世一代の戦いをさせてやると。だから、俺は今までお前の傍にいて守ってたんだぞ。弁慶と、すぐにでも一騎打ちしたいのを我慢してたな！」

食いつかんばかりに迫る彼を、成瀬はいささか呆れたように一瞥する。しかし、鬼若はやめなかった。

「このまま府警本部に行くのはごめんだ。弁慶に勝って取りつき、完全な『鬼若』

となって合戦したい。その足がかりの弁慶すら、まだ捕まえてないんだぞ」

「そない焦らんでも。こっちには人質もおるんやし。このまま府警本部に行って、交渉が上手い事いったら、渡会はんまで仲間になるんやで？　鬼若はんの合戦ごっこは、その後でもええやないか。渡会はんの黒い太刀はぴか一や。彼も含めた完璧な軍勢で、適当な所に拠点を構えて、弁慶はんや白旗神社を襲えばいい。ほしたら、一世一代の戦いも、黄金の太刀の強奪も一挙に出来ますやろ」

「その途中で、今みたいに計画が狂ったらどうする。不完全燃焼はまっぴらだ。俺はもう待てん！　渡会より俺の望み、戦うのが先だ。まずは弁慶とあやかし課に宣戦布告だ！」

「無茶を言いなや。私らは、もう追われてる身ぃなんやで。詩音ちゃんも術で絡め取ってるし、遊んでる暇はありまへん」

成瀬と鬼若が口論になる。成瀬はあの手この手で説得していたが、鬼若は聞く耳を持たず、次は自分の番だとダッシュボードを叩いた。その音に、詩音はおろか僧兵まで怯えたように縮こまる。

成瀬は、これ以上の口論は分裂を招くと考えたらしい。ハンドルを指でつつきながら、大袈裟にため息をついた。

「しゃあないな、もう……。鬼若はんの好きなとこ、行ったらええのやろ。渡会はんは、その後でええのやろ。で？　どちらに行くねや？」

「清水寺だ」

「はぁ？　何でまたそこに……」

「七百以上の兵を置いて戦うに相応しい場所は、あそこしかない。前面は開けて周りを見渡す事が出来るし、背後は山だ。太刀の中での耳学問だが、本当に城になった事もあるそうじゃないか。何より、清水の観音なら俺の話を聞いてくれる。城とまではいかんが、ここを拠点に、弁慶や『あやかし課』とやらを叩き潰してやるんだ。そのまま府警本部へ行って、渡会がどの山寺にぶち込まれたか聞き出して分捕ればいい。白旗神社へはその後だ。暴れれば暴れるほど、俺の名も轟くだろう。

——この計画、いいと思わないか？」

　これを聞いた成瀬は、面白そうに頷いた。

「結構どすなぁ。鬼若はんは頭ん中で、そんな合戦図屏風を描いてはったんやなぁ」

「馬鹿にするのなら、同盟は破棄だぞ。この先、お前一人でどうするか見物だな」

「はいはい。ここは素直に従いますよって。私かて、結構な乗り気なんやで？　あの清水寺で馬鹿をやれる機会なんて、そうそうないのやし」

　成瀬は車のブレーキを踏んで方向を変える。五条通りに出て東へ向かい、茶わん坂を経て清水寺へと到着した。詩音は車から降ろされて、成瀬と鬼若、介添え役の僧兵と共に仁王門への階段を上った。

音羽山清水寺は、宝亀九年（七七八年）の開創以来、京都だけでなく世界的にも注目されている寺である。その賑わいは、清少納言が『枕草子』にもその参籠の様子を記すほどで、現世利益を求めて今でも人々が集まっている。

現在は一寺一宗の北法相宗だが、元は法相宗で、南都仏教・興福寺の末寺だった。そのため、平安時代末期には興福寺と延暦寺の武力衝突に巻き込まれ、藤原定家の『明月記』によると、清水寺が城塞化したという。

修学旅行や書籍等で、誰もが一度は見た事のある「清水の舞台」、ご本尊の十一面千手千眼観世音菩薩が祀られた本堂、成就院や三重塔など見所がいくつもあり、周辺には三十余りの伽藍や碑が建っている。

奥の院の真下に音羽の滝が三筋に分かれて流れており、その細くて美しい瀧が、「清水寺」の由来だった。

諸堂それぞれが阿弥陀如来や大日如来を祀っているが、清水寺全体としての本尊は、十一面千手観音である。これこそが、あらゆる衆生の願いを聞き、叶え、苦しみから救ってくれるという存在だった。

月の下の仁王門から、暗い門前町が見下ろせる。連なる瓦屋根が、月光に潤みを帯びて光っている。昼間は賑わう通りが、今は嘘のように静かだった。

仁王門の手前には狛犬達が、仁王門には仁王が両側に鎮座している。彼らは、鬼若達を只ならぬ者と見抜いていた。

「こんな時間に、何用だ」

仁王が恐ろしい声で言い、狛犬が警戒する。そんな彼らに鬼若は少しも動じず、

「参拝だ。清水観音に聞いてもらいたい事がある」

と答えた。そう言われれば仁王達も追い払う訳にはいかず、詩音達を通して見送った。

灯りがほとんどない闇の中、随求堂や轟門を過ぎ、本堂に辿り着く。南には舞台が張り出しており、そこから、眠るように灯りを落とした京の町が見えた。

詩音が虚ろなまま立っていると、鬼若が本堂の板扉の前に立つ。成瀬がいうには、本尊である十一面千手観音が、本堂奥の閉ざされた空間、内々陣の厨子の中にいるらしい。その左右には武装した脇侍、「勝敵毘沙門」と呼ばれる毘沙門天と「勝軍地蔵」と呼ばれる地蔵菩薩がいる。彼らも厨子の中にいて祀られていた。

厨子の外側に、眷属である大梵天、帝釈天、大弁功徳天などの二十八部衆と風神・雷神がいる。さらに外陣が舞台に直結しており、太い柱が何本も立っているこの場所が、一般人も歩ける礼堂だという。

「清水観音よ。心願を持つ者が参ったぞ。俺の願いを聞いてくれ」

鬼若が堂々と呼び掛ける。その瞬間、彼の両側にたくさんの神仏が現れた。詩音には教科書の仏像そのままに見えたが、全員生きていた。

「彼らが、二十八部衆や」

驚く僧兵に、成瀬が素早く耳打ちする。二十八部衆は、突然やってきた鬼若や詩音、成瀬達を黙って見守っている。彼らは本尊を守るだけでなく、観音を信仰する者の守護者でもあった。そのため、鬼若が不遜な態度を取ろうとも、清水の観音に何かを頼みにきた者に対して手出しはしなかった。

「清水観音。いないのか。俺の言葉は無視するのか」

焦った鬼若が声を荒らげると、内々陣から声がした。

「今、そちらへ行きますよ」

奥に小さな光が現れて、やがてそれは、「お前立ち」という本尊そっくりの仏像に入る。十一面千手観音は秘仏で、三十三年に一度御開帳される仏様である。普段はこの「お前立ち」を人々の前に立てて、衆生の願いを聞くのだった。

その黄金のお前立ちがゆっくりと歩き出し、鬼若の前で立ち止まった。

「こんな夜更けに来るとは、何か深い訳があるのですか。どうしましたか」

という観音の問いに、鬼若はまた堂々と答えた。

「自分は、太刀に封じられていた鬼若と申す者。訳あって、一世一代の戦いをしたいと望んでおります。しかし、今の都には軍勢を置ける場所がありません。そこで、ここをお借りしたい」

　言い終わった途端、二十八部衆の誰かが叫んだ。

「馬鹿な！　何を言うんだ」

「戦いの場として寺を貸せとは、思い切った事を言うものだ」

　彼らは武器を握って怪しみ、詩音や成瀬を取り囲む。成瀬は「まぁまぁ、皆様方」と言ってわざとらしい笑みを振り撒くが、僧兵は震え上がっている。詩音はやはりぼんやりとしたまま、二十八部衆や十一面千手観音を見上げていた。

　一触即発の状態の中、十一面千手観音は、鬼若の願いに耳を傾けた。

「貸してほしいというのは、本堂だけですか」

「全域です。それだけでなく、周辺の町も、戦いの場としてお借りしたい」

「そなたは何のために、私へお願いをするのですか。人を殺めたいのですか」

「違う。先ほども申した通り、一世一代の戦いをしたいと。……あいつばっかり、弁慶ばっかり、ずるいんだ！」

　突然、鬼若が堰を切ったように語り出した。これには詩音も驚き、彷徨っていた目線が、彼に向けられる。鬼若は、十一面千手観音が黙って聞いてくれるのを見て、自分の思いをまくし立てた。

「観音様なら全てお見通しだろうが、俺の名『鬼若』は、弁慶の幼名だ。だから、俺と弁慶は元々一つだった。鬼若と呼ばれていた時代は、父に疎まれ、寺に預けられ、勉学に励めば妬んだ奴にいじめられた。俺が悪い訳じゃないのに、でかくて醜い外見のせいで、散々な嫌われようだった。だから、鬼若の部分を前に出して、力を頼みに強くなったんだ。

ところがどうだ。師にまで嫌われた。旅先でも、馬鹿にされて酷い目に遭った。こんなのってあるか！　だから、いっそ悪い奴になってやったんだ。とことん強くなってやろうと、いろんな武人から太刀を奪った。そんな時、義経に負けて主従の契りを結んだ。

ようやく！　ようやく俺は主人と仰ぐべき人に認められて、まともな人生を送れると思ったんだ。俺という乱暴な心も、日本一の家臣『武蔵坊弁慶』の一部になるはずだと……そう生まれ変わるつもりでいたんだ。

それなのに！　気づけば俺達は二人になっていた。そして、鬼若と呼ばれた俺は太刀に封じ込められ、その後の弁慶の活躍を、太刀の中で聞く事しか出来なかった……。

こんなのってあるか!?　俺はついに、自分自身にも見捨てられたんだ！　義経に付き従って華々しい戦いをしたのも、語り継がれる最期を遂げたのも、祀られるようになったのも！　皆、俺を捨てた綺麗な心のあいつ、『弁慶』じゃないか！　あいつだけずるい！　あいつが憎い！　もう誰に嫌われたっていい。俺も戦をして、弁慶やあやかし課、義経にさえも勝って、自分の名を轟かせてやると決めたんだ。だから寺を貸してくれ！　駄目だと言うのなら、他の場所を分捕ってでも……」

こんなにも拙い鬼若の言葉を、十一面千手観音は黙って聞いており、詩音はただただ鬼若を凝視していた。

鬼若は強いはずである。詩音が成瀬の家で刀の封印を解いた時、出てきた僧兵の全員に腕っぷしで勝ち、彼らを従えた。今しがた語った彼の過去では、いじめられたが故に強くなったと言っていた。

しかし結果はどうだろう。強くなった事で、鬼若は師にも捨てられ、自分自身にも捨てられ、彼自身はくさっている。全てを戦いで晴らしたいという気持ちを、鬼若は、まるで幼子（おさなご）が母親にぶつけるみたいに、切々と十一面千手観音に訴えている。

それはまるで、先ほどの詩音が、簪のお姉さんに向かって泣いて訴えた姿とよく似ていた。鬼若はどんな僧兵よりも強いのに、弁慶への羨望と劣等感をずっと抱えていた。それを露（あらわ）にしたら、あんなにも弱々しいのである。

初対面の鬼若はあんなに恐ろしかったのに、なぜか今の詩音はそう思わなかった。むしろ今のこの姿こそ、鬼若の本性とさえ感じていた。

十一面千手観音は、鬼若の声をただじっと聞いている。彼を叱るでもなく、甘やかすでもなく、彼の気迫を受け止めていた。

やがて、十一面千手観音の出した答えは、

「分かりました。貸してあげましょう」

というものだった。これには成瀬や僧兵だけでなく、鬼若さえも驚いていた。二十八部衆はその瞬間こそ戸惑ったが、すぐさま、十一面千手観音の無限の慈悲を理解した。

「よほど、悔しい思いをしてきたのですね。何もかも上手くいかず、寂しいという気持ちが伝わってきます。その鬱憤を戦いでしか晴らせない、もう耐えられないというのなら……よそ様のご迷惑とならぬよう、この清水寺を使いなさい。ただし、戦いが終わるまで、あなた方は寺の周辺から出られません。また、寺や門前町の家屋、戦いに無関係の人々は一切傷つけさせません。明日には、事情を知った京都府警があなたを退治しにくるでしょう。それに勝ったとて、二十八部衆もいます。あなたは、白旗神社へ辿り着く前に、いつか退治されるでしょう。おそらく後はありません。――これでよいですね」

それを聞いて、成瀬が狼狽する。鬼若は、観音の慈悲に感激し、しばらく思案した。その後に計画していた義経への復讐は諦めたらしく、やがて決断した。

「それでいい。一世一代の戦いのためだ。こんな機会は二度とない。義経には、生まれ変わって挑むとしよう」

「では、そういたしましょう。私どもは内々陣に戻ります。貫主（かんじゅ）や、清水寺門前会の会長、京都府警への連絡は、事情の説明も含めてこちらがします。遣いの役目は、風神にさせましょう」

「礼を言う。俺も、今から僧兵達を集める」

「鬼若はん！　それこそ話が違うやないか！」

成瀬が鬼若に詰め寄ろうとしたが、二十八部衆の視線を受けて足を止める。もうこの状況に従うしかないと判断した成瀬は、悔しそうに奥歯を噛（か）んだ。

話が終わり、十一面千手観音は内々陣へ戻ろうとする。詩音は、十一面千手観音が全ての衆生のために動いていると気づき、その慈悲に心を動かされた。

（今の鬼若みたいに……いくら力が強くても、気が強くても、満たされずに心が弱い事もあるんや。反対に、十一面千手観音様みたいに強くなくても、優しくて偉大な存在もあるんや。うちかて強くないけど……観音様みたいに生きる事は、出来るかもしれへん）

詩音は、自分が今後どうあるべきかを見つけたような気分だった。その瞬間、体中を綺麗な水が通ったような解放感があり、喉も体も動くようになった。詩音は勇気を出し、鬼若の袖を引いていた。

「――鬼若さん。悪い事は、もうやめよう？　仏様にまで迷惑をかけたら、あかんと思う。寂しいんやったら、うちが友達になってあげる。せやし……戦うんはやめて自首しよう」

鬼若が、驚いたように目を見開く。成瀬が慌てて詩音の顔を覗き込んだ。

「そんなあほな！　術はまだ……」

成瀬が口をつむぐ。詩音も、成瀬をじっと見返した。そして、

「成瀬さんも、一緒に警察へ行こう？　自首したら、罪が軽くなるかもしれへんし」

と、自身も驚くほどすらすらと提案していた。成瀬は相当戸惑っているようで、冷や汗をかいて目を泳がせている。鬼若は無言でこちらを見つめていたが、やがて意を決したように詩音の手を振り払った。

「俺はもう、友なんぞいらん。清水寺まで借りて、今更引けるか」

「でも、悪い事には変わりないんやで。皆に、余計に嫌われるんやで」

「それでもいいと言っただろう！」

鬼若が怒鳴ると同時に、成瀬が足早に近寄ってくる。詩音の体を、強引に鬼若から引き離した。

「世迷い事は、そんぐらいにしとき！　大人の話に口を挟むな！」

成瀬もまた、強い口調で怒鳴りつける。詩音は怖いとは思ったが、自首の提案を引っ込める気はなかった。詩音はもう一度、寺の迷惑になると言おうとしたが、

「やめなさい」

と、柔らかく凜とした声で、十一面千手観音が止めに入った。

「その子は家に帰します。鬼若の軍につかない以上、先ほど申した無関係の方です。ですから、手出しはいけません。約束は守ってもらいますよ」

その言葉に、二十八部衆が構えて成瀬を牽制する。無言のままの僧兵はもう泡を吹かんばかりに震えており、成瀬は舌打ちして詩音から離れた。鬼若は詩音の目を見つめた後、十一面千手観音に向き直った。

「……ああ、そうだな。詩音には、ここで帰ってもらおうか」

「それでは風神。あとは頼みましたよ。子供は一旦、変化庵へ連れていきなさい」

「はっ」

二十八部衆の間から、風神が進み出て詩音を呼ぶ。詩音はそれに従って彼の雲に乗り、安全を確認した風神が雲を浮き上がらせると、突然、鬼若が詩音を呼び止めた。そのまま腰の刀を鞘ごと抜く。詩音が何かと思っていると、刀を差し出した。

「これは、お前にやる。元はお前の家にあったものだ。俺が消えたら刀も消えるか

もしれないが、運よく残ったら、まぁ、好きなようにしてくれ」

「はぁ⁉ 鬼若はん、もう、あんた何してますのや⁉ 天下の紅葉丸を渡してもえ
えのかいな⁉ あんたの武器は⁉ どうすんのや」

「新たに作ればいいだろう。南側は森だ。太い木の棒でも拾えば、お前が薙刀に変えてくれるんだろ？」

「人の特技を、便利道具みたいに言うて……！」

歯噛みする成瀬を無視して、鬼若は紅葉丸を詩音に押し付ける。彼の目を真っすぐに見つめて、詩音は黙って手を出した。

詩音が紅葉丸を抱き、鬼若が離れた瞬間、雲が動き出す。そのまま風神と詩音は舞台から飛び出て寺を下り、門前町から京都駅方面を目指した。

詩音達が見えなくなる直前、鬼若がわざとらしく背を向ける。十一面千手観音が、微笑みかけてくれたのを詩音は感じていた。

「彼らに自首を促してくれて、ありがとう。そなたは優しい子ですね」

頭に直接響いたその言葉と、眼下の光景を、詩音は生涯忘れなかった。

詩音が命盛寺からいなくなった後、塔太郎が必死に周辺を捜したものの、彼女を

見つける事は出来なかった。栗山と総代が踏み込んだ成瀬の家も、既にもぬけの殻だった。

事態は最早、変化庵と喫茶ちとせ全体の問題である。大達は、俊光に礼を言って寺を出て、ひとまず変化庵に集合することになった。深津達も駆けつけるという。

大は、詩音をちゃんと見ておけばという後悔で胸が潰れそうだった。弁慶に至っては、引きずるように連れてきた僧兵をずっと睨んでいる。

京都タワービルの前でタクシーを降りると、二十四時まではライトアップされる京都タワーも、深夜の今はさすがに真っ暗だった。

変化庵へ移動しようとした時、東から、夜目にも分かる純白の雲が飛んでくる。雲の上には風袋をはためかせた風神と誰かが乗っており、スクランブル交差点の京都駅側に下ろされたその子は、紛れもなく詩音だった。彼女は、刀を両腕で抱いている。

「詩音ちゃん！」

大は反射的に叫び、塔太郎達が止める間もなく横断歩道を駆け出してしまう。安堵するとともに心配のあまり詩音の両肩に触れ、怪我や異常がないかを必死に調べた。

「気分が悪いとか、そういうのはない？　どんな小さな事でも言うてな」

「うん。大丈夫」

彼女の話し方は、しっかりしていて元気そうである。隣の風神が、

「この子は、自分で術を解いたらしいぞ。成瀬という者が慌てておった」

と言ったので、大は驚いた。

「やっぱり、成瀬に操られてたんやな。でも、自力で解いたって……」

「うち、解こうと思って出来た訳ちゃうねん。鬼若さんと観音様の事を考えてたら、自然に、自分を取り戻してた」

自覚こそないようだが、今の受け答えを聞く限り、自ら術を解いたのは本当らしい。一人称も、元通り「うち」に戻っていた。

弁慶や塔太郎、近くの変化庵から絹川と深津達もこちらへ駆け付けると、風神が全員を見回した。

「人外特別警戒隊の皆様、ご苦労様です。私は、清水寺のご本尊を守る風神。そのお方の命で、ここに来ました」

彼は、清水寺に鬼若達が来た事を話し、その目的と現状を詳しく説明した。その内容には、長年京都を守ってきた深津や絹川でさえ驚いていたが、分け隔(へだ)てなく慈悲を与える清水の観音なればこそ、と納得できるものだった。

弁慶は、鬼若の行為に呆れ果てて目を閉じた。

「俺の邪心……、奴の考えそうな事だ。恥を知れのひと言しかない」

続いて、詩音の証言によって成瀬の目的が判明する。これは先ほど以上の衝撃で、大は今度こそ耳を疑った。

「渡会⁉ ほんまに、ほんまに成瀬がそう言うてたん？」

「うん。黒い太刀を持ってるとか、そういう話をしてた。ワタライはんって呼んでたから、知り合いやと思う」

大の心に、数ヶ月前の悔しい記憶が蘇る。横の塔太郎も苦い表情だった。

「あいつか……。その名前を、また聞くとは思わんかったわ」

渡会とは、鬼笛の事件の首謀者として大達と戦い、逮捕された剣士である。白い着物と白袴に漆黒の太刀。その剣術は、狂犬のように獰猛だった。

それだけでなく、巨大な骸骨を操り、烏天狗や雑鬼を乗せた牛車で襲撃したり、月詠に毒矢を射って配下に収めたりと手段を選ばない男だった。大は変身して渡会と兵刃を交えた事があり、二回とも、まさるであったにもかかわらず剣術で敗れていた。

その渡会と成瀬が結びつくなど、全くの予想外だった。しかし、よくよく考えてみれば、手下を操ったり誰かを引き込んだりするなど、やり口に似通った点がある。鬼笛の事件であれだけ自分たちを苦しめた渡会が、収監先から逃げて成瀬と手を組むなど、考えるだけでも恐ろしかった。

全員が状況を把握したところで、風神がもう一度口を開いた。

「ご本尊は、鬼若の言葉にさえお耳を傾けられた。そのご意向を最優先して、我々は基本的に、周辺地域の守護に専念する。誰かが鬼若達を制圧せねば、やがて寺から町へとなだれ込むだろう。そうなれば、我々も動くしかない」

風神は、直接的な表現をしなかった。しかし、大達に向かってそう言うからには、やるべきことは一つである。

「分かりました。そういう時のための私達です。向こうもそうでしょうが、精兵(せいびょう)はこちらにもいます」

と絹川が言い、

「京都府警の人外特別警戒隊が、受けて立ちましょう」

と、深津も毅然(きぜん)と応えていた。

その場にいた全員が、鬼若との全面対決を望んでいた。

翌朝、伏見稲荷大社氏子区域事務所の和装体験処「変化庵」で、作戦会議が開かれた。変化庵の隊員達、大や塔太郎だけでなく、玉木や琴子も招集を受けて参加している。もちろん、詩音も保護のためという理由で傍にいたし、白旗神社への連絡を終えた弁慶もいた。彼に睨まれ、見張られている僧兵も一緒である。

詩音が抱えていた刀は、その刃文から紅葉丸だと判明した。皆で丹念に調べてみたが、今は霊力もない空っぽの器のような、ただの美しい刀だった。

「鬼若さんが返してくれてん。これを、好きにしろって言わはった。警察に渡さなあかんとは思うけど……、もうちょっと、持っててもいい？」

詩音が、不安げに訊いた。絹川が、戦いが終わるまでは大丈夫だと答えると、彼女はほっとしたような表情を見せて再び部屋の隅へと戻った。

清水寺と門前町、法観寺（ほうかんじ）の八坂の塔の辺りまでは、清水寺に隣接する地主神社（じしゅじんじゃ）の氏子区域である。狭い範囲のため、隔月で喫茶ちとせと変化庵が交替で受け持っている区域だった。

今回の作戦は、ちとせも変化庵も総動員である。ちとせ側は、エース・塔太郎を筆頭に全員が前線に立ち、変化庵もほとんどが出陣。一部の者は、事情を知っている命盛寺で詩音を守ると決まった。

この日、詩音はもちろん学校どころではない。彼女の通っている高倉（たかくら）小学校の校長には絹川が電話し、出張中だという彼女の父親には深津が電話した。

霊感のある校長は事情を理解し、風邪という理由にして担任へと伝えてくれたが、父親の方は酷かった。霊感がないので事件に巻き込まれたと伝えたが、彼の返事は、親ではなく鬼かと疑うものだった。

「は？　不良同士の喧嘩に巻き込まれたんですか？　あー、もう。保護してるんやったら、そのまましばらく預かっといて下さい。いや、こっちも仕事中なんで、迎えに行けないんで。全部終わったら、まぁ、一応連絡ください。もしあいつが何かの罪に問われるんでしたら、おたくの判断でどっかに入れてもいいですよ。この際、いい機会なんで」

電話を切った深津は、ため息をついていた。

「世の中には、そういう親御さんもいるしなぁ」

大や琴子をはじめ、皆が父親の無責任さに不満を持ったが、詩音は悲しむ様子もなく俯いて言った。

「うちのお父さん、そういう人やもん。世間体だけで親をしてるって、前から言うてるし……」

詩音に関わる連絡が終わると、作戦会議はより具体的となった。僧兵七百余りに対して、こちらは合わせて十数人。数の上では圧倒的に不利だが、対抗策はあった。総代である。

彼は、描く時間さえあれば味方を作れる。この会議中から作戦開始まで、総代は死に物狂いで狐の絵を描き続けた。巻物に描かれた狐は、一本につき百匹。それが五つ。これで数の差が埋められた。

「総代くん、大丈夫？」

「心配ないよ古賀さん。僕、変化庵の次世代エース候補だから。まぁ、実際になれるかは、別だけどね」

途中、疲れも見せずに嘯く総代の頭を、栗山と絹川が両側から掻き撫でていた。

絹川がホワイトボードに清水寺と周辺の地図を描き、人員の配置を確認する。清水寺へと向かう道は、参道である清水坂を中心に大きく分けて五つある。いずれも、南北に走る東大路通りから入り、収束するように清水寺へと向かっていく。どれも、道幅は広くない。しかしそれゆえに、僧兵の大群に囲まれにくいという利点があった。絹川が、ペンにキャップをはめて見回す。

「みんな、道は分かるやんね？　一班から五班に分けて、狐の巻物を一本ずつ持って戦ってもらうわ。雑魚は狐に任せて、強い奴は自分達でやってね。うちの人らは、弓矢の準備をしっかりして下さい」

高台寺南門通りからの道を、栗山と総代の一班が。

法観寺の五重塔を横切る八坂通りを、塔太郎と大の二班が。

清水坂を、絹川の三班が。

五条坂を、深津の四班が。

そして、茶わん坂を琴子と玉木の五班が攻める事になった。

絹川や深津には、変化庵の他の隊員達がつく。竹男は、法観寺の許可をもらって特別に五重塔の中へと入り、五層目の小窓からの物見役となった。

計画がまとまる直前、深津が塔太郎に妙な事を尋ねていた。

「塔太郎。鈴って、いくついける？　三つが限界やったっけ」

「特練で増やしましたよ。今は四つです。それでも一個足りないですけど……代わりに、狐の巻物を鈴を持たない班に渡します。八坂通りは狭いので、狐がいなくても、俺と大ちゃんと鈴があれば大丈夫です」

「よっしゃ。絹川さん、どやろか」

大は、鈴というのが何か分からない。知っているらしい絹川が快諾すると、塔太郎が小さく気合を入れていた。

「ありがとうございます。久し振りなんで、頑張ります」

「あの、塔太郎さん。鈴って？」

「これや、これ」

塔太郎が、腰元の鈴を指でころんと動かす。それは、大が彼と初めて会った時から、腰の赤い紐に付けられている鈴だった。使っている場面はおろか、鳴っているのも見た事がない。

「それ、飾りじゃなかったんですね」

「実は武器やねん。集団戦用で、一応、深津さんから『雷線』って武器名をもらってるけど……、扱いが難しいから滅多に使わんし、俺も深津さんも、結局『鈴』って言うてるわ」

雷線の話を聞き、それに驚いていると、深津が大に念を押した。

「古賀さんも、今回は開戦と同時に、いや、その前に変身しといて。敵の数が段違いやから、とにかく全力でいく必要がある。雷線を使う塔太郎には隙が出来るから、ちゃんと守ったげてや」

「はい！」

深津に任されて、大の心は高揚する。しかし、まさるは話す事が出来ない。混戦の中では意思疎通が難しそうだった。どうすればいいかと考えていると、塔太郎がそっと、机の上に小さな何かを置く。小さな犬笛型の根付だった。

「大ちゃんも、同じもんを持ってるやんな。錦天満宮で、菅原先生から頂いた守り笛や。あらかじめ、吹き方や回数を決めたら意思疎通になると思うんやけど、どうや？」

「ありがとうございます。――早速、打ち合わせしましょう！」

会議を終え、全ての準備を整えた隊員達は、東大路通りの各道の入り口に立った。午後三時を過ぎ、日は傾きがちで気温も低かったが、清水寺を舞台とした作戦を前に、心は昂っていた。

鬼若と僧兵達は悪しき心の具現化で、成瀬は今回の事件の黒幕である。詩音が食べたお菓子には、成瀬の術が染み込んでいた。遅効性でも、頭も体も操ってしまう術の強さは生霊並みだったらしい。今は術が解けたとはいえ、成瀬が生きている限り安心は出来ない。

今回の目標は、清水寺に陣取る鬼若と僧兵達、成瀬全員の退治である。清水寺からも、当然のごとく交戦退治許可状が発行されていた。

本尊・十一面千手観音から事情を知らされた貫主や清水寺門前会の会長によって、周辺地域や門前町の店には、臨時休業するよう通達されている。霊感のない者の店や家庭に関しては、大掛かりな映画の撮影をするため、家の外には出ないという協力を取り付けていた。

大と塔太郎は、東大路通りに立ち、大は簪を抜いて変身する。揃いの守り笛は、それぞれ懐に入れていた。八坂通りの先を見据えると、山は紅葉の色に染まっている。通常なら観光客でごった返しているこの道も、今は誰もいなかった。

石畳の向こうに、法観寺の五重塔が泰然とした姿で建っている。まるで二人を見守っているかのようで、事実、その塔には竹男が登っていた。物見役の竹男は、感知能力を全開にして周辺の戦局を探り、教えてくれるのである。

（塔太郎、大ちゃん、聞こえるか？　竹男ですー。僧兵達もこっちに向かっとるで。今は二十ぐらいやけど、押せ押せでもっと増えるやろなぁ。他の班も、似たような状況やわ）

霊力による竹男の声が、頭の中に直接届く。竹男との連絡に道具は不要だが、栗山達との連絡は、塔太郎が腰に付けている無線機で出来るようになっていた。

その無線機が付いている塔太郎の腰には、四つあった鈴が一つしかない。残りの三つは、他の班に渡していた。

八坂通りを直進し、五重塔がどんどん大きくなる。町の中の八坂庚申堂を通過して少し開けた場所に着くと、既に僧兵達が集まっていた。

「まさる。頼んだぞ」

振り向かずに言う塔太郎の背中に、まさるは早速笛を吹いた。ぴ、という微かな音に、塔太郎は微笑んでくれたらしい。見えなくても、まさるには分かった。

僧兵の一人が集団から一歩前に出て、塔太郎と相対する。僧兵は、薙刀の石突で足元をこんと鳴らし、挑発した。

「よく来たな。鬼若様も俺も、貴様らが来るのを楽しみにしていた。ふん縛って、そこの塔から吊るしてやろう」

「そら、面白そうな話やなぁ。——出来るんやったらな」

どこかで、鳥が鳴いて飛び去った。その瞬間、僧兵が袈裟斬りにしようとする。その直前、塔太郎が相手の懐へ飛び込んで胴に雷の拳を叩き込んだ。その轟音が、開戦の号砲代わりだった。

腹を打たれた僧兵は、仰向けに飛んで気を失い、あっという間に砂となる。他の僧兵が怒濤の反撃をする中へ、塔太郎もまさるも突っ込んでいった。

（他の班も始まったぞ！　頑張れよ、お前ら！）

それを最後に、竹男との通信は一旦途絶えた。

まさるは、敵の凶刃を弾いては斬り伏せ、小柄で意気地のない僧兵達は、横に広く振る「一乗寺一閃」でまとめて倒した。

休む間もなく、新たな僧兵が斬りつけてくる。まさるは縦の一刀から素早く飛び下がり、空振りした僧兵の切っ先が石畳へがつんと火花を散らした瞬間、左足と腹をしっかり据えて右半身を出し、「比叡権現突き」を繰り出した。眉間を打たれて倒れる僧兵の胸板を踏み台に、猿のような身軽さで横へ跳ぶ。左から、熊手を持つ僧兵がまさるを捕まえようとしていたのに、彼はあっさり斬られてしまった。

塔太郎も、神業ともいえる速さで一人を蹴り倒し、また一人を突き、中堅の手練れらしい大槌の僧兵と戦っていた。

僧兵が甲高い声で大槌を振り、軽々と連撃するのと、雷の拳とが打ち合いになる。閃光と大槌の頭が速い点滅のように衝突を重ね、疲弊した僧兵がよろめいた。塔太郎はその一瞬を逃さず、上段の蹴りを入れて消滅させた。

両側が京町家の狭い八坂通りで、まさると塔太郎は代わる代わる豪快に、時には舞うように僧兵を倒し続けた。まさるは体力に任せて「神猿の剣」を惜しみなく使い、「修学院神楽」や「粟田烈火」で一気に敵を減らす。塔太郎は、まさるの傍にいて死角から攻撃してくる僧兵を討ちつつ、手練れの僧兵をも確実に倒してゆく。互いを目の端に捉えながら連携する剣と拳は、誰にも止められなかった。

清水寺では、成瀬と鬼若が僧兵達を指揮しているらしい。時間が経つにつれて僧兵の数は増えていき、徐々に進撃が難しくなる。再び、竹男の声が響いた。

（塔太郎！　産寧坂から追加や、十秒もしたら来よるぞ！　この辺で一気にやっとけ！）

「了解！」

塔太郎が僧兵の攻撃を避けつつ、まさるの後ろへと下がる。間髪を容れずに、懐の守り笛を素早く吹いた。

短い笛の音は、「雷線」を出す合図である。まさるは、塔太郎を守るように身の丈六尺の体を活かして壁となり、僧兵達が塔太郎に近づかないようにした。その隙に、塔太郎が腰の鈴をもぎ取り、僧兵達の中へ思い切り投げ入れた。

鈴は綺麗な放物線を描き、僧兵が最も密集している中へと落ちる。その瞬間、鈴が初めて微かに鳴った。それと同時に、塔太郎は左手を支えにして自らの右腕を伸ばして手を広げ、雷を放った。

「――一の鈴っ！」

掛け声と同時に、掌から出た青い雷が一直線に鈴へと向かう。彼の雷に反応した鈴は、元から溜め込んでいたらしい雷を一気に放出した。

これこそが、塔太郎の「雷線」である。彼の放つ雷に反応して、鈴が爆弾の如く敵を一掃するという技だった。案の定、僧兵達は足元からの雷撃をまともに浴び、弾き飛ばされるようにひっくり返っては消滅する。これを初めて見たまさるは、思わず瞬きした。

派手で、迫力も効果もある雷線だが、欠点もあった。鈴を投げる時と放電させる時、塔太郎は戦いの手を止めて集中しなければならない。その間二秒ほどを、まさるが命懸けで守るのだった。

もう一度、塔太郎が笛を吹く。委細承知したまさるが再び二秒を死守すると、彼は二年坂の方角へ手を伸ばした。

「二の鈴っ！」

放たれた雷は、十一面千手観音のご加護が効いている家屋をすり抜け、栗山達が投げたらしい鈴に向かって飛んでいく。成功したらしい。二年坂の方で、鋭く大きな破裂音がした。

敵が一掃され、塔太郎とまさるは再び八坂通りを突っ走る。

八坂通りと二年坂の合流地点を通り過ぎると、あとは産寧坂の階段を上り、清水坂の参道を進めば、仁王門だった。

ここでもやる事は変わらなかった。塔太郎とまさるは、道が空けば風のように走り、僧兵が声を上げて突進してくれば迎え撃つ。僧兵の数はさらに増えて、後方の僧兵が自分の刀を投げつけようとした瞬間、右側に連なる屋根の上から鏑矢が飛んできて、その僧兵を射た。

「栗山や！」

塔太郎とまさるが見上げると、狩装束の栗山が大きな狐に乗り、弓と手綱を握っている。狐は毛並みの良い金色の尻尾をふわりと揺らし、連なる屋根の上を身軽に走っていた。

彼は、狐の背で流鏑馬のように手早く矢を抜き出してつがえ、ぐっと弓を引いたかと思えば、別の僧兵を見事に倒していた。

「間に合って良かった！　お前らはこのまま突き進め。鈴のお礼に、厄介な奴は上から消したるわ！」

「よっしゃ、頼んだぞ栗山ぁ！」

信頼できる友の参戦に、塔太郎の士気はさらに上がったらしい。まさるが左側の屋根を見れば、同じく狐に乗った紋付羽織袴の総代がいた。

「古賀さん！　じゃないや、まさる君！　もう雑魚は捨て置いてね！　前は栗山さんが、後ろは僕の狐が引き受けた！」

後方から足音が聞こえて、一年坂を上ってきた総代の狐達が援軍となる。総代は、さらに狐や力士を描いて追加する。元は塔太郎とまさるの二人だったのが、彼らによって一大勢力となった。

この時、他の班も鈴を投げたらしい。まさるには察知出来なかったが、塔太郎が笛を吹く。まさるは前に出て時間を稼ぎ、塔太郎は三の鈴、四の鈴と雷を放った。

狐が走り、柳の枝が揺れるイノダコーヒの屋根へと飛び移る。着地した狐が威嚇するように甲高く鳴き、再び走り回る間、栗山は何度も弓を引いていた。

上からは雨のように矢が飛び、下では狐と力士が僧兵達と大乱闘を繰り広げる。

その間に、まさると塔太郎は産寧坂の階段を駆け上がり、残り数段を飛んで同時に僧兵二人を倒した。まさる達は彼らを飛び越えて、清水坂の参道へと躍り出た。

　他の道に人員を割いているためか、ここの僧兵は少ない。こんなに人気のない清水坂は初めてだった。まさる達が戦っている間に、栗山と狐が参道の店の屋根に飛び出す。そのまま、口元に手を当てて呼び掛けた。

「坂本！　下は総代に任せて、俺が先に行くわ！　何かあったら無線で連絡する！」

「分かった！」

　狐に乗った栗山が、まるで流星のように仁王門へと向かっていく。まさると塔太郎が、参道の僧兵を全て倒した時、無線が入った。

「今着いた！　お前らも早く……、え、弁慶さん？　一体何して……。ちょ、何ですか⁉　やばい、やばい、やばい！　うわっ！」

「栗山？　おい栗山、返事せぇ！」

　彼の無線機が壊されたらしく、耳の痛くなるような雑音がする。それきり、無線機はうんともすんとも言わなくなった。

「くそっ！」

　塔太郎は顔を青くして仁王門へと走り、まさるもそれに続いた。

まさる達が二年坂付近で戦っていた頃、弁慶は僧兵姿で薙刀を担ぎ、山科から清水山の東面に入っていた。そのまま、日が落ちつつある山中を通って清水寺を目指していた。僧兵達の指揮を執り、あやかし課と交戦中の鬼若達の背後をついて、鬼若を討ち取るためである。今回の事態に責任を感じていた弁慶は、深津と絹川に頼んで単独行動を取り、この獣道(けものみち)を進んでいたのだった。

(俺を襲うだけでは飽き足らず、こんな戦まで引き起こすとは……！　許せん。断じて許せん！)

自分にそっくりな、憎き鬼若の顔を思い浮かべる。もう少しで清水寺という時、向こうから余裕のある足音がした。やがて、弁慶そっくりの鬼若が現れる。僧兵の格好も、薙刀を持っているのも同じだった。

「お前……！」

「よう、待ってたぞ。偉大なる弁慶様の事だ、必ずこうすると思っていた。自身の手で俺を討ちたいからだろう？　――返り討ちにしてやる。俺を切り離した恨み、太刀に封じ込めた恨み。思い知らせてやる」

「大口を叩くのはそこまでだ。今度こそお前を退治してやる。もう、封印だなんて甘いやり方はなしだ」

弁慶が吐き捨てると、鬼若は顔を歪めて「けっ！」と叫び、近くの木を蹴った。

「その見下したような言葉。既に勝ったつもりか⁉　忘れるな。俺は、お前の悪しき心なんだぞ。元は一人だ。それを分からせてやる！」

言うが早いか、鬼若は二跳び（ふたと）で弁慶の目前まで迫っていた。横から、薙刀の刃が曲線を描いて飛んでくる。弁慶は素早く持ち替えて力強く振り、刃をがっちりと合わせて下へ叩き落とした。火花が散るも、鬼若は怯まない。即座に一歩引いてから脛を狙い、それに対して弁慶は面を打とうとした。あわや相討ちとなりかけたところで、どちらも体を半回転させてこれを逃れ、互いに距離を取る。

その後も激しくやり合ったが、鏡合わせのように勝負はつかなかった。

「鬼若め……。その往生際（おうじょうぎわ）の悪さ、見苦しいと思わんのか！　お前みたいな馬鹿が、かつて俺の中にいたとは腹が立つ！」

息を切らしながら弁慶が言うと、鬼若はそれを嘲笑（あざわら）った。

「馬鹿はどっちだ⁉　義経と出会う前、自分がどんな人間だったか覚えているか？　暴れん坊になって師を困らせ、山を燃やし、都で強盗を働いた悪党だ。なのにお前は、のうのうと源氏の家臣になった。俺に、悪い心を全部押し付けてだ！　これを馬鹿と呼ばずに何と呼ぶ！　そして、そうまでしても、結局は義経を守れなかった！　俺なら違う結果になっただろう。お前を家臣にした義経は、全く哀（あわ）れな奴だなぁ！」

「……それが挑発なのは分かっている。だがお前は、言ってはならぬ事を口にした！」

弁慶は、血が沸騰したかのように顔を真っ赤にし、鬼若へと飛びかかる。主君を侮辱した鬼若を、真っ二つにせんと薙刀を振るった。

すると、鬼若が勝機を得たりと笑い、自身の薙刀の柄を弁慶の足に絡めた。弁慶は勢いのあまり一回転し、土と落ち葉にまみれた体を起こそうとした時には、馬乗りになった鬼若に首を摑まれていた。

「……っ！」

「無駄だ。俺の勝ちだ」

鬼若の大きな右手が、弁慶の太い首の中へとめり込み、二人が同化してゆく。弁慶は抗いつつも意識が混濁し、生前の事を思い出していた。

(殿……俺はやはり、肝心な時にどうしようもない男です。あと一本のところで望みは成就せず、殿を守り切れず、そして今になっても、この体たらくです。俺がもっと違う人間ならば、何かが変わっていたでしょうか。そして殿も、そういう俺の方が、良かったでしょうか……)

それきり、弁慶の意識は途絶えた。

乗っ取りに成功した鬼若は、仰向けの体をゆっくり起こした。二人が一つになったためか、これまで以上に力が満ちている。鬼若は、溢れんばかりに高笑いした。勝鬨（かちどき）のような低い声は、山の木々を揺らすようだった。

「やってやったぞ！　俺はついに！　昔の『鬼若』に戻ったのだ！　もう怖いものなどない。さぁ、たんと暴れさせてもらおうか！」

鬼若は、額に青筋を立てて鹿（しか）よりも速く清水寺まで駆け下り、子安（こやす）の塔（とう）付近にどすんと下り立った。そのまま本堂の舞台下まで走ると、護衛の僧兵数人がいる。彼らは、頭領の出現に驚いていた。

「鬼若様⁉　大将が軽々しく前に出ては……」

「うるさい引っ込んでろっ！」

威嚇（いかく）するように薙刀を振り、彼らが後ずさるところを蹴り倒す。困惑する僧兵達には目もくれずに仁王門を目指すと、茶わん坂から二人ほど走ってくるのが見えた。袴に脛当てを付けた凜々（りり）しい女と、扇子（せんす）を持った眼鏡の若い男である。あやかし課の腕章をつけており、どうやら、彼女たちが一番乗りらしい。女の武器が薙刀なのを見て、鬼若は上機嫌になった。仁王門の階段を飛び降りると、相手もこちらに向かってくる。

「これは幸先が良い。最初の獲物が女武者とは！」

「弁慶様⁉　何でここに」

「もう奴はいない。いるのは、この鬼若ただ一人だ。降参するなら妻にしてやるが、どうだ？」

　鬼若の言動と気配で、状況を察したらしい。弁慶だと思ってにわかに緩んでいた女の警戒心が一瞬で復活して、勇ましい顔つきになった。

「弁慶様やったらともかく、あんたはお断りや！」

「ふん、残念だ。なら倒すとしよう」

「何卒、御力で全てを祓いたまえ！」

　男の声が響く。女に気を取られている間に、呪文を唱えていたらしい。鬼若はぎりぎりでその場を飛び退き、空中には炎が舞った。

「小癪な技を。お前ごときにやられる俺ではない！」

　迷うことなく男に斬りかかると、守るように女が迎撃する。二、三度打ち合って女が離れたかと思えば、すかさず、後ろ足の脛を狙ってきた。

　女の打ち方は、綺麗な半身で無駄がなく、一部の隙もない。雑兵どころか猛将でさえ、足をやられて崩れただろう。

　しかし、鬼若はそれを避けるどころか、むしろその方へ足を突き出した。薙刀の柄をあらん限りの力で踏みつけ、動かなくする。

「嘘っ⁉」

女は瞬時に引き抜こうとしたが失敗し、鬼若は薙刀を振り下ろす。男が扇子を捨てて抱き込むように女を庇い、鬼若は男の背中に斬り込んだ。防刃の服を着ているのか血こそ出なかったものの、めり込むような重圧と鈍い音がする。男は短い呻き声を上げて女もろとも倒れ込み、女は悲鳴のような声を上げて男の身を案じた。

「玉木くん！」

「お前もこうだ！」

怪力で払いのければ女は軽々と吹っ飛んでしまい、頭を打って気絶する。男が痛みに耐えて扇子を拾おうとしたので薙刀の石突で突くと、男は今度こそ腹を抱えてうずくまった。

「まずは二人か。――僧兵ども！　あるだけの縄を持ってこい！」

鬼若が大声で呼ぶと、南苑から先ほどの僧兵達が走ってくる。背後で声がしたので振り向くと、別の男が狐に乗って着地していた。狩装束だが、腕には例の腕章が巻かれている。

「俺を狩りに来たのか。上等じゃないか」

「え、弁慶さん？　一体何して……」

鬼若は薙刀を握り直して、脇目もふらず襲撃した。男の方は訳も分からぬまま弓で受けてしまい、弦(つる)はおろか弓まで簡単に壊れてしまう。その瞬間にはもう鬼若が狐を蹴飛ばして、男を引き倒していた。男の胸を踏んで動きを封じると、鬼若は笑った。

「これで三人目だ！」

少しして、また誰かが参道を上ってくる。籠手をつけた男と、刀を持った男だった。

塔太郎とまさるが仁王門に着くと、信じられない光景が広がっていた。

栗山が弁慶に踏みつけられている。その周りには、最早戦闘不能となった狐、玉木、そして琴子。琴子に至っては、気絶しているのか動かない。

「すまん、坂本」

栗山の掠(かす)れた声が漏れると同時に、塔太郎が弁慶へ飛び蹴りする。雷の蹴りが鎧(よろい)へと命中し、その巨体が栗山から離れた。

「弁慶さん、いや……ひょっとして鬼若か！」

「やはり、名が広まるのは嬉しいものだな。刮目(かつもく)せよ。お前が四人目だ！」

鬼若の凶刃を、塔太郎の雷の蹴りが受け止める。二人の力が弾き合い、互いに一歩下がって距離を取った。どうやら、弁慶は鬼若に取りつかれてしまったらしい。まさるも刀を構えたが、南苑から僧兵達が迫っていた。

「まさる、皆を頼む！」

鬼若を塔太郎に任せ、まさるは僧兵に立ち向かう。

その間、塔太郎と鬼若との激しい戦いが展開していた。目に見えないほどの速さで技の攻防が続き、薙刀が塔太郎の頰を掠る。鬼若が振り返して斬ろうとするのを、塔太郎は目をわずかに見開いて拳を真っすぐ突き出した。怪力と雷がぶつかって火花と閃光を出し、鍔競り合いのような膠着状態となる。

「鬼若！　詩音ちゃんから大体の話は聞いてる！　こんな事をして、その後に何が残んねん⁉」

「悪名と、ありったけの満足感だ！　最高じゃないか！　何かを残さんとするその意気、男のお前なら分かるだろう⁉」

「そうか……ほんなら、何で紅葉丸を手放した？　この戦いは、名刀を使う絶好の機会。それでも詩音ちゃんに返したという事は……！　男の俺には分かる。お前は心の奥底で、詩音ちゃんと出会って癒されてたんや！　返したんは、そのお礼。詩音ちゃんには自分のことを覚えてほしかったんや！　それを台無しにしたいんか！」

「それ以上は言うな！」

　鬼若が苛立(いらだ)ったように押し切ろうとする。塔太郎は力負けする事を悟り、その直前に左手で殴りつけた。狙ったのは薙刀の柄である。横から衝撃を受けた柄は耐え切れず、破裂音を出して折れた。

　自分の武器をやられた鬼若は怒り心頭(しんとう)、塔太郎の腕を払って首を摑もうとした。しかし、塔太郎は彼の指が届くと同時に思い切り体を回転させてその腕を取り、腰を入れて足を払い、強引に鬼若を背負い投げした。

　気合の声と共に、全身を使って鬼若を地面へ叩きつける。背中を強く打った鬼若は衝撃と痛みで顔を歪めたが、ただちに飛び起きて折れた薙刀を拾った。

「人の心を覗くとは、生意気な奴だ」

　鬼若は、そう言うと仁王門へと逃走した。塔太郎はそれを追いかけて、随求堂、開山堂(かいざんどう)を横切り、轟門を通って本堂へと入る。夕焼けに染まる舞台に出ると、

「おーい成瀬！　かかったぞ！」

　という鬼若の声だけがした。

　塔太郎の背後の丸柱から、蘇芳(すおう)色の着物と袴に身を包んだ成瀬が現れる。成瀬は漆黒の脇差(わきざし)を抜き、「放水！」と唱えた。

　その切っ先には覆うように札が貼(は)られており、そこから、岩をも穿(うが)つ鋭い水流が噴き出した。あっと思った時にはもう遅く、塔太郎の肩に命中して飛沫(しぶき)に血が混じ

る。さらに正面からも鬼若が迫り、いつの間にか直った薙刀を手にしていた。

その頃、まさるは必死になって栗山達を守っていた。八坂通りや産寧坂ほどではないにせよ、斬っても斬っても新手が出て、動けない玉木達を捕まえようとする。もう駄目だと思ったその時、一発の銃弾と一本の矢が飛んできて僧兵達を倒した。深津と絹川が、ほぼ同時に到着したのである。まさるの身振り手振りと、何とか喋れるようになった栗山の話で、二人は状況を理解してくれた。南苑にはまだ僧兵がうようよしている。深津は、まさるの背中を叩いて労ってくれた。

「まさる、よう頑張ったな！　残りの人らもすぐ来はる。ここは絹川さんに任せて、鬼若らを片付けに行こう！」

まさるは深津と一緒に僧兵を倒しながら、南苑を走ってゆく。そのまま本堂の舞台の下まで来て上を見上げると、舞台に塔太郎がいる。しかし、塔太郎は鬼若に首元を摑まれ、欄干の外側、その端に押し付けられている。

塔太郎も鬼若の手を摑んで何とか抵抗しているが、突き落とされるのは時間の問題だった。成瀬もいるらしく、「鬼若はん、もうひと息や！」という声がする。まさるは愕然とし、深津も衝撃を受けていた。

「あかん、どうやっても間に合わへん！」

深津が銃を構えて鬼若を狙うが、背後からは僧兵が襲ってくる。彼はそちらを撃たざるを得なかった。まさるは咄嗟に自分の笛を出し、息を吸い込んで長く吹き鳴らした。

気づいた塔太郎が、一瞬だけこちらを見る。鬼若も反応して顔を動かし、その隙をついて塔太郎が手を振りほどいた。そして塔太郎は、何と舞台から飛び降りたのである。それを見て、まさるも反射的に駆け出していた。

「しまった！」

鬼若の声がする。成瀬も、慌てた様子で欄干から覗き込む。二人を相手に戦って顔も服も傷だらけの塔太郎は、頭から落下しつつまさるに手を伸ばしていた。

――お前が来てくれて良かった。

塔太郎の口がそう動いていた。塔太郎の体は青い光となって長くなり、やがて青龍となる。地表すれすれで自分を掬い上げようとする龍の背にまさるは飛び乗って、左手でぎゅっと角を握った。

金色の斜陽が射す中で、まさると塔太郎は勢いよく上昇する。折り重なって照らされる紅葉の中から、二人は清水の舞台へと飛び出した。

空中に散らされた紅葉が一斉に舞う。これを見上げた鬼若と成瀬は目を見開き、まさる達は、その一瞬を逃さず反撃した。

まさるは跳躍して成瀬へ刀を振り下ろし、塔太郎は牙で鬼若に喰らいつく。成瀬は鍔元でかろうじてまさるの刀を受け止め、真っ青になって鬼若を呼んだ。

「お、鬼若ぁ！」

鬼若が塔太郎を床に叩きつけ、成瀬の援護に回ろうとする。その瞬間、本堂の中から煌めく光が飛び出し、一直線に鬼若の脛を打って転ばせた。

光は人型となり、甲冑と兜の武神となる。これこそが、十一面千手観音の脇侍、勝敵毘沙門だった。右手に持った宝棒が形を変え、世に二つとない黄金づくりの太刀となる。

その隙に、成瀬が脇差の切っ先を床に付けて叫んだ。号令によって切っ先から水が噴き出し、成瀬を本堂の屋根の上まで押し上げる。まさるが急いで上れる所を探すと、武神がいとも簡単にまさるを持ち上げ、屋根へと放り投げてくれた。

「さぁ行け。今だけは、上にいる事を許そう。奴を退治するのがお前の役目だ」

まさるは素早く頭を下げて成瀬を追いかけ、勝敵毘沙門は鬼若へと向き直った。

「音に聞く悪僧、鬼若よ！　最後はこの毘沙門天が相手になるぞ。かかってこい！」

勝敵毘沙門が、朗々とした声で高らかに叫ぶ。鬼若は立ち上がり、夕陽に照らされた勝敵毘沙門の顔を凝視した。まさに、貴公子といえる美しい顔立ち。鬼若は負けじと笑い、かっか、かっか、と応酬した。

「一体誰の助太刀かと思えば……。さすがは清水観音だ！　まさか相手がお前とは。この鬼若、最早天上天下に恐れるものなし！　持てる力の全てを賭して、その黄金の太刀、今度こそ頂戴する！」

鬼若は、勝敵毘沙門めがけて一気に薙刀を振り下ろす。勝敵毘沙門はひらりとかわして欄干の上に立ち、さらなる追撃を太刀でぱっと弾き返した。

勝敵毘沙門の足腰は、絹よりも柔らかく、岩よりも盤石である。右かと思えば左へと、ここかと思えばまたあちら。鬼若が何度狙っても、舞台や欄干の上を動き回る彼には掠りもしなかった。

今度は勝敵毘沙門が舞台に下りて打ちかかると、鬼若は受け流しつつも応戦する。一進一退の戦いだったが、勝敵毘沙門は明らかに余裕があり、鬼若は劣勢だった。やがて、とうとう勝敵毘沙門の太刀が鬼若を捉える。神仏の腕で砕かんばかりに面を打たれた鬼若は、頭を東にばったりと倒れ、身動きさえもできなくなった。

勝敵毘沙門が歩み寄り、鬼若を見下ろして切っ先を向ける。鬼若は諦めずに起き上がろうとしたが、力尽きたように目を細めて静かに倒れ込み、

「降参だ」

と、薄ら笑いを浮かべて負けを認めた。

「結局、戦には負けて、太刀も取れずじまい。こんな幕引きになろうとは……。やはり、お前はどこまでも強いな……義経……」

鬼若が呟くと、勝敵毘沙門が納刀して微笑んだ。

「この、源九郎義経に気づいていたか。――そうだ。今の俺は、毘沙門天であると同時に、義経なのだ。白旗神社からここまで出向いてお願いし、一時的に合体させてもらった。白旗神社の祭神が、単体で他の寺の出来事に介入する訳にはいかないからな。――天下の清水寺で戦を起こし、毘沙門天に挑んだ感想はどうだ？　この世のどこを探しても、きっと、そんな大それた奴はお前ただ一人だぞ。弁慶どころか、この義経でさえ、した事がないのだから」

「……それがお世辞なのは分かっている。だが……満足だ。俺が求めていたものを、今、全部もらった気がする。詩音と、お前に……」

「世辞ではないぞ。だからこそ、今ここで退治しなくてはならん」

「俺は、これまでか」

「そうだな。仕方あるまい。だが、お前は皆の心に残るぞ」

義経、そして勝敵毘沙門の諭す言葉には終始優雅さが漂い、大きな優しさに満ちていた。それに触れた鬼若は、今一度、高笑いをした。

「分かった！　僧兵の大将になり、さんざんに暴れて、神仏の心にも名を残したのだ！　今さら何の悔いがあろう。あとは潔く散ってやろう。だが詫びは言わんぞ。何たって俺は、悪しき心の男だからな！　ああ、待て——あいつにだけは伝えてくれ。刀の手入れ、特に打粉はやりすぎるなと。かえって傷がつくからな」

「請け負ったぞ。——きっと、詩音に伝えてやろう」

義経が、再び太刀を抜く。切っ先を鬼若に近づけると、鬼若は半身を起こして鍔を摑み、力強く引き寄せて自らを刺した。

太刀が首を貫いた瞬間、一人だったものが二人に分かれる。弁慶は床へ仰向けに倒れ、鬼若は刀の感触と痛みに、目を限界まで開いた。鬼若の体は、足から胴、胸と、砂のようにぼろぼろ崩れていく。

「弁慶は、俺以上に甘くて馬鹿な奴だ。悪しき心がないから当たり前だな。義経様よ、未来永劫、しっかり面倒を見てやってくれ」

鬼若は最期まで悪憎らしく、不敵な笑みを残して成仏した。最後のひと握りの砂が、紅葉と一緒に風に流れて消滅する。黄昏時の舞台には、義経と弁慶、舞台の隅で動けなくなった青龍だけが残されていた。

「——おい。生きてるか？」

義経が塔太郎に声をかけると、彼は青龍から人間に戻った。頬を床に押し付けて倒れたまま、荒い息で返事する。

「大丈夫です……。まさるは……」

「案ずるな。あれも勝つだろう。それより、自分の状態を気にしたらどうだ？　殴られ斬られの酷い怪我だ。そんな風に心身を削っていては、長生きせんぞ」

塔太郎が小さく笑い、義経はいまだ倒れている弁慶を覗き込んだ。弁慶は、思いがけなく主君を前にして、唇を震わせていた。

「立てるか、弁慶」

「……殿。ありがとうございます。そして、ご迷惑をおかけして申し訳ございません。私も鬼若をも助けて頂いたご恩、何とお礼を申せばよいのでしょう。ただただ、涙が出そうでございます」

「気にするな。俺とお前の、長すぎる付き合いじゃないか。あと、既に泣いてるぞ」

「情けなくてすみません。こんな、どうしようもない男です」

「いいさ。俺だって、そういうところを何度も助けてもらっている。肝心な時に弱いお前は、好きだとさえ思うぞ。静の次にな。――さぁ、お喋りはこのくらいにして立て。一緒に、坂本の介抱をしようじゃないか」

義経の差し出した手を、弁慶はしっかりと握っていた。

清水寺の、本堂の上。残るは成瀬ただ一人。天上は暮れて茜色に染まり、檜皮葺きの屋根は黒く陰っている。遥か西の山には、燃えるような真っ赤な夕日が落ちようとしていた。

まさるは激しい剣戟から一旦西側へ退いて距離を取り、斜面で立ちにくい中、乱れる呼吸を整えた。しかし、大量の僧兵を相手にしたせいで、体力が容易に戻らない。

東側に立つ成瀬は余力たっぷりである。成瀬が今構えているのは、脇差ではなく漆黒の槍。成瀬自身は人並みの腕でも、持っている武器が厄介だった。

脇差が、槍へと変化するのである。長柄を活かして離れた位置から突こうとし、まさるが槍を避けて接近すると、脇差に戻って防いでしまう。

成瀬が身を反らして切っ先を向けた時が最も危なく、見るだけで恐ろしい水流が噴き出すのである。この水の凶刃によって、まさるの目や首がやられそうになったのは一度や二度ではなかった。避けた際に何度か掠ってしまい、鎖骨辺りや二の腕、ふくらはぎには血が滲んでいる。

その札と水流を、まさるは見た事があった。祇園・白川で、岡倉という男が使っていたものと同じである。ただ、今回の水流は太さや射程距離が劣る反面、尋常ならざる鋭さがあった。

まさるは走りながら槍の側面へと移動し、成瀬の顔面を斬ろうとした。しかし、成瀬は突き出していた槍をぐるんと回して脇差へと戻し、

「放水！」

と号令して首を打とうとする。これを読んでまさるは屈んだが、水流は出ず、代わりに漆黒の槍が鈍い反射光と共に迫ってきた。しまったと思いつつ伏せるように前のめりとなり、成瀬の足元まで転がってしまう。その瞬間、成瀬は一歩飛び退き、反射的にまさるを蹴り落とそうとした。蹴りが弱かったせいでまさるは踏ん張れたが、このあと、どう攻めればいいか分からなくなった。

逡巡する間もなく、成瀬が槍を脇差に戻して号令する。今度こそ水流が噴き出し、今度はまさるの眉間を狙っていた。これに当たれば終わりである。立ち上がってはいたが、反応が遅れてしまった。

あわやというその瞬間、心の底から「代わって！」という声がした。まさるは瞬時にそれを受け入れ、ぱっと、元の大へと戻った。

身の丈六尺の男から、小柄な女性へと体が変わる。頭一つ分ほど縮んだうえに屈んだ事で、水流は大の頭の上を通過した。それを見た成瀬は狼狽し、大は長い髪を

なびかせて屈んだ状態から突っ込んだ。

彼の胸に、渾身の「比叡権現突き」を繰り出す。咄嗟に受けた成瀬の脇差、その切っ先が高い音を立てて、跳ねるように折れた。札の付いた切っ先が回転しながら落ちるのを、大は再び屈んで掬い取り、放り投げる。左の掌に刹那的な痛みを感じたが、構わなかった。

投げた切っ先が周囲の暗がりに紛れて消えると、成瀬が癇癪を起こしたように大を蹴った。低い蹴りが頬を直撃し、一瞬、大は目の前が真っ暗になる。普段なら倒れるところだが気力だけで堪えた。刀を横に振って成瀬の足を斬ると、彼が悲鳴を上げて後ろへと逃げた。

また距離が開き、振り出しに戻る。大は、満身創痍だった。大の頬には酷い擦り傷が出来ており、まさるでの傷も残っているうえに、左の掌は血だらけである。口の中は血の味がした。

それでも、大は成瀬に集中した。こういう時こそ、冷静さが勝負を左右する。それを今までの経験から知っていた大は、刀を構えて嵐のように速まる心臓を抑えつつ、突破口を探した。

そんな大とは対照的に、成瀬はよほど苛立っているらしい。口も表情も歪めたかと思えば、喉が千切れんばかりの奇声を上げる。自身の髪を左手で激しく掻き毟り、上体を左右に揺らしていた。

「あぁーっ、もうっ！　札がなくなったやんか⁉　あんたも変化できるんかいな⁉　まさか、刀も変えるんちゃうやろなぁ⁉　それは私の技、専売特許やのにぃ……っ！　何やねん、何やねん！　計画はもう無っ茶苦茶や！　あの詩音といい、あんたといい、根性でいらん事ばっかりして鬱陶しい！　そんなん大嫌いや！　渡会はんは⁉　どうしてくれんねん⁉」

その豹変ぶりに大は驚いたが、同時に、成瀬の心の脆さがありありと分かった。成瀬の口走った言葉には、いくつもの情報が含まれている。そのあまりの迂闊さに、成瀬は気づいていないようだった。

成瀬の武器が勝手に変化するのではなく、成瀬自身が武器を変化させているらしい。鬼若や僧兵達が持っていた薙刀なども、おそらく彼が作ったものだろう。

そして、彼自身はその力を頼りに戦っている。塔太郎はもちろん、琴子達や弁慶、あの渡会でさえも、戦うとなればどこか冷静さを残しているのに、彼には一切それがない。周到な準備や根回しは得意でも、激しい戦闘や予想外の事には弱いらしかった。

勝てる。精神さえ強くしていれば。大はそう思った。

「――その水、私、知ってるで。岡倉さんが前に使ってたもん。あんたが売ったたんやね」

大はあえて、この言葉をゆっくり投げつけてみた。まるで、手の内を知っていますよと教えるように。それを聞いた成瀬は大の思惑通り、

「どあほ！　向こうが勝手に買い占めよったんじゃあ！」

と、声を裏返し、さらに激昂して喚いた。

「苦労して作る芸術品を、金を積んで持っていく下品な奴やった！　こんな事になるんやったら、数枚残しとけばよかった！　あーあ、どうせ私はここで死ぬ、渡会はんにも諦めてもらお！　ほんならせめて、あの詩音とやらを道連れに！」

詩音の名前が出た瞬間、大は駆け出していた。極限状態の中で、一瞬が長い時間のように感じられる。

今の成瀬の言動で、彼の状態はほとんど分かった。持っている札は、あの切っ先の一枚きり。苦労して作るという事は、他の物から変化させて今すぐ増やせるという訳でもない。

さらに、詩音へかけたらしい術はまだ生きている。詩音や町を守るためには、今ここで成瀬を退治しなければならない。新たな術をかける前に、一撃で。

そんな大の心に、ある技の存在が思い出される。「魔除けの力を込めて敵を照らし、払って勝つ」という一文しかないそれがどんなものなのかを、大は本能的に理

解した。

（一命を賭して、この一刀に全てを賭けよう）

柄をぐっと握り、つま先に霊力を込めて屋根を蹴る。成瀬も、「死ねやぁ！」と折れた脇差を槍に変化させて突き出した。それを、大は刀で受け流す。成瀬は最後のあがきとばかりに槍を脇差に戻し、大の頭を割ろうとした。

間合いに入っていた大は、祇園祭の宵山でそうした時よりも一気に、大量に、自身の体力や霊力、魔除けの力を全て刀へと注いだ。

夕日に負けぬほど柄が光り、鍔元から切っ先までもが八方に光る。

悪を照らし、払うかのように成瀬の胸を斬ったその一閃こそが、「神猿の剣　第二十九番　音羽の清め太刀」だった。

斬った勢いのあまり、大は成瀬とすれ違うように滑り込み、片膝をつく。顔を上げて素早く向き直ると、成瀬の体は既に崩壊し始めていた。

「な、あぁ……！」

肺の近くを斬られたせいか、成瀬は喋れなくなっていた。よろめき、もがいても、どうにもならないようだった。彼は断末魔の叫びを残して爆発する。破片は全て砂となり、鬼若と同じように、風に流れて消滅した。

やがて、成瀬の最後の一かけらが見えなくなる。

大の勝利だった。

退治に成功したと分かった瞬間、大は刀を取り落とした。緊張が解けて全身に激痛が走り、今になって疲労困憊（こんぱい）していることを実感する。四肢（しし）が急激に重く感じられ、両手をついて四つん這いになった大が顔を上げると、夜を迎える黄昏時の空が広がっていた。

灯りがともり始めた京の町は何も知らぬまま、今夜も美しく彩られていた。

「綺麗」

と、呟いた大は、とうとう耐え切れずその場に伏した。

（……詩音ちゃん……私、勝てたよ……。でも多分、剣術で勝ったんじゃなくて、もっと別のところ……自分を保つ心があったから、勝てたんやと思う。やから、詩音ちゃんもきっと……。そうや、塔太郎さんは……？　皆は……？）

虚脱感に襲われていると、どこからか優しい声がした。

（安心しなさい。皆、生きていますよ。詩音ちゃんも、待っていますよ）

十一面千手観音だと思ったが、確認する気力はもうない。

大は微かに微笑んだ後、ゆっくり目を閉じた。

終章

「清水寺のライトアップ、いっぺん着物で来たかってん！　まーちゃんと来れて良かったー！　誘ってくれてありがとう！」

「こちらこそ。けど、ここって言うたのは梨沙子やで。着付けも手伝ってくれたし……」

「ふふーん、もっと崇めたまえ！」

産寧坂を上りながら、梨沙子が胸を張る。着物好きの梨沙子はもちろん、大も、今日は彼女の勧めによって袷の着物だった。

大は、濃紫の小紋に紅葉柄の帯を締めている。梨沙子は柿色の無地にトランプとティーカップが描かれた帯、首には白いショールを巻いていた。ショールの端には小さなキノコの刺繍があり、正統派の大に対して、梨沙子はモダンな着こなしだった。

以前、恋の後押しをしてくれたお礼にと大が誘うと、梨沙子は喜んでここを指名し、大も着物で、と注文したのである。普段の制服と違ってきちんとした着物に慣れていない大の着付けを、梨沙子は手伝ってくれた。梨沙子が清水寺を望んだ理由は、一旦閉門した後に再び開かれる夜間特別拝観を見るためだった。梨沙子は大の手を引くようにして門前町を歩き回り、大も純粋に楽しんだ。

少し前に、ここで戦ったのが嘘のようである。

「うーん。やっぱり、何度見ても痛そう。頭からいったんやろ? それと左手も。硝子で切ったって、聞くだけで震えるわ」

「うん、まぁ……」

「気ぃつけやー? ほんまー。女の子が顔につけていいんは化粧品だけやで」

その言葉に、大は苦笑いするしかなかった。自分の頬には、見る人が一瞬ぎょっとするほどの傷があり、正方形の絆創膏が貼られている。左手には、折れた切っ先を握った時に出来た傷もある。これらは成瀬との死闘によるものだが、あやかし課のことを知らない梨沙子には、職場で転んだと説明してあった。先日、やっと痛みが引いたばかりである。

今回の事件は、大があやかし課隊員となって最も激しい戦いだった。基本的に、あやかし課隊員は霊力によって体が頑強になっている。にもかかわらず、大を含めた全員が無傷では済まなかった。

玉木は背中と鳩尾を痛め、琴子は頭を強打したので病院で検査した。竹男は感知能力の使いすぎでしばらくは激しい頭痛に悩まされ、総代は、描き続けたのが原因で腱鞘炎になった。

深津や絹川、弓を引いていた他の変化庵の隊員達も、漏れなく腕や肩を痛めていた。栗山は鬼若に踏まれたので背中の打ち身もあり、大は、左手をはじめとした切り傷や蹴られた痕の他、魔除けの力を急激に使用しての酷い筋肉痛を負っていた。

一番重傷だったのが塔太郎である。無数の僧兵を倒し、最後は敵の大将二人を相手に戦った彼は、切り傷や打撲は数知れず、成瀬の奇襲で肩からも出血していた。さらに、鬼若に首を絞められたので、後で弁慶が塔太郎の襟元を開いてみれば、指の青痣がくっきり残っていたという。

また、四回にわたって雷線を使い、青龍になった事も相当な負担だったらしい。戦いを終えた塔太郎は、霊力も体力も何もかも尽き果てて、担架で運ばれざるを得ない状況だった。

ただ、意識だけははっきりとしていて、屋根から下ろされた大が何とか塔太郎に駆け寄って身を案じると、担架の上の塔太郎はやっとの思いで口を開き、あらん限りの称賛を乗せてこう言った。

「大……。俺にも、あの光が見えてた。あの技やろ……？　凄いな……」

大は塔太郎の手を取り、痛みも忘れて両手でぎゅっと握っていた。

塔太郎はあやかしも治療できる専門の病院へ入院し、検査と治療、そして静養を経て、復帰を目指す事となった。大は毎日でもお見舞いに行きたかったが仕事が忙しくて叶わず、もどかしい思いで電話すると、塔太郎は、

「もうすぐ退院やと思う。心配かけてごめんな」

と笑っていた。


梨沙子と門前町を歩き回っていると、やがて日没を迎えて真っ暗になる。清水寺は夜の特別拝観が始まっており、仁王門には、次々と人が集まってきた。

大達もその中に交じって仁王門の階段を上ろうとすると、防寒着であるベージュのマントに、裁着袴の人影がある。籠手や腕章はなく、半透明でもなかった。大が反射的に「塔太郎さん⁉」と叫んでしまうと、彼が振り向き、梨沙子も今度こそ塔太郎の姿を見つけていた。

「あの人？　あの人が例の⁉」

梨沙子が、はしゃいで大の袖を引いている。大は思わぬ場所で出会えた驚きと喜びで固まってしまう。そうこうしているうちに、塔太郎がこちらに近づいてきた。

「こんばんは、大ちゃん。自分もここに来てたんやな。着物もよう似合ってるわ。隣は、お友達か？」

「はい。梨沙子です。前に、宵山でお話しした……」

「あーっ、あの人か！　こんばんは」

「私の事、ご存知なんですね！　初めましてー。いつも、まーちゃんがお世話になってます」

　梨沙子も楽しそうに挨拶し、しばらくは、自己紹介を兼ねた三人の会話が続いた。塔太郎は予定より早く退院が決まり、今は試しの外出だという。

「一旦、ちとせに顔を出してきたんや。ほんで、そのまま清水寺へ挨拶に行こうと思って……。深津さんもええって言うてくれたし、それで制服やねん」

「そうやったんですね。お体、ほんまに大丈夫ですか？」

「前よりも元気やで。そのために入院してたんやから」

　彼の笑顔が、何よりの安心感を与えてくれる。この時の大の表情や二人の雰囲気に梨沙子は何かを感じ取ったようで、突然、「すいません、坂本さん！」と言い出したかと思えば、

「私、他に行くところがあったんで、小一時間ほどこの子を預かってもらえます？」

と、大を塔太郎へと押し出した。

「俺が？」

「はい！　煮るなり焼くなり。どうぞ、どうぞ！」

「ちょっと梨沙子！　前もそうやって……！」

顔を真っ赤にする大の肩に、梨沙子の手が置かれる。あとは、こっそり囁かれた。

「こんな状況なんやから、私、いいひん方がベストやろ？　友達の恋愛模様は蜜の味、が、私の座右の銘やもん。近くのお店でお茶してくるわ。ふふふ、終わったら連絡してなー。——ほなね、まーちゃん！　坂本さんも。失礼しまーす！」

その表情は、この上なく面白がっている。結局、またしても梨沙子は恋の援護役を務めて素早く門前町へと戻ってしまい、大と塔太郎が残された。この人の多さでは、既に紛れてしまった梨沙子に追いつくのは難しい。大も塔太郎も、思わず顔を見合わせていた。

「すみません、塔太郎さん。梨沙子は、その、高校の時からああいう性格なんです。私と塔太郎さんが先輩後輩やからって、気を遣ってくれて……」

「そっか。楽しくて優しい子やったな」

「はい。祇園祭がきっかけで、またこうやって会えるようになって良かったです。次こそは絶対！　梨沙子にご馳走したげようと思います！」

大が意気込むように言うと、塔太郎は面白そうに顔を綻ばせた。

「俺も栗山がいるから分かるけど、昔からの友達って、ええもんやんな。——とりあえず行くか。帰りは、二人とも家まで送ったげるわ」

「ありがとうございます。私でよければ、ご一緒させて下さい」

ついていこうとすると、塔太郎はおもむろにマントを外して、大の肩へとかけてくれる。マントには彼の体温が残っており、大はまた、顔を赤らめて俯いた。

清水寺の夜間特別拝観は、春、夏、秋の今と、年三回行われる。

灯りのついた本堂には参拝者が溢れ、十一面千手観音のお前立ちをひと目見ようと行列が出来ていたり、舞台に立って写真を撮る人もいて思い思いに楽しんでいる。大達も行列に加わって順番を待ち、いざその前に立つと、十一面千手観音の声が心に響いてきた。

（お二人とも、よく来て下さいました。そして、先日はお疲れ様でした。私達の期待に応えてくれた京都府警の皆さんには、脇侍や二十八部衆なども含めて皆で感謝しておりますよ。弁慶さんは、義経様と白旗神社へお帰りになり、あの子も元気でいると聞いています。とてもよい事です）

十一面千手観音の言葉を聞いて、大と塔太郎は事件のその後を思い出した。

首謀者の一人、鬼若は義経に、もう一人の成瀬は大によって退治されて跡形もなく消滅した。成瀬は渡会と面識のある者という事で、本来なら逮捕して取り調べるべきであったが、成瀬が生きていると詩音の心身に関わる危険性があったので、退治はやむを得なかった。

この事は、起訴された後、京都の山寺に収監されている渡会にも伝えられた。それまで黙秘を続けていた彼が呟いた言葉は、

「ふうん、あいつね。ヘマをやって、いつか死ぬと思ってたよ。あんな軟弱野郎に助けられるぐらいなら死んだ方がましだな」

という冷めたものだった。

この渡会の発言から、二人が既知である事が確定となり、取り調べもより一層強化されたが、渡会はそれきりまた黙秘を続けているという。

弁慶は、勝敵毘沙門から離れた義経に付き従って白旗神社へと帰っていった。二人して新幹線に乗る様子は大変に仲が良く、義経が、

「しばらく見ないうちに、京の町も一層お洒落になったな。久し振りに、静も一緒に京都旅行でもするか」

と言い出すと、弁慶は早々に荷物持ちを名乗り出て、おすすめの宿を調べていた。

京都を去る直前、弁慶は玉木に琴子への伝言を託し、

「薙刀の腕、決して錆びつかせないように。琴御前と、再び稽古するのが楽しみですなぁ」

と、特に目をかけていた。これを聞いた琴子は二日ほど有頂天になり、竹男に、

「十代の乙女かお前は⁉ そのニヤけ顔やめろや！」と茶化されていた。

全てが解決し、詩音は無事に家へと帰されたが、彼女は目覚ましい変化を遂げていた。変化、というよりは成長である。

命盛寺での心情の吐露、大達との会話、その後、十一面千手観音の姿を見て自力で術を解いた事で、自分に自信が持てるようになったらしい。力の強さだけが全てではなく、そもそも、自分は荒事が出来る性分ではないと気づいたのである。幸運にも紅葉丸は消えずに残ったが、彼女はもう剣術を学ぶとは言わなかった。

「うち、もういいねん。試合はやっぱり怖いし」

と言うその顔には、今までの劣等感に代わって、自分は自分という確固たる芯が芽生えていた。

清水寺での戦いの間、彼女は、変化庵の隊員と俊光に見守られ、命盛寺にいたらしい。そこで今後の事も考えたらしく、自分を疎んでいる父親とも話し合って、いずれ互いに最善となる道を見つけるつもりだと話してくれた。精神的な階段を一つも二つも上った詩音に、大は心からのエールを送らずにはいられなかった。

そんな彼女は驚いた事に、別れ際に紅葉丸を手放そうとした。お姉さんに使ってほしいと言われた大が理由を訊くと、

「家に置いてたら、お父さんがいつか絶対に売ってしまうと思うねん。小学生のうちゃったら、多分、止められへんと思う。そうなる前に、お姉さんのものにしたらなくならへん。近くやし、また会いに行って紅葉丸を見れるやろ?」

何とかして紅葉丸を守ろうと考えたらしく、そのことに大人の誰もが舌を巻いた。とはいえ、結局は登録証等の関係で刀の譲渡は簡単に出来るものではなく、断念せざるを得なかった。

しかし、話を聞いた俊光が自費で購入したいと名乗り出て、父親と交渉すると約束してくれた。その後、俊光は紅葉丸を買い取る事に成功し、住職と本尊の許可を得て寺で大切に保管することになった。

「登録上は俺だが、本当の持ち主は言うまでもなく君だ。見たくなったら、いつでも遊びに来なさい」

「ありがとうございます。住職さんや薬師如来様にも、よろしく言うて下さい」

「もちろんだとも。君なら、皆大歓迎だ。おにぎりを作って待っているぞ」

こうして、詩音はその後、時々命盛寺へ通うようになる。やがて、俊光から料理やテーピングを教わって、彼女の将来の夢は、栄養学や医療へと向くのだった。

(私達全員が、無事、元の日常に戻れました。観音様、ありがとうございます)

大と塔太郎が祈ると、十一面千手観音は感じ取ってくれたらしい。お前立ちの金の体がちらりと光っていた。

さらに、義経に身を貸して鬼若と戦った勝敵毘沙門や勝軍地蔵、二十八部衆にも丁重にお礼を言い、大と塔太郎はお前立ちから離れようとした。その直前、

(今夜は、奥の院からの眺めが綺麗ですよ。目の保養に、ぜひどうぞ)

と十一面千手観音が勧めてくれたので、大達は奥の院へと移動した。

奥の院は、境内の奥で西を正面にしているお堂である。祀られている本尊や建物の構造、舞台があるところまで、本堂を縮小したようにそっくりだった。

ここの舞台は、本堂と京都の町を一挙に、しかも広々と見渡す事が出来る絶好の場所である。二人で欄干の前に立った大と塔太郎は、美しさのあまり呆然とした。

「これは……」

「この世の景色じゃ、ないみたいです……」

夜天には水晶の如く冴えた月があり、その下で、燃え上がるような紅葉の群生が、本堂を包み込んでいる。ライトアップの灯りも相まって、巨大な仏の手が、本

堂を優しく持ち上げているかのようだった。

その上を、青いライトがひと筋はっきり走っている。清水寺が照射しているこの光は観音様の慈悲を表しており、京都の町の至る所から見えるものだった。遠くに見える京の町の夜景は、常に小さく瞬いて光の衣のようである。今、目の前に広がっているもの全てが、この尊い世界を作っていた。

「この町を、私達は守っているんですね。——誇りに思います」

「うん。俺もそう思う」

大が欄干に手を添えると、塔太郎もその横に立った。夜景を遮るものは何もなく、京都タワーがはっきりと見える。しばらく無言で眺めていると、塔太郎が、

「俺の名前の由来ってな、実は、京都タワーからやねん」

と、自身の名前の事を教えてくれた。

「五重塔じゃないんですね」

「俺も、最初はそれかなぁと思っててんけど。名付けた親父に訊いたら、こっちの意味もあるんやって。京都タワーは、闇を照らす灯台に見立てたもので、建造当初は不評やったらしい。でも、今は皆に愛されてる。俺もそんな人間になってほしいと。それで俺は『塔太郎』になったそうや。お袋もその場で賛成したらしい」

「それやったら、お父さんとお母さんの想い、ちゃんと叶ったはりますね。だって

塔太郎さんは……」

意図せずその続きを言いかけて、大は口をつぐむ。いや、いっそ口にしても良かったが、好きだという思いが胸に詰まり、言えなかったのである。代わりに、

「塔太郎さんは、私を照らし出して、皆から頼りにされている人ですから」

と伝えた。

「ありがとう、大ちゃん。この先も、そうあるように頑張るわ。――でもな、覚えといてくれ。大ちゃんも、今や相手を照らすような存在なんやで。オームラの事件の時もそうやし、今回の事件でもそうや。詩音ちゃんにずっと寄り添ってくれたし、成瀬には一人で勝ってくれた。その時の夕日と、大ちゃんが放ったあの光は、この先ずっと忘れへんと思う」

二人並んで景色に見入っていると、冷たい風が頰に当たる。傷がわずかに痛むなと思っていると、塔太郎が大の頰に手を伸ばそうとして引っ込めていた。

「ど、どうしたんですか？　何かついてますか？」

「いや……その傷、出来たら代わってあげたいなと思って。手、痛むやろ」

思わず手を伸ばした事をやりすぎたと思ったのか、塔太郎は少し気まずそうである。それでも大の怪我を気にしており、左手も心配そうに眺めていた。大は勇気を出して自分も手を伸ばし、塔太郎の側頭部に触れてそっと撫でた。

「私より酷い怪我やった人が、そんな事を言わんといて下さい。私こそ、塔太郎さんの怪我を分けてもらいたいぐらいです。斎王代の事件で約束したじゃないですか。自分を大事にするって。——すみません。言いすぎました……」

「いや。大丈夫」

大が手を離すと、塔太郎は穏やかで、そして幸せそうな表情で首を振った。

「可愛い後輩にそう言われたら、これは言う事を聞くしかないな。——まぁお互い、怪我をせえへんぐらいに精進するか！」

「はい！　これからもお願いします！」

お返し、というように、塔太郎も大きな手を伸ばして大の頭を撫でる。彼は優しく肩を叩いた後、

「さ、そろそろ行こか」

と、歩き出した。

「梨沙子が待ってますもんね」

と返事して、大もついてゆく。塔太郎の優しさは、先輩としてか。あるいは別の感情もあるのか。結局、大は確かめられなかった。

冬の訪れも近い晩秋の風は、いつにも増して澄んでいる。麗しい京の月が大達を見下ろす中、鮮やかな紅葉が一枚、風に吹かれて舞っていた。

（おわり）

著者紹介
天花寺さやか（てんげいじ　さやか）
京都市生まれ、京都市育ち。小説投稿サイト「エブリスタ」で発表した「京都しんぶつ幻想記」が好評を博し、同作品を加筆・改題した『京都府警あやかし課の事件簿』（PHP文芸文庫）でデビュー。本作は、第七回京都本大賞を受賞した。

エブリスタ
国内最大級の小説投稿サイト。

小説を書きたい人と読みたい人が出会うプラットフォームとして、これまでに200万点以上の作品を配信する。

大手出版社との協業による文芸賞の開催など、ジャンルを問わず多くの新人作家の発掘・プロデュースをおこなっている。

https://estar.jp

この作品は、小説投稿サイト「エブリスタ」の投稿作品に大幅な加筆・修正を加えたものです。

イラスト――ショウイチ
目次・章扉デザイン――小川恵子（瀬戸内デザイン）

ＰＨＰ文芸文庫　京都府警あやかし課の事件簿３
清水寺と弁慶の亡霊

2020年１月14日　第１版第１刷
2022年９月15日　第１版第４刷

著　者　天花寺さやか
発行者　永田貴之
発行所　株式会社ＰＨＰ研究所
東京本部　〒135-8137　江東区豊洲5-6-52
第三制作部　☎03-3520-9620（編集）
普及部　☎03-3520-9630（販売）
京都本部　〒601-8411　京都市南区西九条北ノ内町11
PHP INTERFACE　https://www.php.co.jp/
組　版　有限会社エヴリ・シンク
印刷所　図書印刷株式会社
製本所　東京美術紙工協業組合

ISBN978-4-569-76985-1

PHP文芸文庫

京都府警あやかし課の事件簿

天花寺さやか 著

人外を取り締まる警察組織、あやかし課。新人女性隊員・大にはある重大な秘密があって……？　不思議な縁が織りなす京都あやかしロマン！

京都府警あやかし課の事件簿2

祇園祭の奇跡

天花寺さやか 著

嵐山、宇治、祇園祭……化け物捜査専門の部署「あやかし課」の面々が初夏の京都を駆け巡る！　新人隊員の奮闘を描いた人気作、第二弾！